Gaby Hauptmann
Zeig mir, was Liebe ist

PIPER

Zu diesem Buch

Valentin muss doch glücklich sein, denkt Leska sich: Er ist klug,
sieht gut aus, seine Eltern sind reich, der Überfluss ist für ihn
selbstverständlich. Für Leska ist nichts selbstverständlich. Ihr Leben hat sie zur Kämpferin gemacht. Nur eines haben sie gemeinsam: Liebe kommt in ihrem Leben nicht vor. Aber sie freunden
sich an, und Leska springt spontan mit in den kultigen Ferrari Berlinetta seines Vaters – und brennt mit Valentin nach Venedig
durch, nur für eine Nacht. So ist der Plan. Bloß: Der seltene Oldtimer ist mehr als zehn Millionen wert. Und während sich Valentin
und Leska auf ihrem verbotenen Ausflug nach Italien immer näher-
kommen, wird Valentin schmerzlich bewusst, dass so ein Wagen
kriminelle Begehrlichkeiten weckt – plötzlich sind sie die Gejag-
ten, und Leska zeigt, was in ihr steckt. Doch sie scheint nicht allein
wegen ihm durchgebrannt zu sein … Mit der jungen Leska hat
Bestsellerautorin Gaby Hauptmann eine unwiderstehliche Heldin
geschaffen, unkonventionell, lebensklug und voller Überraschun-
gen!

Gaby Hauptmann, geboren 1957 in Trossingen, lebt in Allensbach
am Bodensee. Ihre Romane wurden in zahlreiche Sprachen über-
setzt und erfolgreich verfilmt. Mit einer Gesamtauflage von über
sieben Millionen Büchern gehört sie zu den erfolgreichsten deutschen Autorinnen. Neben ihren Kinder- und Jugendbüchern ver-
öffentlichte sie zuletzt ihre Bestseller »Liebesnöter«, »Ich liebe dich,
aber nicht heute« und »Liebling, kommst du?«.

Gaby Hauptmann

Zeig mir, was Liebe ist

Roman

Piper München Berlin Zürich

Mehr über unsere Autoren und Bücher:
www.piper.de

Von Gaby Hauptmann liegen im Piper Verlag vor:
Das Glück mit den Männern und andere Geschichten
Die Lüge im Bett
Die Meute der Erben
Ein Liebhaber zuviel ist noch zuwenig
Ein Handvoll Männlichkeit
Frauenhand auf Männerpo
Fünf-Sterne-Kerle inklusive
Gelegenheit macht Liebe
Hängepartie
Hengstparade
Ich liebe dich, aber nicht heute
Liebesnöter
Liebling, kommst du?
Nicht schon wieder al dente
Nur ein toter Mann ist ein guter Mann
Ran an den Mann
Rückflug zu verschenken
Suche impotenten Mann fürs Leben
Ticket ins Paradies
Wo die Engel Weihnachten feiern
Yachtfieber
Zeig mir, was Liebe ist

MIX
Papier aus verantwor-
tungsvollen Quellen
FSC **FSC® C083411**
www.fsc.org

Originalausgabe
Juni 2015
© Piper Verlag GmbH, München/Berlin 2015
Umschlaggestaltung: Johannes Wiebel | punchdesign
Umschlagmotive: Carina-Foto (Autotür), Alina Khalchenko (Rose)/
beide Shutterstock
Satz: Satz für Satz. Barbara Reischmann, Wangen im Allgäu
Gesetzt aus der Adobe Garamond
Druck und Bindung: CPI books GmbH, Leck
Printed in Germany   ISBN 978-3-492-30680-5

Für meine Tochter Valeska,
für meine Nichten Jella und Alexa
und ihre kleine Rosa

Sie war sich nicht sicher, ob sie ihn leiden konnte. Seine ganze überspannte Familie, die vor allem sich selbst im Kopf hatte. Der Abend strotzte nur so vor Geistlosigkeit, und Leska verkniff sich ein Gähnen. Ihr Blick glitt vom festlich weiß gedeckten Tisch durch die großen Fenster auf den See, der kleine Schaumkronen trug und am gegenüberliegenden Ufer von sanft aufsteigenden Bergen begrenzt wurde. Rot-weiß gestreifte Fahnen flatterten im Wind, ansonsten rührte sich auf der üppig mit Blumen geschmückten Terrasse nichts. Sie war menschenleer. Leska fragte sich, wo sie jetzt lieber wäre. Aber es fiel ihr nichts ein, sie musste ja froh sein, dass sie hier sein durfte, reichlich zu essen bekam und vielleicht heute Nacht ein Dach über dem Kopf hatte. Ein leichtes Unbehagen signalisierte ihr, dass sie beobachtet wurde. Sie sah nach rechts und begegnete Valentins Blick. Er hatte sie am Nachmittag in Zell am See aufgegabelt. Einfach so. Zwischen all den urlaubenden verschleierten Frauen aus muslimischen Ländern war sie vielleicht die Einzige gewesen, deren Gesicht er sehen konnte, anders war es nicht zu erklären, denn besonders hübsch fand sie sich im Moment nicht. Eher ausgelaugt, müde, traurig. Sie hielt seinem intensiven Blick stand. Die Tiefe seiner dunkelbraunen Augen, sein offenes Gesicht, sein sanftes Lächeln schienen ihr im Moment das Einzige zu sein, was Halt versprach. Und sein Alter. Sie lagen nur drei

Monate auseinander, sie Zwilling, er Löwe, beide 23. Sie hatten sich zwischen all dem Wahnsinn knatternder Oldtimer, enthusiastischer Fans, fachsimpelnder Fahrer auf dem Platz vor dem Congress Center gefunden. Das heißt, dachte Leska, sie war da ja nur durch Zufall hingeraten, mehr oder weniger auf der Durchreise. Aber da hatte Valentin schon quasi vor ihr gekniet, mit einer Startnummer in der Hand, die er nach den ausführlichen Anweisungen eines Mannes auf die Seitentür eines roten Auto kleben sollte: »Pass auf, dass es keine Blasen gibt!« Und: »Schau, dass es nicht schräg hängt!« Und: »Sie sollten auf beiden Türen in etwa auf der gleichen Stelle sein!« Und: »Pass auf den Lack auf!« In dem Moment trafen sich ihre Blicke. Er in der Hocke, sie stehend, abwartend, fasziniert von dem, was wichtig sein könnte. Ihr waren völlig andere Dinge wichtig, wo sie ihre nächste Mahlzeit herbekam, zum Beispiel. Oder wo sie schlafen konnte. Oder überhaupt, wie ihr Leben weitergehen sollte. Und da saß einer und jonglierte mit einer auf Kunststoff gedruckten schwarzen Nummer, als ob das das Wichtigste auf der Welt sei.

»Kannst du mal prüfen, ob die Nummer auf beiden Seiten gleich hoch ist?«, fragte er sie, als ob sie dazugehörte. Leska überlegte kurz, dann nickte sie und ging vor dem Auto hin und her, um beide Türen sehen zu können. »Etwas höher«, wies sie ihn an. »Und etwas weiter nach vorn!« Schließlich: »Ja, so passt es!«

Der Mann wandte sich ihr zu. Sein rotes Polohemd spannte über dem Bauch, und seine welligen weißen Haare fielen füllig in den Kragen. »Und zu wem gehörst du?«

»Zu wem?« Leska reckte sich. »Zunächst mal zu mir selbst.«

»Er meint, zu welchem Team«, erklärte Valentin und stand

auf. Er war größer, als sie gedacht hatte. Und die Lässigkeit seiner Kleidung war wohlüberlegt. Ein reicher Schnösel, schoss es Leska durch den Kopf. Nichts für mich.

Und jetzt saß sie hier. Mit Valentins Vater, der sich zum Dinner umgezogen hatte und einen weißen Leinenanzug über einem giftgrünen Hemd trug, und mit seiner Mutter, die sich in ein schwarzes Kleid gezwängt hatte, das kein Atmen mehr zuließ. Und mit der weiteren Familie, dem Onkel und dessen Frau. Ihr war langweilig, die Gespräche waren langweilig, und alles, was es zu essen gab, mochte sie nicht. Sie wollte weder Austern noch Hummer und beruhigte ihren hungrigen Bauch mit viel Brot und Beilagen. Valentin blinzelte ihr zu, und sie fragte sich, was sie hier eigentlich suchte.

»Wollen wir mal kurz raus?«, fragte er. »An die frische Luft?«

»Gleich kommt der dritte Gang«, mahnte seine Mutter.

»Bis dahin sind wir wieder zurück!«

Leska stand auf. Sie hatte ein leichtes schwarzes Kleid an, das nach Seide aussah, aber aus Polyester war. Dazu trug sie schwarze Ballerinas. Und was die Kleidung nicht hergab, wurde durch ihre Jugend ausgeglichen, das wusste sie, als sie die prüfenden Blicke der Tischgesellschaft auf sich spürte. Sie lächelte und ging bewusst aufrecht neben Valentin hinaus.

»Und so ein Zweierzelt mit deiner Freundin, ist das die Erfüllung?«

Sie standen an der weißen Balustrade und sahen auf den See hinaus. Langsam wurde es dunkel, und Leska spürte so etwas wie Romantik aufkommen. So ein Gefühl hatte sie lange nicht mehr gehabt. Jetzt fehlen nur noch Kerzen und Eros Ramazzotti, dachte sie ironisch.

»Es ist mal etwas ganz anderes«, sagte sie. »Back to the roots, zurück zu den Wurzeln, haben wir uns gesagt. Das ist erdverbunden, nah dran, anders.«

»Sehr erdverbunden, stelle ich mir vor …«

»Man hat eine Plane dazwischen …« Sie lächelte. »Und darüber eine Isomatte.«

»Hört sich hart und steinig an!«

»Kann auch schön sein!«

»Ich könnte dir ein weiches Bett bieten.«

Er sah sie an. Leska machte keinen einzigen Schritt auf ihn zu. Selbst wenn sie ihren Arm ausgestreckt hätte, hätte sie ihn nicht berühren können. »Natürlich ohne Wurzeln«, fügte er an.

»Zwei Tannenwurzeln groß und alt / Unterhalten sich im Wald. / Was droben in den Wipfeln rauscht, / Das wird hier unten ausgetauscht. / Ein altes Eichhorn sitzt dabei / Und strickt wohl Strümpfe für die zwei. / Die eine sagt: knig. Die andre sagt: knag. / Das ist genug für einen Tag.«

Es war kurz still. Valentin legte den Kopf schief. »Und was ist jetzt das?«

»Nicht was, sondern wer: Christian Morgenstern. Ist mir spontan eingefallen.«

»Ist dir spontan eingefallen«, wiederholte er.

»Und du?«, fragte sie. »Was machst du so im Leben?«

»Ich kann jedenfalls kein einziges Gedicht auswendig. Ich muss Zahlen studieren.«

»Ich habe heute Abend nur Zahlen gehört.«

»Ja, mein Vater redet gern übers Geschäft. Und sein Bruder auch.«

»Sie sehen sich überhaupt nicht ähnlich.«

»Sie wollen sich auch nicht ähnlich sein.«

»Und warum nicht?«

Valentin überlegte. »Mein Onkel ist der Bonvivant, sagt mein Vater. Ständig unterwegs, schöne Autos, junge Frauen, dicke Jacht, ein Leben auf großem Fuß.«

»Er ist doch verheiratet?«

Valentin verzog kurz den Mund. »Ja, mit sich.«

Leska dachte an ihre Eltern. Aber den Gedanken verbot sie sich sofort wieder. Mit dem Thema hatte sie abgeschlossen. Wenn etwas immer nur schmerzt, muss man es von sich fernhalten, sonst killt es einen.

»Und was macht deine Mutter?«

»Meine Mutter?«

Leska betrachtete Valentin. Er sah sensibel aus. Der geschwungene Mund, die schmale Nase mit den geblähten Nasenflügeln, das Kinn, nichts war grob an seinem Gesicht, alles eher fein geschnitten. Dazu passten auch seine dunkelbraunen Haare, die ihm jetzt in die Stirn fielen.

»Ja, deine Mutter.«

»Sie schaut, dass der Laden läuft.«

»Der Laden?«

»Na ja, dass das Haus läuft, die Angestellten funktionieren, die Fahrer und Piloten an Ort und Stelle sind, dass mein Studium und das Drumherum rechtzeitig bezahlt werden, die ständigen Erledigungen eben.«

»Dann leben deine Eltern doch auch auf ziemlich großem Fuß?«

»Schon. Aber mein Vater ist der Geschäftsmann, der kümmert sich ums Verdienen. Und meine Mutter sorgt dafür, dass die internen Dinge funktionieren.«

»Das hört sich ziemlich stressig an …«

Er antwortete nicht, sondern sah sie nur an.

»Leska, du bist ein sonderbares Mädchen.«

»Valentin, du bist ein sonderbarer Junge.«

Und dann küssten sie sich.

Sein Angebot, bei ihm im Hotel zu schlafen, lehnte sie ab. Obwohl sie gern mal wieder in einem richtigen Bett geschlafen hätte, erschien es ihr falsch. Ihr Bauch sagte ihr, dass sie ihre Geschichte durchziehen musste, egal wie. So nahm sie nach dem Dessert und einem väterlichen Monolog über die Vorzüge des Grappa aus der Distilleria Levi Serafino, sprich des Grappa-Papstes Romano Levi, Reißaus. Dieser Grappa sei so exklusiv, dass Kenner Hunderte von Euro für eine einzige Flasche zahlten, erklärte er so inbrünstig, als redete er über ein Heilmittel gegen eine grassierende Seuche. Leska wusste, dass sie entweder bald ausfällig werden würde, oder auf der Stelle gehen musste. Valentin zuliebe entschied sie sich für Letzteres. Er begleitete sie hinaus und wollte sie unbedingt zu ihrem Campingplatz fahren. Sie lehnte ab.

»Lass nur, die Luft tut mir gut, ich kann ein bisschen Bewegung gebrauchen.«

»Dann gehe ich mit.«

»Ich möchte allein sein. Das brauch ich jetzt.« Sie nahm sein Gesicht in ihre Hände. »Das ist nichts gegen dich. Das ist etwas für mich.«

Er beugte sich für einen Kuss zu ihr hinab, aber auch den kürzte sie ab. »Du hast meine Handynummer«, sagte sie schnell. Er nickte und sah ihr nach, wie sie die Treppen des Grand Hotels hinunterging und über den Bahnsteig in Richtung Innenstadt verschwand. Sie drehte sich nicht um. Erst, als sie wusste, dass er verschwunden war, ging sie zurück und bat an der Rezeption um ihren Rucksack.

Die Nacht war lau, und Leska versuchte, einen Fußweg entlang des Sees zu finden. Irgendwo würde eine Parkbank auftauchen, das lehrte die Erfahrung. Doch die erste war besetzt und das Pärchen sichtlich erschrocken, als sie so unvermittelt auftauchte. Sie tat, als hätte sie nichts gesehen, und schnürte so schnell und leise wie ein Fuchs vorbei. Ein paar Hundert Meter weiter fand sie einen guten Platz: windgeschützt hinter einer mannshohen Hecke in einem Garten. War es ein Privatgrundstück? Ein privater Park? Sie war durch ein Loch in der Hecke hineingeschlüpft und sah sich um, aber ein Haus konnte sie in der Dunkelheit nicht erkennen. Egal, wenn sie früh aufstand, war sie weg, bevor Zell am See erwachte. Sie kramte ihren dicken Jogginganzug aus ihrem Rucksack, füllte einen Becher aus der Mineralwasserflasche, putzte sich die Zähne und überlegte, ob sie noch in den See sollte. Weit konnte er nicht sein, sie meinte sogar, ihn riechen zu können. Zumindest aber hörte sie die Wellen ans Ufer schlagen. Dann verschob sie den Plan auf den Morgen, legte sich ihr kleines Kissen und den dünnen Schlafsack zurecht und schlüpfte hinein. Gibt es etwas Schöneres, als unter freiem Himmel zu schlafen?, dachte sie mit offenen Augen. Der Sternenhimmel über ihr war grandios. Und zum Greifen nah. Als eine Sternschnuppe vorbeisauste, überlegte sie, was sie sich wünschen sollte. Aber es gab im Moment so vieles, was in ihrem Leben nicht stimmte, dass sie den Überblick verlor. Über diesen Gedanken schlief sie ein.

Ihr Handy weckte sie. Die Sonne war schon aufgegangen, aber Morgennebel verschleierten sie noch, es musste verdammt früh sein. Leskas Kreuz schmerzte, und der Schlafsack war klamm vom Tau, auch innen. Der Herbst kam, das war unwiderruflich. Sie nahm das Gespräch an. Valentin. Was konnte er um diese Zeit wollen?

»Psst, du weckst meine Freundin«, mahnte sie als Erstes. Er senkte sofort seine Stimme. »Mein Vater kotzt sich die Seele aus dem Leib«, flüsterte er.

Kann ja nicht viel sein, dachte Leska. Sie sah sich um. Der Frühnebel benetzte nicht nur ihren Schlafsack, sondern überzog auch Bäume, Büsche und das hohe Gras mit einem lichtgrauen Schleier. Alles war wie in Milch getaucht. Ein Haus konnte sie auch jetzt nicht entdecken, es drohte keine Gefahr.

»Meine Approbation steht noch aus«, sagte sie.

»Du sollst ihn nicht behandeln, du sollst mitfahren«, entgegnete er.

»Interessant.« Sie gab sich Mühe, nicht mit den Zähnen zu klappern, denn jetzt fror sie wirklich. Die feuchte Kälte hatte sie fest umschlungen. Wann wärmt diese müde Sonne endlich?, dachte sie und rieb sich den Oberarm.

»Ist was?«, wollte Valentin wissen.

»Ich winke nur gerade dem Zimmerservice fürs Frühstück ans Bett.«

»Dem kannst du wieder abwinken, dafür haben wir keine Zeit mehr, wir müssen gleich los.«

»Los? Wohin?«

»Auf den Berg. Ich hol dich ab. Wo ist dieser verflixte Campingplatz?«

»Hättest du ein gütiges Wort der Erklärung?«

»Mein Vater fällt aus. Ich fahre seine Karre beim Rennen. Gleicher Nachname, kleine Ummeldung, kein Problem. Meine Mutter fällt auch aus, sie muss sich um meinen Vater kümmern. Also musst du mit. Ich brauche einen Kopiloten.«

»Einen was?«

»Beifahrer. Eine Beifahrerin. Dich!«

»Das ist nicht dein Ernst!« Leska begann, sich aus dem Schlafsack herauszuwinden.

»Ich habe deinen Namen schon angegeben, das musste schnell gehen.«

»Wie konntest du ...«

»Leska von Lauwitz, ich dachte, das hört sich gut an.«

»Bist du ... so heiße ich doch gar nicht!«

»Ist doch egal. Wird sowieso nicht mehr gedruckt, dafür ist es zu spät. Und wenn ich dich jetzt nicht gleich abholen kann, kommen wir zu spät.«

Leska fischte mit einer Hand in ihrem Rucksack nach einer Jeans, einem T-Shirt und frischer Wäsche. »Besorg noch irgendwas zum Frühstück. Aber nichts Fischiges. Ich bin in einer Viertelstunde da.«

Sie hörte ihn, bevor sie ihn sah. Der Wagen machte einen Höllenlärm. Als Leska um die Ecke zum Hoteleingang bog, fuhr Valentin ihr schon entgegen.

»Ja, Wahnsinn!«, sagte sie, als sie ihren Rucksack hinten auf die lederne Ablage warf und auf den Beifahrersitz glitt. »Die Hotelgäste werden dich verklagen!«

»Die meisten sind schon auf dem Weg zur Strecke.« Er legte ihr ein perfekt belegtes Frühstücksbrötchen in den Schoß. »Kaffee gibt es erst am Start, das war zu kompliziert!«

Sie nickte und blickte in sein leicht gerötetes Gesicht. Offensichtlich war er aufgeregt. Ihretwegen oder wegen des Rennens? Dann betrachtete sie das ultradünne Holzlenkrad, den schlanken Schalthebel, die spärlich konturierten Sportsitze und schüttelte den Kopf.

»Was ist denn das überhaupt für eine Mühle?«

»Ein Ferrari.«

»Nicht gerade bequem.« Sie tippte auf die Sitze.

Valentin lachte und fuhr los. »Jetzt müssen wir nur noch den Großglockner finden«, sagte er und warf ihr einen Blick zu. »Du siehst übrigens gut aus. So frisch, als hättest du im Kühlhaus übernachtet.«

»Danke.« Sie gab seinen Blick zurück und deutete dann auf die verchromten Anzeigen, die vor ihr in das rot lackierte Armaturenbrett eingelassen waren. »Muss ich da als Kopilotin irgendwas beachten?«

»Olio, acqua, benzina und eine Uhr«, er grinste. »Das Radio fehlt. Du könntest vielleicht für ein paar Nachrichten sorgen. Und Musik – natürlich!«

»Soll ich singen?«

»So hatte ich mir das eigentlich gedacht …«

»Wer singen und lachen kann, der erschreckt sein Unglück!« Er sah zu ihr hinüber. »Wo hast du das nun wieder her?«

Sie zuckte die Achseln, »Deutsches Sprichwort«, und biss herzhaft in ihr Brötchen.

»Hast du noch mehr davon auf Lager?«

Sie nuschelte etwas mit vollem Mund.

»Vielleicht so, dass ich es auch verstehen kann?«

Leska nickte, kaute in aller Ruhe, griff nach der Wasserflasche und dozierte mit erhobenem Zeigefinger: »Musik wird oft nicht schön gefunden, weil sie stets mit Geräusch verbunden!«

Valentin lachte. »Darf ich raten?«

»Jetzt bin ich gespannt!«

»Heinz Erhardt?«

Leska schüttelte den Kopf. »Wilhelm Busch.« Dann wies sie mit dem Daumen zum Fenster hinaus. »Fällt dir auf, wie sie uns alle hinterherschauen? Als ob sie noch nie ein Auto gesehen hätten …«

»Na ja.« Valentin zog die Augenbrauen hoch. »Alle Tage sieht man den auch nicht.«

»Immerhin lässt dein Vater dich fahren.«

»Er vertraut mir eben.«

»Weiß er, dass ich dabei bin?«

»Er war nicht wirklich ansprechbar …«

»Weiß er überhaupt, dass du fährst?«

Valentin musste lachen. Das war der Moment, da Leska ihn zum ersten Mal wirklich mochte. Er lachte aus tiefer Seele, seine Augen glitzerten, und sein geschwungener Mund war zum Anbeißen schön. Er legte seine Hand auf ihr Knie. »Also, ich erlaube mir ja einiges, aber das wäre dann doch too much! Selbst für meine Eltern.«

Leska nickte. Sie fuhren durch einen Tunnel, und sie war sich nicht sicher, ob die Richtung stimmte, aber an einem Kreisverkehr stand der Großglockner angeschrieben, und sie atmete auf. Zumindest ankommen sollten sie doch. »Wann geht es denn los, dass wir so früh aufbrechen mussten?«, wollte sie wissen.

»Ab 8 Uhr 30 können wir uns die Strecke mal anschauen, offiziell heißt das Training.«

»Und was mache ich da?«

»Du merkst dir am besten die Streckenführung, die Kurven und die Zeit.«

»Perfekt. Wie lang ist denn die Strecke?«

»Über 14 Kilometer, 92 Kurven, 14 Kehren und Steigungen von 4 bis 12 Grad, ungefähr 1.200 Meter Höhenunterschied.«

»Ach, ja«, sagte Leska und biss in ihr Brötchen, »wenn es sonst nichts ist.«

Im Fahrerlager standen schon etliche Fahrzeuge nebeneinander aufgereiht, Valentin wurde neben einem Maserati eingewiesen, den er als besonders edles Stück bezeichnete. »Ein 8CM von 1933. Spitze! Und das ist Jochen Mass«, meinte er und wies mit dem Daumen zu einem Mann in weißer Sportjacke, der mit jemand anderem im Gespräch war. »Und das ist Klaus Ludwig, auch ein bekannter Rennfahrer.«

»Sagt mir beides nichts«, beschied Leska und zeigte mit ihrem Brötchen zu einem silbergrauen Wagen, der eben langsam an ihnen vorbeifuhr. »Der gefällt mir!«

»Kein Wunder«, Valentin nickte, »das ist der legendäre Silberpfeil. Den sieht man eher im Automuseum als auf einer Rennstrecke!«

»Den Fahrer auch«, meinte Leska lakonisch. »Überhaupt sind hier alle erheblich älter als wir. So was zwischen vierzig und achtzig.«

Valentin lachte. »Manche sehen aber auch nur so aus, weil sie ihre Kleidung dem Baujahr ihrer Autos angepasst haben.«

»Wie alt sind wir denn dann?«

»Geburtsjahr 1962.«

»Auweia!« Leska steckte sich den letzten Happen in den Mund. »Also bereits scheintot …«

Sie schlenderten durch die Reihen der Autos, und Valentin wurde von vielen begrüßt, war es aber bald leid, die Fragen nach seinem Vater zu beantworten, und setzte sich mit Leska ins Restaurant, um noch schnell einen Kaffee zu trinken. Während er zwei Löffel Zucker in seinen »Kleinen Schwarzen«, wie er ihn nannte, rührte, spürte er Leskas prüfenden Blick. »Was ist?«, fragte er und hob die Augenbrauen.

»Ich werde nicht so richtig schlau daraus, was ich hier mache.«

»Was du hier machst?«

Sie nickte. Er betrachtete sie. Das schmale Gesicht mit den hohen Wangenknochen, die grünen Augen mit kleinen hellbraunen Sprenkeln, den Kirschmund. Sie biss sich auf die Unterlippe. Ihre langen, dichten Haare fielen ihr über die Schultern und ins Gesicht, und sie strich sie mit einer lässigen Handbewegung nach hinten. Automatisch. Es war dieser Handbewegung anzusehen, dass sie sie schon tausendfach wiederholt hatte. Leska erwiderte seinen Blick.

»Ich weiß es auch nicht«, sagte er dann.

Leska musste lachen und zeigte ihre weißen Vorderzähne mit den beiden etwas schräg stehenden Eckzähnen. Sie hatte ein interessantes Gesicht, dachte Valentin. Selbst ungewaschen in aller Frühe und überhaupt nicht zurechtgemacht, war sie eine eigenwillige Schönheit. Wie musste sie erst wirken, wenn sie super gestylt war? Er dachte an seine Mutter und verwarf den Gedanken sofort wieder.

»Vielleicht, weil ich in dir eine perfekte Kopilotin vermute?«, sagte er dann.

Sie schüttelte leicht den Kopf. »Du vermutest falsch. Mein Leben hat sich sehr selten in Autos abgespielt. Ich bin ein«, sie zögerte, »Draußenkind.«

»Dann ist es die geheimnisvolle Aura, die dich umgibt …«

Das kann schon sein, dachte sie.

»Was interessiert dich an mir?«, wollte er mit schräg gelegtem Kopf wissen.

Leska betrachtete ihn. Alles an ihm verriet, dass er aus einem guten Elternhaus kam, sich noch nie Gedanken über sein Leben hatte machen müssen. Er wirkte satt von den Zehen bis zu den Spitzen seiner gut geschnittenen braunen Haare.

»Vielleicht, dass du den Mut hattest, mich einfach so mitzunehmen?«

»Mitzunehmen?«

»Na ja, gestern Abend zum Abendessen deiner Eltern.«

»Ohne dich wäre es stinklangweilig geworden, das ist ein zu simpler Grund.«

»Möglicherweise deine athletische Figur, deine gepflegte Ausstrahlung, die trotzdem das Wilde unter der Oberfläche ahnen lässt, die hohe Stirn, die Intelligenz verrät, dein energisches Kinn, das sich nicht nach hinten versteckt, und deine Ohrläppchen, die nicht angewachsen sind.«

»Meine Ohrläppchen, die was …?« Dann blickte er kurz auf: »Oh! Kurt!«

Leska folgte seinem Blick. Valentins Onkel war hereingekommen, gefolgt von seiner Frau, die hinter seiner breiten Gestalt fast verschwand. Er entdeckte Valentin sofort und steuerte mit einer kurzen Handbewegung ihren Tisch an.

»Ja, wen haben wir denn da?«, sagte er zu Leska, bevor er

sich schwungvoll neben sie setzte. Seine Frau rutschte zu Valentin auf die Bank.

»Mich!«, entgegnete Leska nur.

»Mein Bruder ist echt 'ne Pfeife«, fuhr er an Valentin gerichtet fort, ohne Leska weiter zu beachten. »Ich hab ihm gleich gesagt, dass diese Jakobsmuscheln irgendwie schwammig schmecken. Lass die Finger weg, hab ich ihm gesagt. Was tut er? Gerade aus Trotz hat er sie alle verschlungen. Und jetzt hat er den Salat.«

Valentin nickte. »Ich habe die Dinger auch nicht angerührt.«

»Klar, wir alle nicht! Aber er …« Kurt drehte sich zu Leska.

»Ja, nun habt ihr die Chance, richtig durchzustarten.« Er grinste. »Am besten gleich nach Italien in die Stadt der Liebe.«

»Ich dachte, das sei Paris«, sagte Leska, während sie etwas von ihm abrückte. Seine massige Gestalt war erdrückend.

»Ich war früher mit jedem meiner Mädchen in Venedig. Ein Katzensprung von hier aus. Man kann ja fast bis auf die Insel fahren. Im Parkhaus den Wagen abgeben und rein in die Stadt! Und alles Weitere …«, er blinzelte Valentin zu, »ist berauschend.«

Valentin reagierte nicht, stattdessen sah er seine Tante an. »Beate, soll ich euch auch einen Kaffee bestellen?«

Kurt ließ seine breite Hand auf den Tisch donnern. »Es hätte längst jemand kommen müssen!« Er sah sich um. »Misswirtschaft!«

»Immer mit der Ruhe«, beschwichtigte Valentin. »Ihr habt euch ja eben erst hingesetzt.« Er wandte sich an seine Tante.

»Hast du diesen Hund eigentlich aufgenommen, von dem du mir neulich erzählt hast?«

»Noch so ein nutzloses Vieh«, schimpfte Kurt und winkte zum Tresen.

»Ja, hab ich.« Beate lächelte zaghaft. »Er ist so dankbar, man hat fast das Gefühl, er bedankt sich ständig mit seiner Liebe.«

Kurt warf ihr einen kurzen Blick zu.

»Beate ist in einer Tierorganisation. Toll, was sie schon alles gerettet und gut weitervermittelt hat, egal ob aus Spanien, Rumänien oder sonst woher«, erklärte Valentin und nickte seiner Tante zu. »Ich jedenfalls finde das großartig!«

»Du musst ja auch nicht damit leben«, schnaubte Kurt.

»Und diesen Potenco aus der spanischen Todeszelle, den behältst du?«

»Er folgt mir wie ein Schatten. Ich könnte ihn gar nicht mehr hergeben …«

»Und wo ist er jetzt?«, wollte Leska wissen.

»Na, endlich!« Kurt drehte sich nach dem Kellner um, der herantrat. »Zwei Kaffee und zwei Croissants. Und … wir haben es eilig!«

Beate lächelte, und Leska betrachtete sie. Sie war sicher einmal sehr hübsch gewesen, dachte sie. Ihr Lächeln zog sich vom Mund bis zu den Augen und verlieh ihrem Gesicht eine warme Ausstrahlung. »Er ist bei unserer Nachbarin. Sie hat einen Mischling aus dem Tierheim, und die beiden verstehen sich gut.«

»Schön, dass Sie so etwas machen«, sagte Leska und war fast versucht, nach ihrer Hand zu greifen.

»Na ja«, tönte Kurt, »wenn man schon keine Kinder kriegt, dann hat man wenigstens Hunde.«

Valentin verzog kurz das Gesicht. »Kinder retten auch nicht alles«, sagte er und sah kurz auf seine Uhr. »Wir müssen los!«

»Welche Startnummer?«, wollte Kurt wissen.

»86.«

»Na dann, glüht schon mal vor. Wir sind etwas abgebrühter …« Er nickte seiner Frau zu. »Und älter, stimmt's?«

Leska war froh, als sie draußen waren und zu dem Platz zurückgingen.

»Deine Tante kann einem richtig leidtun. Weshalb wehrt sie sich nicht?«

»Sie wehrt sich natürlich. Aber nicht öffentlich.«

»Mir kommt sie vor wie eine zarte Blume im Schatten eines knorrigen Baumes.«

Valentin legte ihr den Arm um die Schulter. »Da ist was dran. Aber so komisch es klingt, ich glaube, sie liebt ihn ganz einfach.«

»Liebe geht seltsame Wege.«

Er drückte sie kurz an sich. »Ich jedenfalls mag meine Tante lieber als meine eigene Mutter. Das ist doch auch seltsam, oder nicht?«

Leska zuckte die Achseln. Sie hatte sogar die Frau am Kiosk lieber gemocht als ihre eigene Mutter. Die hatte ihr früher stets Süßigkeiten zugesteckt und immer ein liebes Wort gefunden.

Inzwischen hatten sich zahlreiche Zuschauer eingefunden. Leute in Radlerhosen und ganz normale Autofahrer, die für die nächste halbe Stunde nicht weiterkommen würden, weil der Pass für das Rennen gesperrt worden war.

»Ich sehe das Auto gar nicht mehr«, sagte Leska. »Wo haben wir es denn abgestellt?«

»Dort!« Valentin wies nach vorn. »Immer da, wo die größte Menschenmenge ist.«

»Du lieber Himmel!« Leska runzelte die Stirn. »Wieso das denn?«

Valentin zuckte mit den Schultern, und sie bahnten sich einen Weg zum Auto.

»So junge Leute«, hörte Leska einige der Zuschauer murmeln, als sei das ein Weltwunder.

Sie setzten sich in ihre Sitze, Valentin reichte ihr einen Helm, sie gurteten sich an, und er startete den Motor. Leska betrachtete die Autos um sie herum, während sich Valentin zwischen den Nummern 85 und 87, einem silbernen Mercedes und einem blauen Porsche, einreihte. »Und was muss ich jetzt tun?«, fragte Leska.

»Hier, nimm die Stoppuhr. Die drückst du, sobald wir über die Startlinie fahren. Und oben am Ziel dann wieder. Und zwischendurch schreibst du dir an bestimmten Kehren, also etwa Kehre 4, 9 und 12, die Zwischenzeiten auf. Am Ziel drückst du Stopp.«

»Deswegen heißt sie wahrscheinlich Stoppuhr.« Aber Valentin war zu fokussiert, um noch auf ihre Ironie einzugehen.

Die lange Schlange der Autos schob sich langsam zu den Mautstellen, an denen man normalerweise für die Überquerung des Passes bezahlte. Rechts und links standen die Menschen in Dreierreihen hinter den Absperrungen. Leska hätte sich das nie so vorgestellt. Wie konnte man sich so dermaßen für alte Autos interessieren? Die waren doch einfach nur alt, und sicher ging ständig etwas kaputt, das kannte sie aus ihrer eigenen Familie. Immer gab es Knatsch wegen der

Mühle. Sie rückten näher an die Startlinie heran. Ein Wagen nach dem anderen wurde von einem Sprecher über Mikrofon vorgestellt.

»Und hier ein Ferrari 250 GT Berlinetta SWB Competizione von 1962, mit zwölf Zylindern und Hinterradantrieb, ein ganz seltenes Exemplar, erfolgreich auf vielen großen Rennstrecken dieser Welt, heute pilotiert von Valentin Wahl. Seine Kopilotin ist Leska ...« Er ließ den Satz in der Luft hängen, weil er wohl noch nach dem Nachnamen suchte, aber der Beifall übertönte den peinlichen Augenblick.

Leska hatte die Stoppuhr in der Hand und drückte, nachdem sich die Startflagge für sie gesenkt, Valentin beschleunigt und beim Durchfahren der Lichtschranke »Jetzt« gebrüllt hatte, die Krone. Doch als sie auf die erste Rechtskurve zurasten, fragte sie sich, ob sie von allen guten Geistern verlassen war. Aber da sie sich das in ihrem kurzen Leben schon so oft gefragt hatte, wischte sie den Gedanken beiseite, genauso wie die Frage, wie gut Valentin überhaupt Auto fuhr. Bisher waren sie ja nur ganz gemächlich irgendwelche Landstraßen entlanggetuckert. Sie nahm den Blick von der Straße und beobachtete von der Seite sein Gesicht. Seine Gesichtszüge hatten sich verändert, mit zusammengekniffenen Augen sah er nach vorn, schätzte ab, was da auf ihn zukam, seine Kiefermuskeln spannten und lockerten sich, während er die Gänge runter- und nach den Kurven wieder hochschaltete, der ganze Kerl war eine einzige Konzentration. Unwillkürlich kam ihr ein Gedicht in den Sinn, das sie irgendwann einmal gehört hatte. »Es ist ein fröhlich Ding«, fing sie an, »um aller Menschen Sterben: / Es freuen sich darauf die gerne reichen Erben, / Die Priester freuen sich, das Opfer zu genießen, / Die Würmer freuen sich an einem guten Bissen, / Die Engel freuen sich, die Seelen heimzuführen, / Der Teufel freuet sich, im Fall sie ihm gebühren.«

Valentin sah kurz zu ihr hin. »Was?«, fragte er. »Achtung, Kehre 4. Welche Zeit? Notierst du?« Und dann: »Hat dir schon mal jemand gesagt, dass du ein höchst seltsames Wesen bist?«

»Ich habe dir einfach nur mitteilen wollen, dass du ziemlich schnell fährst.«

»Das ist der Sinn der Übung. Hast du die Zeit?«

»Ich würde jetzt lieber mit dir ins Bett!«

»Mach mich nicht … okay, an der 4 sind wir jetzt durch. Zu spät. Gleich kommt die 5.«

»Witzig, wie die hier alle heißen, die Kehren. Das war eben die Pfiffalm. Und ab der 9 kommt die Hexenküche.«

»Was?«

Er hatte einen Gang heruntergeschaltet, und der Ferrari röhrte, dass sie ihr eigenes Wort nicht mehr verstand.

Die Landschaft rauschte vorbei, es ging steil nach oben, das Panorama war grandios, aber wegen der vielen Haarnadelkurven hätte es einem auch einfach nur übel werden können, vor allem wenn man auf einen solch kleinen Kurvenplan achten musste wie sie, und erst recht wenn man nichts davon verstand.

»Die 5!«, mahnte Valentin. Leska beschloss, sich jetzt ganz auf ihre Stoppuhr zu konzentrieren. Es war eben ganz genau wie im wirklichen Leben, man bekam nichts geschenkt.

Als sie endlich oben und durchs Ziel gefahren waren, eröffnete ihr Valentin, dass dies nur das Training gewesen sei und ihre Zeit somit eine Richtzeit. Das eigentliche Rennen, die Setzzeit für die beiden Durchläufe am Samstag, ginge erst im Anschluss los.

Für Leska machte das alles keinen Unterschied. Ein Rennen war ein Rennen.

»Wie heißt das hier eigentlich?«, wollte sie aber doch wissen.

»Das ist der Internationale Großglockner Grand Prix, der Große Bergpreis.«

»Okay. Und was ist der Preis?«

»Dass du gewonnen hast.«

Leska sah ihn fragend an. »Und was ist so toll daran?«

»Dass es ein alter Römerweg ist, der schon damals über Österreichs höchsten Berg geführt hat. Immerhin bis 3.798 Meter.«

»Wieso weißt du das so genau?«

»Mit Zahlen kenne ich mich aus.«

Sie grinste. »Daran zweifele ich nicht.«

»Na ja«, sagte er, »und 1935 wurde die Hochalpenstraße fertiggestellt. Und dann mit einem internationalen Rennen eröffnet. Damals! Stell dir vor! Das ist die Faszination an diesem Rennen.«

»Aha.«

»Und übrigens war damals in einem der Rennen der Silberpfeil am Start, der dir vorhin so gefallen hat.«

»Ja, der ist beeindruckend.«

»Und er hat auch gewonnen. 1939. Mit Hermann Lang.«

»Sagt mir nichts.«

»Ein Jahr zuvor haben noch Huschke von Hanstein und Hans Stuck gewonnen.«

»Okay, von mir aus«, sagte Leska. »Aber heute ist heute, und da gewinnen wir!«

Valentin grinste. »Und jetzt würde ich gern mit dir ins Bett!«

Beim zweiten Start, der Setzzeit, sah Leska alles schon viel lockerer. Die Zeit, die sie jetzt herausfuhren, mussten sie morgen beim ersten und zweiten Durchlauf möglichst genau wiederholen. Darauf kam es an und nicht, wer wie ein Bekloppter durch die Gegend raste. Nach dem Ziel parkten sie ihren Oldie nach Anweisung neben all den anderen, die vor ihnen gestartet waren, auf dem Parkplatz Fuscher Törl, setzten sich in das höher gelegene Restaurant, genossen den gewaltigen Ausblick und warteten auf das Startsignal zur Rückführung aller Fahrzeuge. Danach wurde der Pass wieder für alle Fahrzeuge und Radfahrer geöffnet.

Leska hatte einen windgeschützten Platz gesucht, sie nippten an ihren Apfelschorlen, beobachteten die vielen Schaulustigen und die anderen Fahrer, die einander schon lange kannten und sich viel zu erzählen hatten.

»Machen die so was oft?«, wollte Leska wissen.

»Ständig.«

»Muss doch stinklangweilig sein.«

»Die finden das prickelnd.«

»Und du?«

»Ich fände es prickelnd, mit dir jetzt nach Italien zu fahren und irgendwo am Meer ein Glas Rotwein zu trinken. Und eine Pizza zu essen.«

Sie sahen einander in die Augen.

»Hat Kurt dich inspiriert?«

»Die Idee ist doch nicht schlecht …«

»Und das Rennen morgen?«

»Beginnt um neun Uhr. Da sind wir zurück. Direkt aus Italien.«

Keiner von beiden blinzelte, noch hielten sie gegenseitig ihren Blicken stand.

Dann schob Leska ihren Stuhl zurück. »Worauf warten wir noch?«

Einige der Teilnehmer hatten die Zeit genutzt und waren weitergefahren, um sich die Berggipfel und den Pasterzengletscher anzusehen, oder auch nur, um sich die Langeweile zu vertreiben. Auf der Fahrt nach Heiligenblut begegneten sie noch einigen versprengten Oldtimer-Fahrern, die sie grüßten, dann wurden es immer weniger.

»Warum gerade Heiligenblut?«, wollte Leska wissen.

»Weil das der Weg nach Kärnten ist. Und damit irgendwie auch nach Italien.«

»Und wie genau?«

Valentin zuckte die Achseln. »Lassen wir uns überraschen.«

Leska lächelte. Dass sie so schnell nach Italien kommen würde, hätte sie gestern noch nicht zu träumen gewagt. Hauptsache weit weg von Deutschland.

»Deine Tante ist nett«, sagte sie.

»Ja, mit ihr habe ich als Kind auf dem Fußballplatz herumgebolzt.«

»Mit deiner Tante? Ich glaub's nicht.«

»Doch!« Er grinste. »Und einmal sogar im Anzug, weil ich anschließend mit meinen Eltern zu einer Veranstaltung sollte. Klar hab ich mir das Knie aufgehauen, die Hose war futsch, und sie hat mir schnell einen ähnlichen Anzug gekauft. Ist keinem aufgefallen …«

»Solche Dinge verbinden.«

»Ganz genau!« Er sah zu ihr hinüber. »So wie unser kleiner Ausreißer. Nach Italien.«

Die Straße zog sich in sanften Kurven den Berg hinunter. Rechts zeigte sich zerklüftetes Bergmassiv, links stiegen die Hänge sanft an. »Das ist wie im Leben«, sagte Leska und zeigte nach vorn. »Mal geht es ruppig zu, und dann fühlt man sich wieder wie auf Daunen gebettet.«

»Das werden wir heute Nacht sein, hoffe ich«, gab Valentin zur Antwort.

»Hast du überhaupt Geld dabei?«, fragte Leska. »Irgendwann ist der Tank leer.«

»Mein Vater fährt nie ohne Geld irgendwohin.«

»Dein Vater, ja. Der ist aber nicht dabei …«

»Er hat den Wagen aber präpariert!« Valentin fuhr mit einer Hand unter den niedrigen Sportsitz und tastete herum, gleich darauf gab es ein kratzendes Geräusch, und Valentin zog eine flache, kleine Ledertasche in der Farbe der Autositze hervor. »Er hat da ein raffiniertes Klebeverschluss-System. Hat noch keiner je gefunden.«

»Aha.« Leska beäugte den Lederbeutel, den Valentin ihr auf den Schoß legte. »Kannst ja mal nachschauen, ob es fürs Tanken reicht.«

»Wenn nicht, musst du schieben!« Sie öffnete an der Seite einen schmalen Reißverschluss, griff in den Beutel und zog ein Bündel Geldscheine heraus.

»Sieht schon mal gut aus«, sagte Valentin. »Für den Durst von uns dreien wird es reichen.«

Leska hielt die Scheine zwischen spitzen Fingern. »Sieht nach viel aus.« Sie fächerte sie mit dem Zeigefinger der anderen Hand auf. »Hunderteuroscheine, Zweihunderter und ein Fünfhunderter.«

»Ja, mein Vater mag's gern groß.« Er grinste. »Warum XS, wenn man es auch XXL haben kann, das ist seine Devise.«

»Ich für meinen Teil finde XS attraktiver«, sagte Leska und streckte ihm das Geldbündel hin. »Was mach ich jetzt damit?«

»Zählen«, sagte er lakonisch.

Leska zählte zweimal nach. »Zweitausend«, erklärte sie. »Und das lässt er so einfach in seinem Auto herumliegen?«

»In jedem seiner Autos. Notgroschen nennt er das.«

»Notgroschen«, wiederholte sie leise und packte das Geld in den Beutel zurück.

Sie fuhren eine Weile schweigend. »Da geht es nach Lienz«, sagte sie plötzlich. »Haben wir uns da nicht verfahren? Liegt Lienz nicht in Oberösterreich?«

»Linz. Lienz passt schon. Zumindest die Richtung. Da sind dann die Lienzer Dolomiten und ein paar Pässe, und schwuppdiwupp sind wir am Meer bei unserem Rotwein.«

»Weißt du das, oder stellst du dir das nur so vor?«

»Ohne Vorstellung kein Ergebnis.«

»Aha.«

Er ließ Lienz rechts liegen und wählte eine kleine Straße, die sich einen malerischen Pass hinaufschlängelte. »Hörst du, wie er schnurrt?«, fragte Valentin.

»Für mich dröhnt er.«

»Das ist seine Art von Schnurren.«

»Gasthof Gailberghöhe«, sagte Leska nach einer Weile. »Super einsam, so mitten in den Bergen. Da brauchst du auch Vertrauen ins Leben.«

»Wie sieht denn dein Vertrauen in die Menschheit aus?«, wollte er plötzlich wissen.

»Wie meinst du das?«

»Du kennst jetzt meine Eltern. Wie sind deine denn so drauf?«

»Unauffällig«, log sie. »Gutbürgerliche Mittelklasse.«

»Und das heißt?«

Leska ließ ihren Blick schweifen. Sie genoss die Fahrt, auch wenn sie noch nicht so recht wusste, wohin das Ganze führen würde. »Reihenhaus, mittlere Beamtenlaufbahn, Mittelklassewagen, Mittelklasseurlaub, Ehrenamt und Kuchenbacken zum Sportfest. Unauffällig. Durchschnitt.«

Er schwieg. Sie fuhren in ein Tal, Leska las das Ortschaftsschild »Kötschach-Mauthen«, was ihr nichts sagte, laut vor, und gleich darauf ging es wieder hoch auf einen anderen Pass, der so abenteuerlich war, dass sie nichts mehr sagte.

»Irre!« Valentin schnalzte genussvoll mit der Zunge.

Die schmale Straße schlängelte sich durch einen Mischwald, und der aufgeworfene Teerbelag sah aus, als ob das Erdreich darunter in ständiger Bewegung wäre und sich im Winter dicke Eisschichten darüber schieben würden.

»Hier hört die Welt auf«, sagte Leska.

»Gerade deshalb schön«, meinte Valentin.

Stimmt, dachte Leska und nahm den Blick von der Fahrbahn. Die Buchen, die die Straßen säumten, ließen gedämpft Sonnenlicht durchscheinen und zauberten eine Postkartenansicht wie aus längst vergangenen Zeiten. Einzelne Lichtpunkte tupften den Weg wie verirrte Sternschnuppen, ansonsten waren alle Farben einer sanften Tönung gewichen, ganz so, als wäre das ganze Land koloriert. Dann öffnete sich der Wald, und es ging steil bergab. Die engen Haarnadelkurven versteckten sich in schmalen Tunnels, die in den steilen Berg geschlagen worden waren und innen durch rohe Quadersteine unregelmäßig breit waren.

»Gut, dass wir nicht mit dem Wohnmobil unterwegs sind, wir würden überall stecken bleiben.« Valentin grinste lausbubenhaft.

»Aber ein Geländewagen ist das auch nicht gerade«, entgegnete sie. »Und hart gefedert ist er obendrein.«

»Macht nichts.« Valentin machte eine ausladende Handbewegung. »Dafür ist das der berühmte Plöckenpass. Den hat ein Kumpel von mir kürzlich mit dem Motorrad entdeckt und fand ihn krass.«

»Und deshalb musst du den jetzt auch fahren?«

Sie kamen an einen verlassenen Grenzübergang mit einem Zollhaus, das dem Verfall preisgegeben worden war, und einem massiven Steinhaus, das mit halbem Dach wie ein Mahnmal auf einem Hügel thronte.

»Da haben wir wenigstens eine Herberge für die Nacht«, sagte Leska und wies mit dem Zeigefinger hin. »Still ist's, wo die Gräber sind / Meiner Liebe, / Nur bisweilen klagt der Wind / Bang und trübe. / Seh' die Schattenwelt auf Erden / Rings vergehen, / Fühle alles spurlos werden / Und verwehen.«

Valentin warf ihr einen schnellen Blick zu. »Willkommen in Italia«, sagte er.

»Jetzt bin ich am Ziel.« Leska strich ihm leicht über den Unterarm. »Nach Italien wollte ich schon immer mal.«

»Sag bloß, du warst noch nie in Italien!«

»Noch nie mit dir …«

Er lächelte ihr zu. »Eine Premiere, so soll's sein.«

»Wo wollen wir eigentlich hin?«

Valentin zuckte mit den Achseln. »Ich dachte an Venedig.«

»Also doch …«, sagte Leska spöttisch.

»Wir nehmen jetzt die Autobahn – und außerdem haben wir bis morgen früh um neun Zeit. Und dann werden wir den Sieg einfahren.«

Leska lachte. »Wenn das Auto so lange durchhält.«

»Der hat über fünfzig Jahre durchgehalten, warum sollte er jetzt schlappmachen?«

»Vielleicht weil er ein Italiener ist?«

»Lass das bloß keinen Italiener hören!«

Die Fahrt wurde eintöniger. Die Autobahn führte schnurgerade durch eine ewig gleich aussehende, flache Landschaft, und Leska musste gähnen. »Ist das die berühmte Poebene?«, wollte sie wissen.

»Sieht jedenfalls fruchtbar aus.« Valentin wies zu den Gehöften und Feldern.

»Nicht geschenkt«, sagte Leska und rollte sich ein.

»Ich weck dich dann …«

Leska hatte die Augen geschlossen, und Bilder glitten an ihr vorüber, die mit dieser Welt, in die sie zufällig geraten war, nichts zu tun hatten. Sie würde morgen nicht mit ihm zurückfahren, das war klar. Irgendwo, an einer geeigneten Stelle, würde sie sich absetzen. Und dann würde sie sich neu orientieren. Irgendetwas würde ihr einfallen, noch jedes Mal war ihr etwas eingefallen. Darauf hatte sie sich ihr ganzes Leben über verlassen können: auf ihre Eingebung, auf ihre Überlebenskünste, auf ihren Instinkt. Intuitiv wusste sie, wann Gefahr drohte. Nur einmal, auf dem Rückflug von Ibiza, hatte sie ihr Instinkt verlassen! Sie hätte ahnen müssen, dass der Typ nicht sauber war. Aber dass er ihr heimlich das Päckchen Koks in den Rucksack schmuggelte, während sie vor ihm in der Schlange wartete, das war eine riesige Sauerei. In Spanien war sie noch durch die Sicherheitskontrollen gekommen. Wie, das war ihr anschließend nicht klar. Und dann schlug in Frankfurt an der Gepäckausgabe der Hund an. Sie wollte weiter, am Zöllner vorbei, sie war sich ja keiner Schuld bewusst. Am Zöllner vorbei ist nur der Typ, der sie am Flughafen auf Ibiza kurz angesprochen hatte und so mit ihr in Kontakt gekommen war. Der war sofort weg. Nur sie musste bleiben und hatte für das, was die Zöllner vor ihren Augen auspackten, keine Erklärung. Blütenweißes Koks, als Zigaretten getarnt. Ein Päckchen Marlboro mit Zigaretten ohne Tabak. Und sie hatte dagestanden und war sich mit beiden Händen durch ihr langes Blondhaar gefahren. Sie saß in der Falle.

»Scheiße!«, hatte sie nur gesagt.

»Nein, Koks«, sagte der Zöllner. Und dann wurde eine Polizistin für eine Leibesvisitation angefordert. Denn wer wusste schon, wo sie das weiße Gold sonst noch bei sich trug?

Leska sah ihre Chance kommen. Wenn sie jetzt nicht floh, würde sie im Knast landen und nichts beweisen können. Ihr Hirn arbeitete auf Hochtouren, ihr Blut pulsierte, ihre Muskeln waren gespannt, und auf dem Weg zu dem kleinen Untersuchungszimmer rannte sie los. Sie war schnell, sie hatte draußen mit den Jungs über Geländer, Autos und Häuser turnen können, war oft schneller und wendiger als sie gewesen. »Die Katze«, so hatten alle sie genannt. »Leska, die Katze.«

»Hast du Hunger?« Valentins Stimme brachte sie in die

Realität zurück. »Bei den italienischen Tankstellen gibt es die besten Panini. Einen Espresso dazu, ein Glas Wasser, und die Welt ist in Ordnung!«

»Morgens um sieben«, sagte Leska und richtete sich auf.

»Wie?«

»Morgens um sieben ist die Welt noch in Ordnung.«

»So früh stehe ich ungern auf.«

»Ist ein Buchtitel.«

»Was du nicht alles weißt …«

Leska ließ das unbeantwortet.

»Müssen wir auch tanken?«

»Das auch.«

»Was braucht so ein Oldtimer?«

»Der hier bekommt einige Spritzer Bleiersatz. Und ansonsten ganz normal.«

»Ganz normal Normal?«

»Ganz normal Super.«

Leska nickte. »Ein Auto sollte man sein. Da hat man es immer schön warm, kriegt regelmäßig was in den Bauch und wird geliebt und gehätschelt.«

Valentin setzte sich vor einen Laster, um noch die nächste Ausfahrt zu erwischen. Der Laster hupte und blinkte sie an, aber als sich Leska schon erbost umdrehen wollte, weil sie überhaupt keinen Grund für so eine Aufregung sah, legte ihr Valentin die Hand auf den Schenkel. »Lass«, sagte er. »Er freut sich!«

»Er freut sich?«

Jetzt dreht sich Leska doch um. Tatsächlich, der Fahrer fuchtelte mit beiden Händen frei über dem Lenkrad herum und lachte über das ganze Gesicht.

»Was hat er denn?«

»Ferrari, Leska. Wir sind in Italien!«

Valentin fuhr an die Tankstelle, und Leska nützte die Gelegenheit, um auf die Toilette zu gehen. Als sie zurückkam, standen etliche Leute bei Valentin, und offensichtlich redeten sie alle auf ihn ein. Aus der Entfernung sah es fast bedrohlich aus. Valentin nickte ihr kurz zu und deutete auf die kleine Bar.

»Wir blockieren doch die Tanksäule«, sagte sie. »Sollen wir nicht irgendwo anders parken?«

»Eine bessere Werbung kriegen sie nicht, schau, jetzt wollen alle hier tanken.«

»So ein Quatsch«, sagte Leska, aber außer ein paar Autofahrern mit deutschen Kennzeichen hinter ihnen regte sich tatsächlich niemand auf. Im Gegenteil, der Wagen war nach wie vor umringt.

»So wird er jedenfalls nicht geklaut«, sagte Valentin.

Sie waren länger unterwegs, als sie gedacht hatten. Es war später Nachmittag, als sie über den langen Damm auf die Stadt zufuhren. »Ich dachte, da könnte man nur mit dem Schiff hin«, sagte Leska. »Die schwimmende Stadt im Meer.«

»Es gibt da dieses Parkhaus, von dem mein Onkel gesprochen hat. Auto abgeben und loslaufen. Da ist man gleich zu Fuß auf der Insel. Oder man nimmt sich ein Wassertaxi. Oder steigt in einen Wasserbus.«

»Wie sich das anhört …«

»Vom Flughafen aus nimmt man auf alle Fälle ein Wassertaxi.«

»Warst du schon oft in Venedig?«

»Meine Eltern fliegen manchmal her.«

»Im eigenen Flugzeug, nehme ich an.« Sie hatte Valentins Vater vor ihrem inneren Auge. Groß, breit, teuer. Und jetzt lag er kotzend im Bett. Darin waren dann doch alle Menschen gleich.

»Ja. Aber die letzten Jahre bin ich nicht mehr mit.«

»Warum nicht?«

»Ich habe auf eine bessere Gelegenheit gewartet.«

»Und das ist sie jetzt?«

»Das ist sie jetzt.«

»Gib nie auf, bleib immer dran, sei du selbst, steh deinen Mann.«

»Und von wem hast du das?«

»Das habe ich von mir.«

»Du hast Talent!«

»Mach dich nicht lächerlich!«

Die Straße war zweispurig und in der Mitte durch hässliche Betonklötze geteilt. Nach rechts sah sie direkt auf die breiten Leitplanken und dahinter einen schmalen Streifen blau schimmerndes Meer. Von der Stadt sah sie noch nicht viel.

»Achtung jetzt, dass wir das richtige Parkhaus erwischen«, sagte Valentin, als die Zufahrtsstraße in ein Gewirr von Straßen mündete. »Wie heißt es denn?«, wollte Leska wissen.

»Keine Ahnung. Ich weiß nur, dass es hier ein recht zentral liegendes Parkhaus geben muss.«

»Okay«, sagte Leska und beugte sich etwas vor. »Hast du übrigens Platz für einen Hund?«

»Für einen Hund?«

»Ja. Da läuft gerade so ein mageres Exemplar!« Sie wies auf etwas Grau-Zotteliges, das vor ihnen die Straße überquerte.

»Mitbringsel für Beate?« Valentin grinste. »Nein, leider, im Augenblick nicht.« Er zeigte nach hinten auf die schmale Ablage.

»Dann müssen wir nochmals mit einem vernünftigen Auto wiederkommen.«

Valentin nickte. »Ich sehe schon –«, aber er unterbrach sich selbst. »Garage San Marco! Das muss sie sein!«

Leska richtete sich auf. »Schlange!«

»Machbar!«

Es waren etwa fünf Autos vor ihnen, aber als sie sich hinten anstellten, sah Leska, wie der eine Parkwächter auf sie deutete und etwas zu einem anderen sagte, der daraufhin sofort telefonierte und sie dann mit großer Geste an den anderen vorbei zu sich heranwinkte.

»Die bringen uns um!«

»Die bringen uns um?«

»Wenn der uns jetzt tatsächlich vorlässt, bringen die anderen uns um. Das lassen die sich doch nicht gefallen!«

»Sie haben keine andere Wahl!«

Tatsächlich kam der ganz in Schwarz gekleidete Typ ein Stück auf sie zu, und es war klar, dass sie Vorfahrt hatten.

»Und nur wegen eines dusseligen Autos?« Leska schüttelte den Kopf.

»Nur wegen eines dusseligen Autos!«, bestätigte Valentin, scherte aus und fuhr mit Standgas an den anderen vorbei. Der Ferrari blubberte und brummelte so laut, dass es im Moment kein anderes Geräusch um sie herum gab.

»Bellissimo«, nickte der Schwarze anerkennend, und der Parkwächter sagte: »Premium!«

»Wo können wir den Wagen abstellen?«, fragte Valentin auf Englisch.

»Hier geradeaus, dann die erste Reihe rechts. Sehen Sie den Rolls-Royce? Ihren Wagen in die Parklücke davor, nicht dahinter.«

»Aber gern«, sagte Valentin. »Und wo bezahle ich?«

»Es ist uns eine Ehre!«

Valentin fuhr in das Parkhaus hinein.

»Traust du diesen Typen?«, fragte Lena. Sie hatte ihre Stirn gerunzelt und sah Valentin kritisch an. »Bei mir kräuselt es sich bis zu den Zehennägeln.«

»Ein Ferrari ist des Italieners liebstes Kind.«

»Na ...«, sagte Leska und ließ das Na so lange in der Luft hängen, dass Valentin lachen musste.

»Lass gut sein, es passiert schon nichts«, sagte er und sah dem Schwarzgekleideten entgegen, der nun zu ihnen kam.

»Wie lange bleiben Sie?«

Leska und Valentin sahen einander an. »Mitternacht?«, schlug Valentin vor. »Ist die Garage so lange geöffnet?«

»Selbstverständlich!« Der Mann nickte. »Rund um die Uhr. Okay, dann legen Sie den Wagenschlüssel bitte hinter die Windschutzscheibe, und lassen Sie Ihr Auto unverschlossen.«

»Bitte?«, fragte Valentin.

»Das ist hier normal. Wir müssen die Autos bewegen können.«

»Dafür gibt es keinen Grund.« Valentin wies zur Seite. »Ich verstehe so etwas ja, wenn in Parkhäusern mit Fahrstühlen, Schienen oder fahrbaren Stellplätzen gearbeitet wird. Aber wir haben einen festen Parkplatz. Hinter uns die Mauer. Neben uns ein Auto. Was soll da bewegt werden?«

»Das ist Vorschrift!«

»Gut, dann fahren wir wieder raus!«

Der Mann zögerte. Leska beobachtete ihn. Sein gebräuntes Gesicht war rundlich, die schwarzen Haare akkurat kurz geschnitten, ein schmaler Kinnbart ging übergangslos in die Koteletten über. Er war ihr unsympathisch.

»Augenblick, bitte!«

Er griff erneut zu seinem Handy und drehte sich während des kurzen Gesprächs um. »Wir machen eine Ausnahme. Der Chef sagt, für einen Ferrari 250 GT macht er eine Ausnahme. Es ist ihm eine Ehre.«

»Ein bisschen viel Ehre«, flüsterte Leska.

»Lass doch«, gab Valentin zurück. »Ist doch gut.«

»Und falls Sie in Harry's Bar einen Drink nehmen wollen, dann sind Sie von ihm eingeladen. Sagen Sie dem Kellner einfach 250 GT. Mein Boss hat auch einen Ferrari, aber keinen so schönen, soll ich Ihnen ausrichten.«

Valentin nickte. »Sehr freundlich, sagen Sie ihm bitte herzlichen Dank.«

»Na, ich weiß nicht.« Leska griff unter Valentins Sitz und zog das Geldkuvert hervor. »Falls was ist«, sagte sie, nahm aus ihrem Rucksack eine kleine Umhängetasche, steckte das Kuvert hinein und hängte sich die Tasche um. »Notration.«

»Du bist aber misstrauisch!«

»Das lehrt das Leben.«

»Meines nicht.«

Sie stiegen aus, und nachdem Valentin den Wagen abgeschlossen hatte, schlenderten sie Hand in Hand aus dem Parkhaus hinaus, überquerten einen großen Parkplatz und kamen an eine Brücke. »Hier könnten wir uns nun also ein Wassertaxi nehmen«, überlegte Valentin.

»Oder ganz einfach über die Brücke nach Venedig hineinlaufen«, erwiderte Leska.

Valentin zögerte.

Leska wartete ab, aber als nichts kam, stellte sie sich vor ihn hin. »Gut. Was hältst du davon, wenn wir in die Stadt hineinlaufen und von irgendeinem Punkt dann mit dem Wasserbus oder dem Wassertaxi zurückfahren? So haben wir alles.«

»Venedig erlaufen?«

»Warum nicht?«

»Ja, warum eigentlich nicht?«

Er betrachtete sie. Ihr langes, blondes Haar, das im Wind leicht wehte, ihr natürlich roter Kirschmund, das kleine, energisch vorgereckte Kinn, die hohen Wangenknochen. Seine Augen blieben in den hellbraunen Sprenkeln ihrer grünen Iris hängen.

»Irgendwie bist du ganz besonders, Leska … Weißnichtwie.«

»Ich bin, wie ich bin.«

»Ja, eben. Vorstadtkind, behüteter Mittelstand, Reihenhaus?« Er schüttelte den Kopf. »Du bist nicht in einer Ritterrüstung zur Welt gekommen.«

»In einer Ritterrüstung?«

»Ja, heutzutage kommen sie doch mit Sturzhelm und Ellenbogenschützern, Rückgratstabilisatoren und Knieschützern zur Welt. Kaum ist der Kopf draußen, wird das alles angelegt. Noch nicht gesehen?«

Leska musste lachen. »Bestimmt nicht!«

»Genau darum passt das alles nicht zu dir.«

»Bist du in einer Ritterrüstung zur Welt gekommen?«

»Ich durfte noch auf Bäume klettern. Ungeschützt.«

»Na, siehst du. Ich auch.«

Er zog sie an sich, und Leska genoss die Kraft seiner Arme, den Duft seines Halses und seinen sehnigen Körper, den sie durch ihr T-Shirt hindurch spürte.

»Du fühlst dich gut an«, sagte sie.

Er spürte ihren festen Busen, hatte seine Hände auf ihrer schmalen Taille, sah ihren Mund vor sich und hätte gern fester zugegriffen.

»Ich sollte an einen toten Fisch denken«, sagte er.

Leska lachte wieder und wandte sich aus seinem Griff. »Dann tu das mal«, sagte sie und zog ihn mit sich auf die Brücke, die mit kleinen Vorhängeschlössern verziert war.

»Oje, das greift wohl weltweit um sich«, sagte er.

»In Paris müssen sie immer wieder entfernt werden. Sie sind zu schwer für die Brückenstatik.«

»All die liebenden Herzen!« Valentin lachte. »Und all die Fische, die kleine, blinkende Schlüssel verschluckt haben. Und all die Menschen, die Fische mit kleinen Schlüsseln verspeist haben und anschließend selbst zu Fischfutter wurden.«

»Du kannst ja richtig tiefgründig sein!«

»Ich eifere dir nach, denn zur Liebe fällt dir doch sicherlich was ein.«

»Vieles.«

»Lass hören!«

»Wenn dir's in Kopf und Herzen schwirrt, / Was willst du

Bessres haben! / Wer nicht mehr liebt und nicht mehr irrt, / Der lasse sich begraben.«

»Du warst auf einer Schule für höhere Töchter!«

»Du glaubst, das ist mein Geheimnis?«

»Irgendwo am Genfer See. Wo noch alles seine Ordnung hat. Poesie, Klavierunterricht, französisch parlieren. Feinsinniger Small Talk.«

Leska lachte. »Du meinst, ich hätte mir das seinerzeit ins Poesiealbum geschrieben?«

»Hörte sich so an.«

»Das war Goethe, mein Lieber. Das stammt aus *seinem* Poesiealbum!«

»Dann lag ich damit wenigstens nicht so verkehrt …« Valentin schmunzelte.

Leska umarmte ihn und hauchte ihm einen Kuss auf die Lippen. »Wolltest du nicht an einen toten Fisch denken?«

»Es fiel mir keiner ein!«

Sie schlenderten durch Gassen, die Valentin noch nie gesehen hatte. Heute lernte er Venedig tatsächlich von einer völlig neuen Seite kennen. Zweimal landeten sie in einer Sackgasse, bis Leska die Führung übernahm. »Als Pfadfinder taugst du nicht«, attestierte sie ihm nachsichtig.

»Du weißt ja gar nicht, wo ich eigentlich hinwill.«

Leska zog Valentin in eine Kirche zu einer Ausstellung von Leonardo da Vinci. Die Nachbauten der Werke des Universalgenies zogen sie in ihren Bann. Leska kam aus dem Staunen kaum heraus. »Das ist doch schier unglaublich«, sagte sie. »Der Kerl hat von 1452 bis 1519 gelebt und Dinge erfunden, die man heute noch benutzt!« Sie schüttelte den Kopf.

»Und nicht nur das!« Valentin stand vor einem großen Plakat. »Er hat mit seinen anatomischen Forschungen auch die moderne Medizin begründet.« Er drehte sich nach Leska um. »Unfassbar!«

»Ein Foto?« Ein Mann mit einer Kamera kam auf sie zu. »Zur Erinnerung? Vielleicht unter diesem Flugapparat?«

Leska schüttelte den Kopf. »Der will nur Geld«, flüsterte sie Valentin zu. »Das können wir selbst.«

Aber da war das Foto schon geschossen.

»In einer Stunde«, der Mann lachte ihnen zu, »vor der Kirche. Zwölf Euro. Wenn es Ihnen nicht gefällt, müssen Sie es nicht bezahlen. Aber Hochglanz und in einem edlen Passepartout.«

»In einer Stunde sind wir schon ganz woanders«, erklärte Valentin und zog Leska mit sich hinaus.

»Zwölf Euro, der spinnt wohl«, regte Leska sich auf. »Dafür können wir reichlich zu Abend essen …«

»Ich habe eine andere Idee.« Valentin hatte Leska untergehakt, und sie folgten einem der Hinweisschilder zum Markusplatz. Auf dem Weg dorthin bugsierte er Leska in ein Schuhgeschäft, das er kannte.

»Was soll ich da?«, wollte Leska wissen.

»Ein Andenken an Venedig.« Valentin hatte bereits eine rote Riemchensandalette mit hohem Absatz in der Hand. »Sieht doch scharf aus.«

Leska nahm ihm den Schuh ab und las das Preisschild auf der Sohle. »Auch scharf«, sagte sie.

Valentin sah ihr über die Schulter. »Meine Mutter würde das als Schnäppchen bezeichnen.«

»Na, also, 512 Euro für ein Schnäppchen – ich weiß nicht.«

Das reicht mir einen Monat lang zum Leben, dachte sie. Was für ein Irrsinn. Für einen Schuh! Für ein Schnäppchen!

»Im Verhältnis immer noch günstiger als zwölf Euro für ein Foto.«

»Seltsames Verhältnis!«

»Zieh ihn doch nur mal an!«

»Was macht das für einen Sinn?«

Die Verkäuferin näherte sich. Sie hatte ihre Haare hochgesteckt, wirkte in ihrem schmalen Kostüm sehr distinguiert, und ihre Miene drückte freundliche Ablehnung aus. Ganz offensichtlich hatte sie etwas gegen junge Leute, die in ihrem feinen Schuhgeschäft private Modeschauen veranstalteten und danach mit einem »Danke« wieder abzogen.

»Posso essere utile?«

»Haben Sie diesen Schuh in –«, fragte Valentin auf Englisch und unterbrach sich selbst. »Welche Schuhgröße hast du überhaupt?«

»Mach keinen Unsinn!«

Er warf einen Blick auf ihre Füße, die in einfachen Sportschuhen steckten: »Größe 38.«

»Valentin!«

»Ich schenke dir den.«

»Valentin! Wir haben keine 512 Euro für einen Schuh!«

»Doch, haben wir!«

»Ich gebe aber keine 512 Euro für einen Schuh aus!«

»Aber ich!«

»Ich will aber nicht!«

»Wenn der dir passt und dir gefällt, dann zieh ihn nachher zum Rotwein an.« Er grinste. »Passt gut zu deiner Jeans. Ist sexy!«

»Du bist verrückt!«

»Ja, vielleicht …«

Die Verkäuferin stand daneben und wartete ab. Es war ihr nicht anzusehen, was sie dachte. Auch nicht, ob sie ihren deutschen Wortwechsel verstanden hatte.

»Größe 38?«, fragte Valentin.

Leska nickte.

»Size 38, please«, gab Valentin weiter. Die Verkäuferin warf beiden nochmals einen prüfenden Blick zu, dann nahm sie Valentin den Schuh aus der Hand und ging in einen Nebenraum.

»Die kommt bestimmt nicht wieder«, mutmaßte Leska.

»Die kommt schon wieder, die will schließlich verkaufen.«

Leska setzte sich auf einen mit rotem Samt überzogenen Hocker und sah zu Valentin auf. »Da bin ich gespannt.«

»Ich denke, du kannst deine Schuhe schon mal ausziehen.« Er verschränkte die Arme.

Es dauerte eine Weile, aber schließlich kam die Verkäuferin tatsächlich mit einer Schuhschachtel zurück. Sie trug sie so feierlich vor sich her, als schritte sie mit einer Monstranz zum Altar.

Valentin grinste, und Leska schnürte ihre Schuhe auf.

Sie schlüpfte in die Sandaletten, und sie saßen perfekt. Der Absatz war dünn und hoch, aber als sie vom Hocker aufstand, fühlte sich der Riemchenschuh erstaunlich bequem an.

Ganz offensichtlich hatte die Verkäuferin beschlossen, zumindest Valentin für liquide zu halten, denn sie erklärte ihm, dass der Schuh eine phantastische Stabilität und ein ausgezeichnetes Fußbett habe. Deshalb sei er auch für lange Abende im Stehen geeignet.

»Genau unser Ding«, sagte Valentin und nickte. »Gekauft!«

»Valentin«, begann Leska noch einmal, aber er unterbrach sie.

»Ich könnte dir als Andenken auch eine Giraffe aus Muranoglas kaufen, aber ich weiß nicht so recht, was du damit anfangen würdest.«

Leska musste lachen und wollte die Schuhe wieder ausziehen, aber Valentin winkte ab.

»Erst, wenn wir wieder zum Auto gehen. Jetzt sind wir ganz in der Nähe vom Markusplatz, und von da aus sind wir gleich in Harry's Bar. Und nicht nur, weil dieser Garagen-Boss uns angeblich einlädt, sondern weil ich dort sowieso hinwollte. In Harry's Bar gibt es nämlich den legendären Bellini zum Hähnchensandwich.« Er nahm Leska in seine Arme, und Leska fand ihre neue Größe nicht schlecht, immerhin konnte sie Valentin so direkt auf den Mund küssen, ohne sich recken zu müssen.

»Du siehst toll aus«, sagte er. »Ich glaube, ich bin gerade dabei, mich zu verlieben.«

Leska lächelte. Es wird auch Zeit, dachte sie, denn bald bin ich schon wieder weg.

Valentin griff nach seinem Geldbeutel und zog eine Kreditkarte hervor. »Der Vorteil eines reichen Vaters ist, dass ich ein ordentliches Bankkonto habe«, sagte er. »Auch für mein Studium ist das wichtig!« Er zwinkerte ihr zu. Leska zwinkerte zurück.

Auf dem Markusplatz musste sie erst einmal stehen bleiben. Nicht, weil ihr die Füße wehgetan hätten, sondern weil der Anblick so grandios war. Vor allem die Steinfiguren auf den Dächern der umstehenden Gebäude hatten es ihr angetan. »Unglaublich«, sagte sie, »was die damaligen Steinmetze geleistet haben – und auch noch so weit oben. Wie konnten sie sicher sein, dass überhaupt jemals jemand seinen Kopf so sehr in den Nacken legen würde, um ihre Kunstwerke zu würdigen?«

»So wie du?«, neckte Valentin, aber Leska blieb stehen und drehte sich langsam im Kreis.

»Wahnsinn«, sagte sie. »Dieser geflügelte Löwe dort und darüber die beiden Figuren an der Glocke. Auf so eine Idee muss doch erst mal jemand kommen ...«

»Die meisten Touristen interessieren sich hier nur für die Tauben«, sagte er und wies auf eine Gruppe Asiaten, die sich gegenseitig im Getümmel flatternder Tauben fotografierten.

»Die würden sie wahrscheinlich lieber essen«, stellte Leska lakonisch fest. »Gebratene Taubenkrallen in Aspik.«

»Hört sich lecker an!« Valentin knuffte sie in die Seite. »Oder Löwenflügel mit Taubenaugen garniert.«

»Hör auf!« Leska schüttelte sich.

Valentin wies zu dem geflügelten Löwen hinauf. »Der da oben ist das Wappentier von Venedig. Ob gebraten oder roh.«

»Lass mich raten ...«

Valentin sah sie von der Seite an. »Du weißt das natürlich schon – hätte ich mir denken können. Gibt es etwas, das du nicht weißt?«

»Ich weiß nicht, was morgen kommt.«

»Aber ich. Morgen gewinnen wir den Grand Prix.«

Er schlang seine Arme um sie und zog sie fest an sich. »Und nach dem obligatorischen Kuss auf dem Markusplatz, wie es sich für zwei Liebende gehört, geht es jetzt in Harry's Bar.«

»Wenn ich erregt bin, gibt es nur ein Mittel, mich zu beruhigen: essen«, sagte Leska.

»Sprichst du über mich?«

»Trifft zu. Ist aber von Oscar Wilde.«

Und dann küsste er sie.

An den Anlegestellen für die Boote, Taxen und Gondeln schlenderten sie Hand in Hand am Wasser entlang zu der Bar, über die Valentin einige Geschichten erzählen konnte. Leska hörte aufmerksam zu, dachte aber gleichzeitig über seinen Kuss nach. Es kam nicht oft vor, dass ihr Küsse etwas gaben. Es war ein Anfang, ja, aber wenn der Kuss nicht schmeckte, der Junge nicht gut küsste, zu hektisch war oder zu nass, entweder wie eine Schlange mit spitzer Zunge züngelte oder sich dick hineinbohrte wie ein Presslufthammer, dann war ihr schon so manchmal die Lust auf mehr vergangen. Wer nicht gut küsste, konnte kein guter Liebhaber sein, das war ihre Devise. Vielleicht fand man beim ersten Mal noch zusammen, saugte sich fest, voller Erwartungen und Begierde, peitschte sich hoch, aber trotzdem: Schmecken musste er. Wenn er das nicht tat, würde er das an einer anderen Körperstelle auch nicht tun. Also war der Kuss eine gefährliche Einleitung.

»Siehst du überhaupt, wie schön es hier ist?«

»Ich achte auf meine Füße. Der Boden ist uneben …«, lenkte sie ab.

»Schau, hier fließen einige Kanäle ineinander, der Canale di San Marco, der Canale della Giudecca, und wir gehen jetzt in Richtung Canal Grande. Und diese schöne Kuppel auf der anderen Seite, überm Wasser, siehst du, das ist die Kirche Santa Maria della Salute.«

»Sieht beeindruckend aus.«

»Sie ist barock, eine Votivkirche. Anlass dazu war eine Pestepidemie. Ein Doge gelobte der Heiligen Madonna den Bau dieser Kirche, sollte sie die Pest beenden.«

»Und das hat sie.«

»Irgendwann, ja. Aber trotzdem ist ein Drittel der Bevölkerung gestorben.«

»Und deshalb zum Karneval diese venezianischen Masken mit den Schnäbeln?«

»Ja, das waren Seuchenschutzmasken. Haben vor allem auch die Pestärzte, die medici della peste, getragen. Übrigens wütete die Pest zwanzig Mal in Venedig.«

»Und das weißt du alles von deinen Eltern?«

»Von meinen Eltern weiß ich, wo es gute Hotels und Restaurants gibt.«

»Und Flughäfen.«

»Und Flughäfen.«

Sie schmiegte sich im Gehen an ihn. Sie begriff, dass er auch eine arme Seele war. Ihm ging es kein bisschen besser als ihr. Beide hatten sie keine Eltern. Und keine Geborgenheit. Wie es wohl sein musste, wenn man in Liebe und Geborgenheit aufwuchs? Sie konnte es sich nicht vorstellen. Sie sah zu Valentin auf. Ob er wusste, dass er eine arme Seele war?

»Aber jetzt, schau!« Mit großer Geste wies er voraus zu einer schmalen Tür. »Zu etwas sind meine Eltern dann eben doch gut!« Er hielt ihr die Tür auf. Kleine runde Tische standen akkurat an der Wand aufgereiht, und auf der gegenüberliegenden Seite beherrschte eine lange Bar den Raum.

»Spannend«, sagte Leska und verkniff sich den Kommentar, dass sie bei dem schönen Wetter viel lieber draußen gesessen hätte. Fast hätte sie über sich selbst gelacht: Sie war halt doch ein richtiges Straßenkind.

»Hier wurde der Bellini erfunden«, flüsterte Valentin so ehrfürchtig, als verrate er ihr ein Staatsgeheimnis.

»Wie schön«, flüsterte Leska zurück.

»Aristoteles Onassis, Orson Welles, Truman Capote und Ernest Hemingway waren hier Stammkunden«, flüsterte er weiter.

»Ich weiß.« Leska war neben ihm stehen geblieben und ging nun mit ihren Lippen ganz nah an sein Ohr. »Über den Fluss und in die Wälder.«

Valentin rückte etwas von ihr ab und runzelte die Stirn. »Was?«

»Er hat die Bar in einem Roman verewigt.«

Valentin schüttelte den Kopf.

»Was ist?«, hauchte Leska.

»Es macht keinen Spaß mit dir«, sagte er, und ein enttäuschter Zug schlich sich auf sein Gesicht. »Du weißt einfach schon alles!«

»Ach, komm«, sie küsste ihn schnell auf die Lippen, »ich lass dich auch mal gewinnen. Bestimmt weißt du, warum der Bellini Bellini heißt.«

»Ja«, brummte Valentin. »Das geht auf einen weiteren Stammkunden zurück, den Maler Giovanni Bellini.«

»Siehst du«, sagte Leska laut, »das wusste ich nicht.«

Er warf ihr einen misstrauischen Blick zu. »Wer's glaubt.«

»Das darfst du«, sagte sie und zog ihn zur Bar. »Meine Eltern haben ihr ganzes Erspartes in meine Ausbildung gesteckt, irgendwas davon muss ja schließlich hängen bleiben!«

»Bei dir bleibt ziemlich viel hängen.«

Leska sah auf die vielen Flaschen im Regal, und sie sah sich selbst: Wie sie an so vielen Fenstern geklebt hatte. Wie sie von außen die Tanzbewegungen der Mädchen beim Ballett mitmachte und vor einem anderen Gebäude die Karate-übungen der Jungs, wie sie sich in die Lesestuben der Stadt-büchereien schlich, wie sie an der Uni irgendwo ganz hin-ten die Vorlesungen mithörte, wie sie in der Unterführung Gitarre spielen lernte, nur weil sie dem Hund des Straßen-musikanten dann und wann einen Fleischkäse mitbrachte, den sie an einem Stand erbettelt hatte. Valentin hatte keine Ahnung vom Leben, so absolut keine Ahnung. Er war wie ein rohes Ei, sie dagegen war ein Gummiball. Wenn sie fiel, sprang sie gleich wieder auf.

»Was denkst du?« Er hatte sie beobachtet. Ihr starrer Blick war ihm nicht unvertraut. Manchmal hatte er das auch. Plötz-lich konnte er seinen Blick nicht mehr von einem Punkt abwenden, und es schossen ihm Bilder und Gedanken durch den Kopf, die ihn völlig in ihren Bann zogen. Wie ein Aus-tritt aus dem Hier und Jetzt, wie der Weg in sein Inneres, das ihm normalerweise verschlossen blieb.

Leska löste ihren erstarrten Blick vom Etikett der Whis-keyflasche. Sie hatte es nicht einmal gelesen, sie hatte es nur angestiert.

»Ich habe eben gedacht, dass das Leben sonderbar ist.«

»Das denke ich oft.«

»Weshalb denkst *du* das?«

Die Bar war kaum besetzt, und Valentin rückte ihr einen der Barhocker zurecht. Leska setzte sich halb darauf, blieb aber auf einem Bein stehen.

»Du siehst sehr sexy aus«, sagte Valentin und wechselte das Thema.

»Du wolltest mir eine Frage beantworten«, beharrte Leska.

»Warum müssen Frauen immer reden?«

»Weil Männer sonst im Trübsinn versinken.«

»Das denken die Frauen.«

»Und das reicht doch.«

Sie sahen einander an.

»Streiten wir uns gerade?«, wollte er wissen.

»Wir lernen uns kennen.«

Er grinste und sah sich nach dem Barkeeper um. »Von mir aus können wir das fortsetzen«, sagte er.

Leska antwortete nicht. Sie wollte nicht lügen. Sie würden das nicht fortsetzen können. Aber sie wollte ihn auch nicht verlassen. Plötzlich meldeten sich da Gefühle, die sie irritierten. Sie war für ihr eigenes Leben verantwortlich. Nur sie. Sie allein. Sie musste auf sich aufpassen, da durfte es keine Störfaktoren geben. Leska griff nach seiner Hand.

»Das ist schön«, sagte Valentin.

»Was ist schön?«

»Wenn du mich so unvermittelt berührst. Das gibt mir das Gefühl von Sicherheit.«

Seine Worte gaben ihr einen solchen Stich, dass sie, wie bei einem elektrischen Impuls, seine Hand am liebsten sofort wieder losgelassen hätte.

»Trinken wir einen Bellini?«, fragte er.

»Ist hier doch wohl Ehrensache.«

Valentin nickte und drehte sich wieder nach dem Barkeeper um, der gerade zwei Cocktails zubereitete. Beide sahen ihm zu, wie er frisches Pfirsichmark in zwei Gläser füllte und mit Prosecco aufgoss. »Seit mehr als achtzig Jahren gibt es diese Bar«, sagte Valentin neben ihr. »Schon verrückt. Hier gibt es nur noch die Geister der damaligen Gäste.«

»Immerhin«, sagte Leska.

Valentin wollte die Hand heben, um dem Barkeeper zu winken, da kam er schon auf sie zu und stellte beide Cocktails vor sie auf den Tresen. Instinktiv lehnte sich Leska etwas zurück und machte ungläubige Augen.

»Wir wollten gerade bestellen«, sagte Valentin, ganz offensichtlich ebenfalls irritiert.

»Es wurde schon für Sie bestellt«, entgegnete der Barkeeper. »Das ist gute Tradition bei uns. Ein Willkommenscocktail nach Art des Hauses.«

»Danke.« Valentin warf Leska einen Blick zu.

»Seltsam«, sagte Leska und sah dem Barkeeper hinterher. »Kennt er dich?«

»Höchstens meine Eltern. Ich war mindestens drei Jahre nicht mehr hier.«

»Dann weiß er auch nicht, dass deine Eltern deine Eltern sind.«

»Dann war es dieser Typ von der Garage. Er hat doch gesagt, dass wir hier auf einen Drink eingeladen sind.«

»Trotzdem …« Leska zog die Augenbrauen zusammen.

»Wie auch immer.« Valentin hob das Glas. »Lass uns diesen Abend genießen.«

Leska benetzte ihre Lippen, trank aber nicht. Sie sah sich um. »Ich verstehe das sowieso nicht.« Sie deutete auf die Fotos. »Wieso schenken die uns was? Wir sind nicht berühmt, wir stammen nicht von Hemingway ab, sind keine Nachfahren von Donald Trump und haben auch keine Ähnlichkeit mit Bill Gates. Die wollen hier Kohle machen. Der Ruhm ist noch da, aber der Jetset ist weg.«

»Ja, und?« Valentin bestellte gut gelaunt zwei Hähnchensandwiches.

»Ich trau dem Braten nicht.«

»Das sind vielleicht keine ausgewiesenen Biohähnchen wie in Deutschland, aber vielleicht sind sie ja trotzdem auf einem schönen italienischen Hof aufgewachsen, bei Oma, haben im Mais gepickt und –«

»Valentin!«

»Na ja«, er zuckte die Achseln, »wenn du zu Hause italienische Salami isst, magst du dir den Rest auch nicht vorstellen.«

»Ich stelle ihn mir aber vor«, sagte Leska. »Und vor allem stelle ich mir gerade vor, dass –«, sie brach ab. Warum sollte sie ihm seine gute Laune verderben? Er war gelöst, sah glücklich aus, seine Augen glitzerten, jede Spannung war von ihm abgefallen, er sah aus wie nach, ja, wie nach dem Sex, dachte sie. So würde er aussehen, wenn er mit ihr geschlafen hätte. Genau so.

»Was stellst du dir vor?«, fragte er nach.

»Dass ich jetzt gern Sex mit dir hätte.«

»Hier?« Er sah sich um. Dann vergrub er seine Hand in ihren Haaren und zog sie zu sich, Wange an Wange. Sie spürte seine Hand in ihrem Nacken, und es überkam sie ein wohliges Gefühl. Das müssen wir von den Katzen haben, dachte sie, die mögen es auch, wenn man sie am Nacken fasst. »Gleich schnurre ich«, sagte sie leise.

»Machst du das immer?«

»Schnurren?«

»Vorher?«

»Vielleicht?«

»Ich könnte dich auffressen.«

»Dann bleibt aber nichts mehr von mir übrig.«

»Aber ich hab dich drin. In mir.«

»Verwechselst du da nicht was?«

Er gab ihren Kopf ein Stück frei. So weit, dass sie sich in die Augen sehen konnten.

»Leska von Lauwitz«, er lächelte, »ich hab total Lust auf dich.«

»Valentin Wahl, du wärst mir jetzt auf alle Fälle lieber als ein Hähnchensandwich!«

Er biss in ihr Ohrläppchen. »Du bist unmöglich!«

»Es ist unmöglich / Sagt die Erfahrung / Es ist was es ist / Sagt die Liebe.«

»Und das sagst du?«

»Das sagt Erich Fried.«

»Und was sagst du?«

»Du hast einen Steifen.«

»Ja, stimmt!«

Er ließ etwas von ihr ab, biss leicht in ihre Unterlippe und sagte dann: »Du bist einfach unglaublich erotisch, wenn du so poetisch bist!«

»Komm mit mir in den Garten der Poesie.« Sie lächelte.

»Das würde ich nur zu gern.«

»Boxer dürfen vorher nicht. Fußballer auch nicht. Sie brauchen ihre Kraft.«

»Ich brauche keine Kraft. Ich brauche nur den rechten Fuß fürs Gaspedal.«

»Dann dürfen wir also.«

»Dann dürfen wir.«

Sie sahen einander eine Weile in die Augen, und dann schob Leska ihn sachte mit der Hand zurück. »Wir sparen uns das auf. Gleich kommt das Biohähnchen.«

Valentin sah kurz in den Raum. »Wir sind das meistfotografierte Pärchen seit Bonnie und Clyde.«

»Du meinst Romeo und Julia?« Leska sah an ihm vorbei. Tatsächlich hatten sich einige Handykameras auf sie gerichtet. Wahrscheinlich dachten die Leute, sie wären entweder berühmt oder angestelltes Beiwerk. Beide Vorstellungen amüsierten sie.

»Warum nicht Bonnie und Clyde?«, fragte Valentin sie.

»Weil die durch 167 Kugeln gestorben sind. An einem 23. Mai. Nicht der Mai, aber die 23 gibt mir zu denken. Das ist unser Alter.«

»Kann man mit dir eigentlich Geld verdienen?«, wollte Valentin wissen. Leska dachte kurz an ihren Ibiza-Trip. Dort hatte sie als Mädchen für alles auf einer der Luxusjachten angeheuert. Zimmer aufräumen, Betten beziehen, bedienen, in der Küche helfen, putzen, sie konnte alles. Und sie passte auf, dass ihr keiner an die Wäsche ging, aber der Eigner hatte für seine Freunde und sich Russinnen einfliegen lassen, und die waren langbeinig, hübsch und konnten hervorragend lügen. So viele Orgasmusschreie hatte sie ihr ganzes Leben noch nicht gehört. Egal, alle waren happy. Leska hatte ihr Geld bekommen und dachte nun sogar an ein eigenes Studium, bis ihr dieser Idiot dazwischengekommen war. Einmal in ihrem Leben hatte sie nicht aufgepasst. Nicht aufgepasst, weil sie gut verdient hatte und manches plötzlich so zum Greifen nahe war. Sie war trunken vor Zukunftsplänen, sie war glücklich und befreit. Und dann hatte sie plötzlich den Stoff in ihrem Rucksack gehabt. Und keine Erklärung. Selbst ihr Ibiza-Lohn wurde für Dealergeld gehalten. Da war sie getürmt, ohne ihre Kohle. Aus das Lied vom Glück! Alles dahin.

Sie seufzte.

»Man muss mit dir doch Geld verdienen können«, insistierte Valentin.

»Warum?«

»All die Fernsehshows, in denen Wissen abgefragt wird. Du brichst doch schier auseinander vor lauter Wissen. Eine riesige Bibliothek steckt in dir.«

»Hm«, sie lächelte. »Passt alles genauso gut auf einen winzigen Chip.«

»Aber du bist ein Mensch und kein Roboter.«

»Manchmal weiß ich nicht, was ich bin«, sagte sie. »Was bist du?«

»Was? Du meinst: wer.«

»Nein, ich meine: was.«

Er schwieg. Schließlich sagte er: »Was kommt denn da?«

»Was?«

»Unser Sandwich.« Er wich ihr wieder erfolgreich aus. Und diesmal ließ sie ihn gewähren.

Es war kurz vor Mitternacht, als sie in ein Wassertaxi stiegen. Leska hatte in der Zwischenzeit ein Glas Weißwein und viel Mineralwasser getrunken, Valentin hatte ihren Bellini und einen weiteren genossen und eine Flasche Rotwein zum Mitnehmen geordert.

»Was für eine wunderschöne Nacht«, sagte er, als die erleuchteten Paläste an ihnen vorüberglitten. Sie standen auf dem Schiffsdeck, hatten sich gegen das Mahagonidach des niederen Fahrgastraumes gelehnt und spürten den warmen Fahrtwind auf der Haut.

»Ich könnte stundenlang so weiterfahren.« Leska schmiegte sich an Valentin und überlegte, wann sie ihn verlassen sollte. Ihr Rucksack lag noch im Wagen. Irgendwo würde sie einen dringenden Toilettengang vortäuschen. Auf einer der großen Raststätten. Dort würde sie allein weiterkommen. Am besten in Richtung Süden. Dort, wo die Häfen mit den dicken Jachten waren, falls es das in Italien noch gab. Sardinien, dachte sie. Aber um diese Jahreszeit? Es war September. Bald würde es Winter werden, und ihr wurde es kalt ums Herz.

Valentin drückte sie an sich, und sie spürte seine Nase hinter ihrem Ohr. »Und ich wünschte, ich wär 'ne Muschel, ganz nah ans Meer rangekuschelt«, flüsterte sie. »Von morgens bis abends gebettet in Sand, eine einfache Muschel an einem einfachen Strand, und jemand wäre froh, mich zu finden.«

»Ich habe dich gefunden«, hauchte ihr Valentin ins Ohr. Sein Atem war heiß, und sie drehte den Kopf, um ihm in die Augen sehen zu können.

»Ich hätte nicht gedacht, dass du das hören kannst.«

»Und ich hätte nicht gedacht, dass du auch mit dir selbst sprichst.«

»Manchmal schon.«

»Das sind aber traurige Gedanken für jemanden, der eben entdeckt wurde.«

»Die Traurigkeit ist mein stiller Begleiter.«

»Dann schenk sie mir.«

»Ich kann jetzt nicht fröhlich sein.«

»Wir hatten einen schönen Abend …«

»Ich fühle mich trotzdem allein.« Sie hätte heulen können. Da stand er neben ihr, zum Greifen nah und doch so weit weg. Zwei Welten, die sich nicht miteinander vereinbaren ließen. Sie war wie eine Kanalratte, ganz unten, auf der Suche nach dem Nötigsten. Und er war die Nachtigall, die nicht wusste, dass ihr die Welt zu Füßen lag.

Er nahm sie fest in die Arme. »Was ist los mit dir?«

»Ich habe gerade meine schwermütigen fünf Minuten. Es ist alles so schön hier, so unfassbar schön. Schau das schimmernde Licht auf den Wellen, das sich ständig bricht und neu ersteht, schau diese versunkene Stadt, die in ihrem nächtlichen Gewand so unglaublich schön aussieht, so unwirklich wie eine gigantische Theaterkulisse. Schau die Sterne über uns, und riech diese Luft, eine Mischung aus Algen und feuchten Wänden, aus Gold, Glitzer und Vergangenheit, aus dem Prunk der reichen Adeligen und dem Siechtum der Armen, und ahne den Tod, den die Pest über alle brachte. Vielleicht war überhaupt die Pest die ausgleichende Gerechtigkeit, sie machte keinen Unterschied. Vielleicht musste sie deshalb zwanzig Mal kommen …«

»Leska, du machst mir Angst.« Valentin hielt sie noch immer fest und blies ihr eine Haarsträhne aus dem Gesicht. »Was hält dich davon ab, das Leben einfach so zu genießen, wie es ist?«

»Das Leben.«

Das Boot legte an der Kaimauer an. Vor ihnen erkannte Leska die Brücke mit den vielen Vorhängeschlössern. Sie waren zurück. Valentin bezahlte und reichte Leska die Hand zum Ausstieg. Sie griff nach der Einkaufstüte mit ihren neuen

Schuhen. »Jetzt bin ich wieder kleiner«, witzelte sie, um die seltsame Stimmung zu vertreiben, die sich in ihrem Herzen eingenistet hatte.

»Höchstens kürzer«, sagte Valentin. »Klein wirst du nie.«

»Danke, mein Großer.« Sie gingen eng umschlungen die Treppe zur Straße hinauf.

Valentin stolperte, und Leska stützte ihn. »Na, na«, sagte sie scherzhaft. »Du brauchst deine Beine morgen noch zum Gasgeben, der Bergsieg winkt, vergiss das nicht.«

Valentin griff sich an den Hals. »Komisch«, sagte er. »Die Fahrt hat mir nicht gutgetan. Kann ja eigentlich nicht sein. Ich bin noch nie seekrank geworden.«

»Zu viel Alkohol?«

»War doch nur ein bisschen Sekt.«

Der große Parkplatz war leer geworden, nur vereinzelt standen noch ein paar Autos herum. »Es ist nicht mehr weit«, sagte Leska und wies nach vorn in Richtung des Parkhauses, dessen Einfahrt erleuchtet war. »Hundertfünfzig Meter. Höchstens.«

»Hundert.«

»Wenn du recht haben willst, dann sollst du recht haben.«

»Es ist so verdammt warm heute Nacht. Ein richtiger Föhnwind.«

Sie spürte, wie er in ihrem Arm schwerer wurde.

»Valentin, was ist mit dir?«

»Nichts. Mir ist nur ein bisschen schwindelig.«

»Wir sind gleich beim Wagen.«

»Ja ... gut.«

»Gib mir die Schlüssel, dann kannst du dich auf dem Beifahrersitz ein bisschen ausruhen.«

»Hast du überhaupt einen Führerschein?«

Leska musste lachen. »Auto ist Auto. Hat einen Zünd-schlüssel, einen Motor, eine Bremse und ein Gaspedal und fährt vorwärts und rückwärts. Und mehr muss man nicht wissen.«

Er zog den Autoschlüssel aus seiner Hosentasche und gab ihn ihr. »Wir müssen ja auch nicht fahren«, sagte er leicht schleppend. »Vielleicht einfach eine halbe Stunde schlafen, dann geht es schon wieder.«

Leska spürte ein Zucken in der Magengegend und eine Gänsehaut im Nacken. War das Huhn irgendwie verdor-ben?, dachte sie. Salmonellen? Das begann meist mit ei-nem Schwächeanfall, Übelkeit und Durchfall. Das hatte sie schon selbst erlebt. Aber sie hatte ebenfalls ein Sandwich gegessen.

»Wir sind gleich da«, wiederholte sie sanft. »Aber ich sollte noch kurz Pipi machen.« Sie sah sich um. Auf so eine eklige öffentliche Toilette wollte sie nicht, dann schon eher hinter einen Baum.

»Gut, ich geh mal … langsam vor …« Sie sah ihm nach, wie er in der großen Einfahrt des Parkhauses verschwand, und entschied sich um. So unsicher, wie er plötzlich lief, wollte sie ihn nicht allein lassen.

Valentin war kurz vor dem Wagen, als sich eine Silhouette aus dem Schatten eines Betonpfeilers löste und mit wenigen Schritten bei ihm war. Was passierte, konnte Leska nicht se-hen, denn ein zweiter Mann stellte sich ihr in den Weg. Der greift an, Scheiße, dachte sie und sprang mit hochgerisse-nem Knie frontal in ihren Angreifer hinein. Dem gurgeln-den Geräusch nach hatte sie getroffen, er ging in die Knie, griff aber noch nach ihren Fesseln. Sie wich aus und trat ihm mit der Fußspitze mit voller Wucht in den Solarplexus. Dann sah sie sich nach Valentin um. Er lag bäuchlings auf dem Beton, der Kerl hing über ihm. Er presste Valentins Kopf an den Boden und redete heftig auf ihn ein. Leska zog einen ihrer neuen Schuhe aus der Tüte, schlich sich an und schlug dem zweiten Angreifer den spitzen Absatz auf den Kopf. Augenblicklich fiel er zur Seite. Da hatte die Verkäuferin doch ausnahmsweise recht gehabt, dachte Leska, während sie in fliegender Hast den Wagen aufschloss, Tüte und Schuh hineinwarf und Valentin an der Schulter packte, um ihn auf die Füße zu bekommen. »Rein da!«, brüllte sie ihn an und zog und schob ihn auf den Beifahrersitz. In der Zwischenzeit rappelte sich einer ihrer Gegner wieder auf, doch sie schaffte es gerade noch, sich hinter das Lenkrad zu klemmen, beide Türen von innen zu verriegeln und den Schlüssel in das Zündschloss zu stecken, bevor er sie erreicht hatte. Der Wagen heulte auf. »Wo ist der Rückwärtsgang?«, herrschte sie Valentin an, aber dann fand sie ihn selbst, und als der Wagen mit einem Satz nach hinten schoss, konnte sich der Typ nur mit einem Hechtsprung zur Seite retten. »Was ist denn das für ein Mist«, schrie sie. »Was wollen die von uns?« Valentin hatte Mühe, sich aufrecht zu halten.

»Wo ist das Licht?« Sie rührte auf der Suche nach dem ersten Gang mit dem Schalthebel, zog gleichzeitig an jedem Knopf im Cockpit, legte Kippschalter hin und her und gab Gas. Sie brauste die Ausfahrt raus auf die dunkle Straße, dann hatte sie den richtigen Knopf gefunden, und der Asphalt vor ihr wurde hell.

»Verflucht, Valentin, wach auf!« In halsbrecherischem

Tempo raste sie über den vierspurigen Damm zurück aufs Festland. Weg, dachte sie, nichts wie weg. Sie war sich sicher, dass sie gleich Verfolger haben würden. Sie wusste zwar nicht, warum, aber es musste etwas mit Valentin zu tun haben. Oder mit dem Ferrari. Mit ihr jedenfalls nicht, ihre Häscher warteten in Deutschland.

Im Gewirr der Straßen verlor sie die Orientierung. »Valentin!«, schrie sie wieder, aber er hing halb bewusstlos neben ihr im Sitz. Der Bellini, durchzuckte es sie plötzlich, während sie eine breite Straße entlangfuhr. Links zeichnete sich in der Dunkelheit eine hohe, ewig lange Hecke ab, rechts hinter den Leitplanken flaches Land. Der so großzügig offerierte Bellini! Sie hatte nur daran genippt.

»Wo fahren wir hin?«, wollte er matt wissen, bevor er sich übergab.

»Verflixt!« Leska riss die Shoppingtüte vor und hielt sie ihm unter die Nase. »Halt durch! Wir können nicht stehen bleiben!«

Ja, wo fahren wir hin? Sie hatte keine Ahnung. SS309 las sie auf einem Straßenschild. Das sagte ihr nichts. »Chioggia.« Das hatte sie auch gelesen, aber sie hatte keine Ahnung, wo das war.

»Ah, gut«, sagte Valentin, wischte die Tüte beiseite und fiel wieder in sich zusammen.

Und wenn uns jetzt die Polizei aufhält?, dachte sie plötzlich. Wegen überhöhter Geschwindigkeit? Wäre das gut? Wären sie dann in Sicherheit?

Sie sah in den Rückspiegel. Hinter ihr Autolichter. Aber das hatte nichts zu sagen. Oder doch? Zumindest war der Tank voll, gut. Aber das war auch das einzig Gute.

Frag dich nicht, was richtig ist, / Sondern frag dich, was du fühlst. / Hör auf zu fragen, ob du kannst, / Sondern frag doch, ob du willst.

Während sie Kilometer fraßen, sang sie das kleine Gedicht in allen möglichen Tonlagen. Sie hatte es irgendwo gelesen, und der Sinn hatte ihr sofort eingeleuchtet. Komisch, dachte sie. Vielleicht war es wirklich seltsam, dass sie sich solche Dinge so gut merken konnte? Selbst wenn sie es nur einmal gehört oder gelesen hatte. Wie diese Verse von Julia Engelmann. Weil sie zu ihr passten? Weil sie sich in so vielem wiederfand, egal ob von Goethe, Bushido oder eben Julia Engelmann? Weil ihr Kopf wettmachen wollte, was ihr familiär nicht gegeben wurde? Andere mussten gezwungen werden zu lernen, sie wollte mit aller Macht und durfte nicht. Sie hatte sich stets angeschlichen, überall hatte sie mitgelernt. Am Fenster des Ballettraumes und im Eingang zum Karate-Dojo. Wahrscheinlich hätte sie schon längst einen schwarzen Gürtel, wenn sie einfach hineingegangen wäre. Aber sie hatte die Kurspreise auf der Aushängetafel gelesen, und dafür hatten ihre Eltern kein Geld gehabt. Für Zigaretten und Tiefgefrorenes, für Hamburger und Chips. Für Bier und Schnaps. Und sie war schüchtern gewesen und ständig auf der Flucht, auf der Flucht vor ihren Eltern.

Und jetzt war sie wieder auf der Flucht.

»Valentin«, sagte sie, »ich fahre jetzt schon über eine Stunde. Ich werde müde. Ich suche uns jetzt ein Versteck für die Nacht. Und wir brauchen was zu trinken.«

Valentin glückste und war wieder still. Was, wenn er ernstlich vergiftet war? Wenn das mehr gewesen war als nur ein starkes Schlafmittel? Wenn er ihr hier im Auto starb? Sie wischte den Gedanken beiseite, er war jung, er würde nicht sterben. Jedenfalls nicht, solange sie auf ihn aufpasste.

Sie drosselte das Tempo. Der Motor dröhnte in ihren Ohren. Dieses ganze Auto war eine Plage. Laut, ruppig, anstrengend. Schwer zu lenken, schwer zu schalten und hart gefedert. Ein sanfter Citroën wäre jetzt das Richtige. Luftgefedert und mit Liegesitzen. Oder noch besser ein Kombi. Irgendwas, worin man bequem schlafen konnte. Langsam tat ihr alles weh. An Chioggia waren sie längst vorbei. Die nächste kleine Straße würde sie abbiegen in der Hoffnung, ein verschlafenes Dorf zu finden, wo sie sich hinter dem Kirchenschiff verstecken konnten. Bei diesem Gedanken musste sie lächeln. Wie hießen die beiden Romanfiguren? Ja, Don Camillo und Peppone! Die bräuchte sie jetzt. Zwei so schlagkräftige italienische Schlitzohren, die den anderen Schlitzohren aus Venedig ein Schnippchen schlagen würden.

»Mir ist so übel. Und ich habe Durst.«

Seine Stimme klang wie eine verstimmte Drehorgel, so brüchig und quietschend. Er schlief gleich wieder ein.

Womit habe ich das verdient?, dachte Leska. Es hätte doch einmal in meinem Leben nur einfach glattlaufen können.

Ein Wegweiser tauchte vor ihr auf. Sie konnte ihn in der Dunkelheit nicht so schnell entziffern, aber es machte auch keinen Unterschied. Sie würde die Ortschaft ja doch nicht kennen. Sie warf einen Blick in den Rückspiegel. In der Ferne sah sie zwei Lichter. Waren es eigentlich immer die gleichen? Sie würde es feststellen, wenn sie ebenfalls abbogen und ihr folgten. Und – und dann? Ja, was dann?

Sie hatte keine Antwort. Aber noch stellte sich ja die Frage nicht. Es war eine schmale, kurvige Landstraße, und sie konnte durch die Bäume am Wegesrand nicht sehen, ob der andere ebenfalls abgebogen war. Und stehen bleiben wollte sie nicht. Denk nach vorn, dachte sie. Es wird sich schon was ergeben.

Die ersten Häuser zeigten sich schmucklos am Wegesrand. Wo bleibt die italienische Idylle?, fragte Leska sich. So nah, wie die Häuser an der Straße standen, mussten die Bewohner ja buchstäblich überfahren werden, sobald sie nur einen Schritt vor die Haustür wagten. »Seltsam«, sagte sie laut zu Valentin. »Dabei ist hier so viel Land, so viel Platz!« Sie warf ihm einen Blick zu. Sein Kopf hing schlaff zwischen Rücklehne und Seitenfenster. »Und jetzt wecken wir auch noch alle auf …« Sie versuchte, so leise wie möglich zu fahren, und nahm den Fuß vom Gas, um einfach nur zu rollen. Der Motor fing an zu blubbern und war lauter als zuvor. »Herrgott!«, schimpfte sie, dann sah sie den angestrahlten Kirchturm. Das war ein Zeichen, ganz klar. Und die Straße führte um einige Häuser herum direkt auf die Kirche zu. Ein eckiges, wehrhaftes Gebäude mit einem hohen, schmucklosen Turm. Scheinwerfer tauchten es in ockerfarbenes Licht und gaben ihm so etwas Anheimelndes. Der Kirchplatz lag offen und völlig kahl da, fast wie ein Marktplatz ohne Markt. Keine Pflanzen, keine Bänke, nichts. »Das ist jetzt nicht gerade ein tolles Versteck«, sagte Leska und fuhr langsam zur Rückseite der Kirche. Dort wohnte offensichtlich der Pfarrer, in einem kleinen, schmucken Haus, mit einem Gärtchen davor. Dahinter Felder. Was Leska gleich sah, war der Ziehbrunnen zwischen Kirche und Haus. Perfekt. Und die Straße führte um die Kirche herum. Das ließ ihr den Fluchtweg offen. Sie fuhr in den Gebäudeschatten hinein, rollte neben den Brunnen, schaltete den Motor und die Lichter aus und kurbelte ihr Fenster herunter. Eine Weile blieb sie sitzen und lauschte in die Dunkelheit hinaus. Sie hörte die lärmenden Singzikaden, das wellenartige Auf und Ab ihrer Gesänge, sie hörte einen Hund bellen und ein monotones Geräusch in der Ferne, das sie nicht zuordnen konnte. Ein Fluss? Eine Autobahn? Es war nicht wichtig. Wichtig war, dass es ansonsten absolut still war. Langsam stieg sie aus, griff nach der Tüte und ihren Schuhen und ging zum Dorfbrunnen. Es war tatsächlich ein alter Ziehbrunnen. Ein Holzeimer hing an einer Winde, und Leska stupste ihn an. Er pendelte sacht, und das aufgewickelte Seil knarzte. Hoppla, dachte Leska, das wird laut, wenn ich den hinunterlasse. Sie beugte sich vor und fühlte in den Eimer hinein. Ihre Hand wurde nass. Glück, dachte sie. Ob das frisches Trinkwasser war, bezweifelte sie, aber schlechter als schlecht konnte es Valentin nicht werden. Sie nahm den Eimer so leise wie möglich vom Haken, stellte ihn auf den Boden und kostete das Wasser aus ihrer hohlen Hand. Es schmeckte kühl und ein bisschen nach Eisen. Das lag vielleicht an dem Ring, der die Holzdauben zusammenhielt. Sie nahm noch einen Schluck, bevor sie die leere Wasserflasche aus dem Auto holte und aus ihrem Rucksack einen frischen Slip. Einen anderen Stoff hatte sie nicht, um Valentins Gesicht zu waschen und seine Stirn zu kühlen. Sie tränkte ihr Höschen im Wasser und drückte es aus, dann öffnete sie leise die Beifahrertür, gab Valentin einen Schluck Wasser und wusch sein Gesicht. Er brummelte vor sich hin, war aber noch immer nicht wirklich da. »Valentin, Valentin«, sagte sie. »Du verpennst deinen Start!« Vielleicht konnte sie ihn ja auf diesem Weg munter machen.

»Start?«, wiederholte er, sank aber gleich wieder in sich zusammen. Verdammt, was war das bloß für ein Teufelszeug gewesen und überhaupt: Warum? Den Wagen hätten sie doch schon früher klauen können. Ging es um Valentin? Wollten sie ihn? Sie konnte sich keinen Reim darauf machen.

Der Mond hing über den Pappeln am Feldrand, und es sah wildromantisch aus, wie er als rotgoldene Scheibe immer höher stieg. Leska kniete neben dem Eimer, um ihre neuen Schuhe zu waschen und die Tüte auszuspülen. Wie sie den säuerlichen Geruch des Erbrochenen aus dem Auto bekommen sollte, wusste sie noch nicht, aber das meiste war ja in die Tüte gegangen, also dürfte sich das bei offenen Fenstern bald von selbst erledigen.

»So«, sagte sie schließlich und rieb sich die Hände, »alles erledigt. Feierabend!« Leska blieb vor dem Wagen stehen und sah hinein. Da lag noch ihre Umhängetasche mit dem Geld. Sie verstaute das Kuvert wieder unter dem Fahrersitz, aber sie wollte sich nicht hinter das Lenkrad setzen. So konnte sie nicht schlafen, das war einfach zu unbequem. Schließlich zog sie ihre Isomatte und ihren Schlafsack aus dem Rucksack und legte sich neben die offene Autotür. Wenn sich ein Auto nähern würde, würde sie das schon hören, da war sie sich sicher. Wenige Minuten später war sie eingeschlafen.

Leska wurde wach, weil sie plötzlich das Gefühl hatte, nicht mehr allein zu sein. Sie fuhr hoch und brauchte nur Augenblicke, um wissen, wo sie war. Sie glitt hinter das Lenkrad, die eine Hand am Zündschlüssel, mit der anderen zog sie Isomatte und Schlafsack unter der offenen Autotür herein, schloss mit einem Ruck die Tür und verriegelte sie von innen. Inzwischen war der helle Mond hinter einer schwarzen Wolkendecke verschwunden, und die Kirchenscheinwerfer waren erloschen. Alles um sie herum war finster, und die Nacht erschien Leska wie eine bleischwere Zementdecke, die alles verschluckte. Dann sah sie es im Rückspiegel. Eine Zigarette glimmte auf. Und noch eine, gleich daneben. Ganz ohne Zweifel schlich sich jemand an. Es gibt zwei Möglichkeiten, überlegte sie und versuchte, nicht panisch zu werden. Umdrehen und frontal gegen die Angreifer fahren oder aber die Flucht um die Kirche herum wählen. Das erschien ihr besser, denn sicherlich blockierte der Verfolgerwagen hinter ihr die Straße. Entschlossen drehte Leska den Zündschlüssel herum und hielt dabei die Luft an. Doch selbst in ihren Ohren klang der startende Motor wie eine Kette von Kanonenschlägen. Es ballerte in den tiefsten Tönen und schallte zurück, als ob es zwischen Kirchenmauern und Pfarrhaus ein Echo gäbe.

Nix wie weg, dachte Leska und gab Gas. Sie fuhr schon, als sie die Armaturen noch nach dem Lichtschalter absuchte. Sie konnte einfach nichts sehen, weder hier drin noch draußen. Aber eigentlich musste sie ja nur an der Kirche entlangfahren, um auf die Straße zu kommen. Trotzdem hielt sie Abstand zur Mauer, denn sie fürchtete irgendwelche Eisenpfähle oder ausgreifende Kirchenverzierungen mitzunehmen – gleichzeitig hatte sie Angst, plötzlich Gesichter neben sich auftauchen zu sehen. Was, wenn die Kerle bewaffnet waren? Da half kein Schuhabsatz mehr, da half nur Vollgas.

Valentin regte sich neben ihr. »Durst«, sagte er.

»Valentin, eine Sekunde, ich habe gerade –«

»Durst!« Er legte ihr seine Hand auf den Unterarm. Die war schwer, und Leska schüttelte sie rasch ab.

»Valentin, gleich! Wir haben hier gerade ein Problem.« Sie sah schnell zu ihm hinüber und sofort wieder in den Rückspiegel. Da war etwas hinter ihr. Rannten sie hinter ihr her?

Sie gab Gas, mehr, als sie vorhatte. Der Wagen schoss nach vorn, und sie schlug das Lenkrad nach links ein, was ohne Servolenkung ein Kraftakt war. Ich muss der Kirchenmauer folgen, beschwor sie sich, doch in diesem Moment klatschte ihr Valentin mit solcher Wucht seine Hand auf den Unterarm, dass sie das Lenkrad verriss und nur noch spürte, wie der Wagen ins Schlingern geriet und wie ein Schlitten rutschte. Sie wartete auf einen Knall, der kam aber nicht, dafür saßen sie fest. Sie spürte, wie sich die Reifen drehten, ohne dass sich etwas tat, und schließlich starb der Motor ab.

»Jesses Maria«, fluchte sie leise.

»Was ist denn?«, fragte Valentin erstaunlich klar.

»Keine Ahnung. Die guten Geister haben uns soeben verlassen.«

»Dann hol sie zurück.« Er gähnte. »Mann, ist mir übel.«

Leska griff nach hinten, zwischen Isomatte und offenem Schlafsack hindurch, und zog die Tüte hervor. »Da!«

Aber Valentin war schon wieder eingeschlafen.

»Na, bravo!«, sagte sie zu sich selbst. »Wie war das mit dem Beschützerkodex? Der Ritter beschützt die Dame – und nicht umgekehrt.«

Sie drehte sich um und versuchte, durch das Rückfenster etwas zu erkennen. Es war wirklich wie verhext. Wie konnte die Nacht plötzlich so dermaßen finster sein? Sie kontrollierte, ob beide Türen von innen verriegelt waren. Gab es vielleicht irgendwo eine wuchtige Taschenlampe? Sie tastete alles ab. Hinter ihrem Sitz fand sie einen kleinen Feuerlöscher. Der war perfekt. Ein Schlauch, zwei Hebel am Kopf der Flasche zum Zusammendrücken und ein kleiner Dorn. War das die Sicherung zum Herausziehen? Mit dem Licht ihres Handy-displays würde es schneller gehen, dachte sie und fingerte weiter an dem Löscher herum. Sie scheute sich, Licht zu machen, denn es würde sie und ihre Absicht verraten. Beruhige dich, sagte sie sich. Du bist in der Nähe einer Kirche, da passiert schon nichts. Und außerdem hatte sie gerade begriffen, wie sie im Falle eines Falles den Angreifer würde einschäumen können, und das gab ihr ein gutes Gefühl.

Sie saß wachsam hinter dem großen Holzlenkrad, betastete die Armaturen, rief sich in Erinnerung, wo der Lichtschalter gewesen war, fand ihn, prägte sich durch mehrfaches, schnelles Hinfassen die Stelle ein und zog irgendwann den Schlafsack nach vorn, weil ihr kalt wurde. Die Zeit dehnte sich wie Kaugummi, und nichts geschah. Schließlich rollte sie sich ein und spürte, wie erst ihre Glieder und wenig später ihre Augenlider schwer wurden. Wenn sich was tut, dachte sie, werde ich blitzschnell reagieren. Sie platzierte den Feuerlöscher zwischen sich und der Autotür und sank gegen Valentin, der im Schlaf den Arm um sie legte. Gutes Gefühl, dachte sie noch, und mit diesem wohligen Gedanken schlief sie auf der Stelle ein.

»Was ist denn das?« Es war Valentins Stimme, die sie aus dem Schlaf riss. Sie versuchte sich aufzurichten, aber ihr Nacken schmerzte, und die Enge im Wagen machte es nicht einfacher.

»Was tun wir hier?«

»Du lebst also wieder«, sagte sie und sah ihn von der Seite an.

»War ich tot?«

»So gut wie.«

»So fühle ich mich auch.«

Inzwischen war der Morgen angebrochen, und obwohl es noch sehr früh sein musste, hatte sich eine größere Menschenmenge in gebührendem Abstand um das Auto versammelt, irgendwie stoisch und bewegungslos.

»Komisch«, sagte Leska, dann sah sie auch, warum: Der Wagen stand mitten im Garten des Pfarrhauses. Vor ihnen hingen hohe Strauchtomaten mit dicken, reifen Tomaten, links grüßten Sonnenblumen mit wippenden Köpfen, und zwischen ihren Reifen wuchs Salat. Kein Wunder, dass es so rutschig gewesen war, dachte sie. Nur: Was jetzt?

»Ich muss mit den Leuten reden«, sagte Leska.

»Wie kommen wir überhaupt hierher?«

»Wir sind auf der Flucht.«

»Aha.« Er sah sie so ungläubig an, dass sie fast lachen musste. »Nur weil ich etwas zu viel getrunken habe? War die Polizei hinter dir her?«

»Ich glaube, da ging es nicht um zu viel Alkohol.«

Aus dem angrenzenden Pfarrhaus kam nun ein hochgewachsener Mann, feierlich im schwarzen Rock, unter dem sich ein ansehnlicher Bauch wölbte. »Don Camillo und Peppone«, wiederholte Leska, was sie schon in der Nacht gedacht hatte.

»Und wieso stehen wir in seinem Vorgarten?«, wollte Valentin wissen. »Das ist nicht gut.«

»Nein, ganz und gar nicht!«, stimmte Leska ihm kleinlaut zu. »Sprichst du mit ihm oder ich?«

»Ich kann kein Italienisch.«

»Ich auch nicht.«

»Dann also du.«

Leska runzelte die Stirn. »Das muss männliche Logik sein.«

Sie entriegelte ihre Tür und öffnete sie. Noch immer bewegte sich niemand. Ein bunter Haufen stand da, manche waren im Anzug, andere in blauen Latzhosen, einige in Jeans, und dazwischen ein paar Frauen mit Kopftüchern. Als der Pfarrer kam, traten sie auseinander, um ihm Platz zu machen. Der nachtschwere Himmel hing tiefgrau über ihnen, was für Leska das surreale Bild noch verstärkte. Auch dass weiterhin niemand ein Wort sagte, war irgendwie unwirklich, schließlich standen sie mit einem alten roten Ferrari mitten im Pfarrgarten. Da hätte doch die pure Entrüstung aufflammen müssen oder sonst eine Regung.

»Im Morgenrot die Nacht zerrinnt«, sagte Leska leise beim Aussteigen, »im hellen Licht der Tag beginnt / Es bringt der Tag die neue Zeit / Ich geh den Weg, er ist noch weit.«

»Da bin ich gespannt«, antwortete Valentin, auch er flüsterte. Sie drehte sich kurz zu ihm um, seine dunkelbraunen Augen lächelten sie an.

»Buongiorno«, sagte Leska freundlich in die Runde, und die Männer und Frauen nickten.

»Aus Deutschland?«, fragte der Pfarrer auf Deutsch und wies auf das Nummernschild.

»Ja«, sagte Leska. »Es tut mir leid, es war so spät gestern Nacht und ich so müde, und ich wollte hinter dem Gotteshaus Schutz suchen.« Sie wies zu der Kirche hin, die grau und mächtig hinter ihnen stand.

»Das ist ein sehr schöner Besuch«, sagte der Pfarrer und fügte etwas auf Italienisch hinzu, das Leska nicht verstand, aber alle nickten, und auf einigen Gesichtern zeigte sich sogar ein Lächeln.

»Wir müssen natürlich als Erstes ein Foto machen«, sagte er und zog ein Smartphone aus seiner Tasche. Leska glaubte, nicht recht zu sehen. Sie drehte sich um und zeigte auf die Reifenspuren, die zwischen den ordentlich gepflanzten Salatköpfen eine breite Schneise der Vernichtung gezogen hatten.

»Das Dumme ist nur«, sagte der Pfarrer, »keiner will fotografieren. Die wollen alle mit aufs Bild.«

Leska bückte sich ins Auto zurück. »Hörst du das? Ich glaub's ja nicht!«

»Ich fotografier nur, wenn sie uns da rausschieben«, erklärte Valentin brummig.

»Mein Freund fotografiert«, gab Leska weiter.

»Nein, der muss auch aufs Bild!«

»Valentin«, sie bückte sich wieder ins Wageninnere, »du musst rauskommen!«

Während Valentin langsam ausstieg und sich mit zehn Fingern durch die Haare fuhr, wandte sich der Pfarrer wieder an Leska. »Ich habe zwei Freiwillige«, sagte er. »Die werden sich beim Fotografieren abwechseln, so ist jeder mal auf dem Bild.«

»Jesses Maria!«, sagte Leska wieder.

»Ich heiße Alessandro. Don Alessandro. Und die Vorsehung ist allmächtig!«

»Welche Vorsehung?«

»Dass uns heute eine große Gnade zuteilwird.«

»Ja«, versuchte Leska zu verstehen, »aber ich bin ja nur aus Versehen in Ihren Garten gefahren. Das ist doch keine Gnade?«

»Ein großes Geschenk wird uns heute gemacht.«

»Welches Geschenk?«, fragte nun auch Valentin und warf Leska über den Ferrari hinweg einen zweifelnden Blick zu.

Die denken, das Auto sei als Geschenk vom Himmel gefallen, dachte Leska, und in Valentins Augen sah sie, dass er Ähnliches befürchtete.

»Helfen Sie uns dann hier wieder raus, wenn das Foto gemacht ist?«, wollte er vom Pfarrer wissen, der gerade die richtige Perspektive für das Foto suchte und mit dem Handy vor dem Auge hektisch hin und her lief.

»Es ist vielleicht noch ein bisschen dunkel, gleich kommt die Sonne, dann sieht man auch die Kirche besser. Um sie geht es ja.«

»Helfen Sie uns da wieder raus?«, wiederholte Valentin, der mit seinen Ledersohlen den glatten Lehmboden testete. »Es ist ohne Hilfe zu rutschig.«

»So Gott will.«

»So Gott will? Und woher weiß ich, dass er will?«

»Gottes Wege sind unergründlich.«

»Eine klare Ansage wäre mir lieber …«

Es war kurz still, und Leska und Valentin warteten auf den Pfarrer, der nur lächelnd auf den Wagen sah.

»Es ist ein Ferrari«, sagte er andächtig.

»Das stimmt«, gab Valentin zögernd zu.

»Und – es ist eine Rarität.«

»Das stimmt auch …«

Der Padre lächelte noch immer, bückte sich etwas und strich mit seinen Fingerkuppen sanft über die Motorhaube. »Eine Berlinetta. Ein besonders schönes Exemplar.« Er wandte sich an Valentin. »Baujahr 62?«

Valentin nickte. »Sie kennen sich erstaunlich gut aus.«

Der Padre warf ihm einen milden Blick zu. »Es ist ein Ferrari, mein Freund, und wir sind hier in Italien.«

Valentin nickte ergeben.

»Gut, da wir hier in Italien sind, was verlangen Sie fürs Rausschieben?«

Der Pfarrer lächelte, ohne eine Reaktion zu zeigen.

»Vielleicht sollten wir eine Messe lesen lassen«, schlug Leska vor, »für einen Ihrer Dorfheiligen?«

»Zehn Millionen.«

Leska warf Valentin einen Blick zu. »Was hat er gesagt?«

»Zehn Millionen Euro«, wiederholte der Padre, und sein Blick glitt vom Ferrari zu Leska.

»Wovon sprechen Sie?«, wollte Leska irritiert wissen.

»Er kennt sich aus«, erklärte Valentin mit freudloser Stimme.

»Ich verstehe es trotzdem nicht«, beschwerte sich Leska.

»Ist doch nicht so schwer«, begann Valentin, doch Don Alessandro richtete sich auf und streckte die Brust raus. »Dieses tätige Wunder hat sich heute Morgen beim vierten Glockenschlag wie ein Lauffeuer verbreitet. Es ist, als fände man in der Not einen Schatz im Garten …«

»In welcher Not?« Valentin verzog das Gesicht.

»Es ist ein Auto«, sagte Leska und spürte, wie sie allmählich die Geduld verlor. »Und wir würden mit diesem Auto jetzt gern weiterfahren.«

»Was genau wollen Sie von uns?«, fragte Valentin den Padre direkt und straffte die Schultern. »Was kann man für einen verwüsteten Gemüsegarten und einmal aus dem Garten schieben verlangen?«

»Gar nichts«, sagte der Padre lächelnd.

»Das nenne ich dann doch mal Gottes Werk«, erklärte Valentin und entspannte sich.

»Der Wagen bleibt nämlich hier.« Der Padre lächelte unbeirrt.

»Sicherlich nicht!« Leska zog die Augenbrauen zusammen. »Es ist ja schließlich nicht Ihr Wagen, sondern es ist meiner Ungeschicklichkeit zu verdanken, dass ich –«

»Er steht auf meinem Grund und Boden, auf geweihtem Grund und Boden, also ist –«, er unterbrach sich selbst. »Jetzt steht die Sonne im günstigen Winkel, jetzt sollten wir das Foto machen.«

»Ruf die Polizei!«, flüsterte Leska Valentin zu.

»Wir sollten längst gestartet sein«, gab er zurück. »Sonst gibt es Ärger.«

»Wohin gestartet?«, fragte der Padre in sanftem Ton.

»Der Wagen soll in die Privatsammlung von Enzo Ferrari nach Maranello überführt werden. Piero wartet darauf. Und ich glaube, wir haben schlechte Karten, wenn wir noch ewig hier in Ihrem Garten stehen.«

»Enzo Ferrari?«, echote ein älterer Mann in dunkelroter Latzhose ehrfürchtig. »Ich habe mal dort gearbeitet, aber das ist lange her ...« Er versank in sentimentalen Erinnerungen.

»Piero?«, fragte der Padre nach und wirkte zum ersten Mal etwas unsicher. »Enzos Sohn?«

»Ja, die machen da großen Bahnhof, Piero und einige Politiker und Unternehmer – schließlich hat Enzo damals mit diesem Wagen einige wichtige Rennen gewonnen, und nun soll das gute Stück zurück in die Heimat!«

Alessandro wich einen Schritt zurück.

»Und ... wieso ihr?«, fragte er nach. »Wieso fahrt ausgerechnet ihr beide diesen Wagen von Deutschland nach Maranello?«

»Weil mein Vater mit der Scuderia Geschäfte macht und diese Idee ein Teil des Festaktes ist. Soll heißen, auch junge Leute wissen die große Ferrari-Geschichte zu schätzen. Und deshalb wir beide. Leska und ich.«

»Piero?«, sagte Alessandro noch einmal. »Piero Ferrari?«

»Piero. Wenn Sie wollen, rufen wir ihn kurz an –« Valentin griff nach seinem Handy. »Und ich mache auch schnell noch ein Foto von dem –«, er machte eine weite Handbewegung, »allem hier.«

Der Padre verzog das Gesicht. »Piero hatte einen Bruder ...«

»Einen Halbbruder. Alfredo. Er verstarb 1956 an Muskeldystrophie. Piero selbst wurde am 22. Mai 1945 geboren, vielleicht sollte ich ihn schnell auf dem Handy ... Augenblick.« Valentin hielt sich das Handy vor das Gesicht. »Ich habe eben einen Anruf verpasst. Maranello will wissen, wo wir stecken ...«

»Das sind mächtige Freunde«, sagte Don Alessandro langsam.

»Sie haben einen noch mächtigeren Freund«, erklärte Valentin freundlich und zeigte auf die Kirche.

»Die gehört dringend renoviert ...«

Valentin nickte. »Dachte ich mir. Aber wir können nicht helfen, wir müssen jetzt leider los!«

Don Alessandro sah ihn groß an und breitete ergeben beide Arme aus.

»Ja«, stöhnte Valentin, »ein Foto können wir noch machen. Vielleicht hilft es ja was.«

Eine halbe Stunde später erreichten sie wieder die große Landstraße, von der sie abgebogen waren. Leska hatte mittlerweile Valentins Gedächtnis aufgefrischt, denn er konnte sich tatsächlich an nichts mehr erinnern.

»Und du meinst ehrlich, die waren hinter uns her?«

»Wenn ich es dir doch sage. Erst sind sie in der Garage über dich hergefallen, und dann haben sie uns verfolgt. Glaube ich zumindest. Ich weiß nur nicht, warum.«

Valentin saß wieder am Steuer und legte Leska die Hand auf den Schenkel. Sie standen noch in der Nebenstraße, bereit zum Abbiegen. »Jedenfalls großartig, wie du mich gerettet hast.«

»Na ja, das war mehr im Affekt!«

»Du bist eine richtige kleine Kampfmaschine.«

Er grinste und nickte ihr bewundernd zu.

»Manchmal …«, sagte sie gedehnt und fragte: »Und jetzt? Was machen wir jetzt?«

»Jetzt rufe ich am besten meine Eltern an und sage, dass ich noch lebe.«

»Gute Idee. Und danach?«

»Danach fahren wir gemütlich zurück.«

Das war weniger in Leskas Sinn. Sie wollte weiter. Weiter weg von Deutschland. »Über Maranello?«, fragte sie.

Er lachte. »Dort war ich überhaupt noch nie.«

»Noch nie? Es hörte sich glaubwürdig an.«

»Wenn dir dein Vater ständig die gleichen alten Geschichten erzählt, hast du es irgendwann verinnerlicht – selbst, wenn du nie zuhörst.«

»Wenigstens hat er dir Geschichten erzählt …« Sie klang nicht sehr froh, als sie das sagte.

Er sah sie an. »Manchmal denke ich, in dir schlummert eine große Traurigkeit.«

»Sie schlummert nicht. Ich bekämpfe sie. Jeden Tag aufs Neue.«

Der Motor war das einzige Geräusch, er blubberte sanft, sonst war nichts zu hören.

»Die mir noch gestern glühten, / Sind heut dem Tod geweiht, / Blüten fallen um Blüten / Vom Baum der Traurigkeit.«

»Da würde ich auch traurig werden.«

»Ich seh sie fallen, fallen / Wie Schnee auf meinem Pfad, / Die Schritte nicht mehr hallen, / Das lange Schweigen naht.«

Valentin beugte sich zu ihr hinüber, legte den Arm um sie und zog sie an sich. »Was ist mit dir?«, fragte er leise.

»Hermann Hesse«, sagte sie. »Das ist nicht von mir.«

»Wie sind die Tage schwer!«, begann er. »An keinem Feuer kann ich erwarmen, / Keine Sonne lacht mir mehr, / Ist alles leer, / Ist alles kalt und ohne Erbarmen, / Und auch die lieben klaren / Sterne schauen mich trostlos an, / Seit ich im Herzen erfahren, / Daß Liebe sterben kann.«

»Ich glaub's nicht«, sagte sie.

»Darfst du aber«, sagte er. »Auch Hermann Hesse. Habe ich bei meinem ersten großen Liebeskummer auswendig gelernt.«

»Ich dachte, du kannst kein Gedicht? Kein einziges?«

»Es ist mir eben wieder eingefallen. Mein Herz wollte damals brechen.«

»Ah, ja. Und wie lange ist das her?«

»Ich war dreizehn. Und sie unsere Sportlehrerin. Ich habe

nie wieder so lange, schlanke Beine gesehen, so blondes Haar, solche Sommersprossen, eine so schöne Taille, ein …«

Leska boxte ihn leicht. »Haaalllooo?«

»Was denn?«

»Mit dreizehn?«

»Ja, und ich …« Hinter ihnen hupte es. Valentin sah in den Rückspiegel. »Da will einer vorbei.«

»Kein Wunder, wir blockieren ja die ganze Straße.«

»Links oder rechts? Wo fahren wir hin?«

»Du wolltest noch telefonieren.«

»Stimmt.« Valentin kurbelte die Scheibe runter und winkte das Auto hinter ihnen vorbei. »Ich kann mich nicht entscheiden.«

»Dabei bin doch ich der Zwilling!«

Er küsste sie auf die Stirn und zog sein Handy heraus. »Jetzt bin ich gespannt!«

»Auf die Standpauke deines Vater?«

»Nein. Ob er noch lebt!«

»Ha.« Leska schüttelte den Kopf, dann klebte sie mit an seinem Ohr.

»Mama?«

Es war still am anderen Ende.

»Hallo, Mama, ich höre doch, dass du dran bist!«

»Sag mir, dass du es wirklich bist«, sagte die Stimme.

Valentin zog unwillkürlich den Kopf zurück, Leska folgte seiner Bewegung.

»Wie? Was soll das? Ob ich es wirklich bin?«, fragte er.

Es war wieder still. Valentin warf Leska einen ratlosen Blick zu, und sie zuckte mit den Achseln. Dann hing sie wieder an seinem Ohr.

»Mama, klar bin ich's!«

Keine Reaktion.

»Hallooo, Mama?«

Ein Geräusch, dann eine männliche Stimme: »Wir werden Ihre Forderungen erfüllen, aber wir gehen auf keine seltsamen Spielchen ein!«

»Papa! Was soll das?! Ich bin's! Was ist denn los?«

Dann war es still.

»Aufgelegt.« Valentin sah Leska an. »Verstehst du das? Ich kapier überhaupt nichts. Was für Spielchen denn? Stehen die unter Drogen? Vielleicht seine Muschelvergiftung? Das ist doch völlig grotesk!«

»Fahr mal los und halt in einer Parkbucht«, sagte Leska, »hinter uns steht schon wieder einer.«

»Ich ruf da noch mal an.«

»Ja, klar tust du das«, sagte sie. »Aber lass uns einen geeigneten Parkplatz finden, sonst haben wir demnächst auch noch die Carabinieri auf dem Hals.«

Er bog nach rechts ab, in den fließenden Verkehr. »Und wo sind wir hier überhaupt?«

»Auf der SS309. Irgendwo hinter Chioggia.«

»Sagt mir nichts.«

»Mir auch nicht.«

Sie fuhren, ohne ein Wort zu wechseln, bis zur nächsten Parkbucht.

»Leska! Da stimmt doch was nicht! Wieso erkennen meine Eltern mich plötzlich nicht mehr?« Valentin stellte den Motor ab und sah ihr ins Gesicht. »Sag doch mal, was denkst du?«

»Ich denke, da hat sich jemand eine ganz schräge Geschichte ausgedacht. Und wir stecken mittendrin.«

»Schräg. Wie schräg? Wie meinst du das?«

»Warum reden deine Eltern nicht? Weil entweder jemand neben ihnen sitzt, vor dem sie nicht reden können, oder weil sie denken, dass du nicht du bist.«

»Ich nicht ich.« Valentin schüttelte den Kopf und griff nach seinem Handy. Seine Hand zitterte leicht. »Schau dir das an«, sagte er zu Leska.

Sie nickte nur und sah zu, wie er erneut die Nummer anwählte. »Derzeit nicht zu erreichen«, sprach er den Ansagetext nach. »Meine Mutter. Die ist immer zu erreichen, egal ob beim Friseur, in der Sauna oder im Bett.« Er hielt das Handy vor seine Augen, als läge der Fehler im System. »Also gut, dann mein Vater.« Aber auch da kam er nicht weiter.

»Schreib eine SMS«, schlug Leska vor.

»Die kann mein Vater nicht lesen. Will er auch nicht, da wehrt er sich.«

»Und deine Mutter?«

Er nickte und fing an zu tippen. »Ich verstehe es trotzdem nicht! Was soll das alles?«

»Hast du vielleicht einen Freund deines Vaters gespeichert? Oder deiner Mutter? Oder sonst eine Person, mit denen die beiden regelmäßig umgehen? Deinen Onkel? Der ist ja auch in Zell am See.«

Valentin nickte wieder. »Mein Onkel. Das ist eine gute Idee. Ich bin so hohl, mir fällt gerade gar nichts ein.«

»Das kommt schon wieder.«

»Und wenn nicht, dann habe ich ja dich.«

Leska nickte.

Aber auf die SMS kam keine Antwort, und auch sein Onkel war nicht zu erreichen. »Was hat mein Vater gesagt?«, sagte Valentin nachdenklich. »Wir werden Ihre Forderungen erfüllen?«

Leska nickte. »Ja, das geht mir auch schon die ganze Zeit im Kopf herum, das hört sich an, als seist du entführt worden.«

Sie sahen einander in die Augen.

»Also war das heute Nacht blutiger Ernst. Es hat nur einen anderen Ausgang genommen. Und irgendjemand weiß das noch nicht!« Valentin holte Luft. »Die halten meine Eltern in Schach.«

»Und sicherlich wollen sie gutmachen, was sie heute Nacht verbockt haben.« Valentin sah sich instinktiv nach hinten um. Dann wandte er sich wieder Leska zu. »Ich glaub, ich muss dir was sagen.«

»Du bist schon verheiratet?«

Unwillkürlich musste er lachen. »Nein, das sicher nicht!«

»Schade. Es hätte alles leichter gemacht.« Diesmal war der Blick nur kurz, dafür der Kuss lang.

»Lass uns weiterfahren«, sagte Leska. »Wir sind zu nah an Venedig dran. Hier sind wir leicht zu finden. Und wer weiß, mit wem der Padre in diesem Moment telefoniert?«

»Du musst noch eines wissen«, setzte Valentin an. »Vielleicht haben es die Kerle gar nicht auf mich, sondern auf den Wagen abgesehen?«

»Aber den hätten sie im Parkhaus doch ganz in Ruhe klauen können.«

»Ja, aber Papiere und Schlüssel hatte ich. Vielleicht wollten sie alles vollständig haben.«

»Ich verstehe nicht – was ist an dem Auto so besonders?«

»Der Wert. Der Preis.«

»Was kostet so ein Ding?«

»Der hier wird auf etwa zehn Millionen geschätzt.«

Leskas Blick erstarrte. Erst sagte sie nichts, dann schüttelte sie langsam den Kopf. »Ein Auto? Ein altes Auto? Quatsch! Du verarschst mich!«

»Nein, tue ich nicht. Es gibt noch durchaus teurere Oldtimer, aber zehn Millionen könnten den einen oder anderen auch auf eigenwillige Gedanken bringen.«

Leska suchte Valentins Blick. »Ach, der Padre … und ich dachte, die zehn Millionen, von denen er geredet hat, beziehen sich auf die Kirche.«

»Nein, tun sie nicht.« Valentin startete den Motor. »Also müssen wir hier jetzt jedenfalls schnellstens weg.« Er runzelte die Stirn. »Fragt sich nur, wohin.«

»Auf jeden Fall nicht in Richtung Venedig.«

»Am besten fahren wir wohl einen großen Bogen über Bozen oder so und wieder zurück nach Zell am See.«

»In die Höhle des Löwen?«

»Hm«, er zögerte. »Stimmt. Solange wir nicht wissen, was dort los ist, sollten wir nicht hinfahren.«

»Aber wir sollten losfahren.«

Leska blickte nach vorn. Zehn Millionen, dachte sie, da hätte ich für mein ganzes Leben ausgesorgt. Für mein *ganzes* Leben! Wie verrückt ist das denn?

»Wir sollten irgendwohin, wo wir nicht auffallen«, überlegte Valentin und gab Gas. »In einer Großstadt kann man sich besser verstecken als in einem kleinen Kaff.«

Leska nickte. Sie sah hinaus und ließ die Landschaft an sich vorbeifliegen.

»Bologna wäre vielleicht nicht schlecht. Wir fahren ohnehin in die Richtung, wenn mich nicht alles täuscht.«

Leska nickte erneut. Es war ihr egal, wohin Valentin fuhr, solange der Weg nicht zurück nach Deutschland führte.

»Oder meinst du, wir sollten zur Polizei fahren? Nach Zell am See und dort direkt zur Polizeistation? Da müssten wir doch auch sicher sein.«

»Sollte man annehmen«, sagte Leska und deutete mit dem Daumen nach hinten. »Hast du den Verkehr hinter uns im Auge? Falls uns ein Fahrzeug folgt …«

Valentin warf einen kurzen Blick in den Rückspiegel. »Es ist ein Fiat hinter uns. Sieht aber eher harmlos aus.« Er sah erneut hin. »Ein älteres Ehepaar, soweit ich das erkennen kann.«

»Gut.«

Die Straße lief schnurgerade, und Valentin griff nach dem Handy. »Eigentlich könnten wir die Polizei gleich von hier aus anrufen.«

»Wir wissen ja nicht mal, ob deine Eltern noch in Zell am See sind.«

Er sah kurz zu ihr hinüber. »Da hast du recht.« Er reichte ihr sein Handy. »Das Grand Hotel ist noch unter meinen letzten Anrufen gespeichert. Frag doch mal nach!«

Valentins Eltern waren am Morgen abgereist. Und sie hatten keine Nachricht hinterlassen. »Es wird immer dubioser.« Valentin schüttelte den Kopf. »Man könnte es direkt mit der Angst kriegen.«

»Angst ist nie schlecht«, sagte Leska. »Angst macht aufmerksam.«

Valentin warf ihr einen Blick zu. »Irgendwie bist du seltsam.«

»Ja, ich weiß.«

Er legte ihr die rechte Hand aufs Knie.

»Wieso bist du gerade jetzt in mein Leben gekommen?«

»Weil dich jemand beschützen muss.«

Leska schloss die Augen. Was wusste Valentin schon vom Leben? So behütet, wie er aufgewachsen war? Sie hörte eine Weile dem Motor zu, der kräftige Sound gefiel ihr allmählich, er beruhigte die Nerven.

»Wie ist dein Leben?«, wollte sie dann wissen, pflückte seine Hand von ihrem Knie und legte sie zurück ans Lenkrad.

»Wie meinst du das?«

»Du studierst Zahlen, hast du gesagt.«

»Ja, in England.«

»Warum in England?«

»Soll gut sein.«

»Und, ist es gut?«

»Ich nehme es an, ich habe keine Vergleichsmöglichkeit.«

»Und vorher?«

»War ich auf Internaten. In Deutschland und England.«

»Wolltest du das?«

»Als ich klein war, wollte ich bei meinen Eltern bleiben. Später war es mir egal.«

»Und warum konntest du nicht bei deinen Eltern bleiben?«

Valentin zuckte mit den Achseln. »Sie hatten keine Zeit für mich.«

»Ach, stimmt«, sagte sie ironisch, »deine Mutter ist ja so busy.«

»Genau«, bestätigte er. »Sie ist pausenlos beschäftigt. Mit irgendwas.«

Nur nicht mit ihrem Kind, dachte Leska. Geld macht nicht automatisch glücklich, zumindest nicht die Kinder.

»Hast du dich einsam gefühlt?«

Er überlegte, und Leska betrachtete ihn. Seine Lippen bewegten sich leicht, und seine Kiefermuskeln arbeiteten. Sein Gesicht erinnerte sie an jemanden, vielleicht an ein Porträt, das sie irgendwo mal hatte hängen sehen. So sensibel, so aristokratisch fein. Sie hatte es vor Augen, es fiel ihr aber nicht ein, wo das gewesen sein könnte.

»Ich glaube, ich war ein einsames Kind«, sagte er. »Später waren da die Freunde, und es war gut, aber in meiner Kindheit …« Er verzog das Gesicht. »Doch!« Ein leichtes Lächeln erschien auf seinem Gesicht. »Da war Beate. Sie machte jeden Blödsinn mit. Sogar meine Tanzstunden, weil ich vor meinem Schulabschluss noch unbedingt tanzen lernen wollte. Weißt du, dass ich leidenschaftlich gern tanze? Ich muss dich mal entführen.«

»Tanzen?« Leska zog die Stirn kraus. »Wie? Walzer und Cha-Cha-Cha und so was?«

»Klar, das gehört dazu. Aber meine Leidenschaft sind südamerikanische Tänze. Oder auch Rock'n'Roll. Da ist der ganze Körper gefordert. Und man vergisst alles andere.«

»Alles?«

»Na«, er grinste, »dich würde ich natürlich nicht vergessen.«

»Hast du etwa auch Ballettunterricht genommen?«

»Jetzt wirst du lachen, aber das hätte ich gern. Ich hätte mich überhaupt gern zum Musicalstar ausbilden lassen. Tanzen und singen, das wäre mein Traum gewesen. Na ja, da kannst du dir meinen Vater ja vorstellen. Mädchenkram.«

»Den Körper dazu hättest du«, sagte Leska. »Schlank, athletisch. Ich könnte mir das gut vorstellen.« Sie zögerte. »Aber deine Stimme?«

»Ich sing dir bei Gelegenheit mal was vor …«

Sie lachten beide. Valentin blickte kurz in den Rückspiegel, dann veränderte sich sein Gesicht wieder. »Aber sonst«, sagte er, »was meine Eltern angeht, bin ich mir nicht so sicher, ob sie überhaupt Kinder wollten. Eher so ein Statussymbol. Wenn schon, dann einen vorzeigbaren Sohn. Nobelinternat, Elite-Uni, das gehört dazu.«

Leska antwortete nicht. Sie betrachtete ihn von der Seite. Der Ausdruck seines sinnlich geschwungenen Mundes hatte sich verhärtet, Valentin blickte starr geradeaus auf die Straße. Mit einem kleinen Seufzer sah er zu ihr hinüber. »Da hattest du es in deinem bürgerlichen Milieu, wie du so schön gesagt hast, bestimmt besser. Plätzchen backen mit der Mutter im Advent, während draußen der Schnee fällt, warm eingepackt Schlitten fahren, zu Hause viel Lachen und Basteln, und du als Kind mit roten Pausbacken und einer selbst gestrickten Pudelmütze.« Er lächelte ihr zu.

»So stellst du dir das vor?«

»So stelle ich mir das vor.«

Ich habe immer nach Liebe gesucht, dachte Leska. Und irgendwann habe ich es aufgegeben. Wie alt war ich da? Sechs? Acht?

»Ist es toll, wenn Eltern so viel Geld haben?«, fragte sie spontan.

»Ich kenne es nicht anders. Mein Vater und sein Bruder haben die Firma von meinem Opa geerbt, und mein Vater hat sie zu dem gemacht, was sie heute ist.«

»Und dein Onkel?«

»Du hast ihn ja erlebt. Er ist in der Firma dabei, hat aber andere Talente.«

»Andere Talente?«

»Ja, wie soll ich sagen? Er ist einfach kein Geschäftsmann. Als Kind fand ich ihn toll, weil er immer zu Späßen aufgelegt war, nichts ernst nahm, durch die Welt flog und ständig verliebt war. Alle drei Wochen eine andere.«

»Frauen?«

Valentin musste lachen.

Leska machte eine entschuldigende Geste. »Ja, sorry, aber so sieht er gar nicht aus. Kein bisschen Don Juan, eher sterbender Schwan.«

»Aber er hat Charme …«, Valentin zögerte, »wenn er will. Er ist der großzügige, fröhliche Lausbub, das zieht die Frauen an. So nach dem Motto, zum Arbeiten ist morgen auch noch Zeit, heute wollen wir erst mal feiern und genießen. Genau das Gegenteil von meinem Vater.«

»Und Beate?«

»Wie gesagt, ich habe das damals nicht kapiert. Unter den Frauengeschichten hat Beate sicherlich gelitten. Aber sie hat sich nie was anmerken lassen.«

Valentins Handy klingelte. Er nahm es auf. »Oh, gut«, sagte er. »Das ist er. Jetzt erfahren wir mehr.« Er nahm das Gespräch an. »Ja, Kurt, was ist passiert?«

Valentin lauschte und sah zu Leska hinüber. »Ach so, du bist heute Morgen gefahren? Nein, ganz richtig, wir waren nicht da, wir konnten nicht starten … aber weißt du das denn nicht?« Er schüttelte den Kopf. »Nein, wir sind gestern Nacht in Venedig überfallen worden … Ja, Venedig. Weil du uns den Floh ins Ohr … aber wir wollten rechtzeitig zurück sein.« Er lauschte kurz. »Nein, den Wagen haben wir noch. Dem ist nichts passiert. Aber was ist denn mit Papa und Mama?« Er zog die Augenbrauen zusammen. »Kurt, da stimmt was nicht, es klang, als wären sie in Bedrängnis.« Er schilderte seinem Onkel, was passiert war, und erzählte von dem seltsamen Telefonat mit seinen Eltern. Dann hörte er zu, und schließlich legte er das Handy aus der Hand.

»Er hat nichts mitgekriegt. Er sagt, meine Tante und er seien erst nach Mitternacht ins Hotel zurückgekommen und hätten nicht mehr groß nachgefragt, so ein verdorbener Magen bräuchte eben seine Zeit. Heute Morgen ist er ganz normal gestartet, und jetzt steht er mit seinem Auto wie die anderen auch oben am Ziel. Hat sich nur gewundert, warum wir nicht dabei sind. Und vorhin hat er meinen Vater mit dem Handy nicht erreicht, sich aber nichts dabei gedacht.«

»Und jetzt?«, wollte Leska wissen. »Was macht er jetzt?«

»Jetzt will er unsere genaue Adresse wissen, damit er uns einen Transporter schicken kann. Wir sollen dann den Wagen aufladen und heimtransportieren lassen.«

»Hm. Genaue Adresse? Wie soll denn das gehen? Und überhaupt ist das doch unnötig. Der Wagen läuft doch. Und was ist mit deinen Eltern?«

»Das will er klären, sobald er vom Berg wieder runter ist.«

»Scheint ihn nicht besonders zu beunruhigen«, stellte Leska fest.

»So ist er eben!« Valentin verzog kurz den Mund. »Er nimmt nichts wirklich ernst. Das regt ja meinen Vater immer so auf …«

Leska fasste sich an den Magen. »Wie auch immer, ich hab

Hunger. Hier drin ist alles hohl. Ich brauche einen Morgenkaffee, ein Croissant und eine Toilette.«

»In dieser Reihenfolge?« Er zwinkerte ihr zu.

»Egal wie, Hauptsache bald.«

Es war eine kleine typisch italienische Bar, die sie in einer Ortschaft etwas abseits der Fernverkehrsstraße fanden. Der kiesbestreute Parkplatz war leer, und alles sah dunkel und geschlossen aus. Sie probierten es trotzdem und hatten Glück, mit einem Glockenton ließ sich die Tür öffnen. Die Wirtin, etwa siebzig und ganz in Schwarz, kam mit einer Platte duftender Backwaren aus einem Nebenraum. Sie suchten sich jeder zwei gefüllte Croissants aus, bestellten zwei Cappuccini und setzten sich an einen kleinen Bistrotisch am Fenster.

»Zehn Millionen«, sagte Leska, sah zu dem Ferrari hinaus und schüttelte den Kopf. »Was man mit dem Geld alles anfangen könnte!«

»Du meinst, wir sollen ihn jetzt selbst klauen und uns dann ein schönes Leben machen? Du und ich, quasi Bonnie und Clyde?«

»Genau so.«

»Keine schlechte Idee, mit dir würde ich gern durch die Welt ziehen.« Er angelte nach ihrer Hand.

»Jetzt hast du die Chance«, sagte sie.

»Meine Eltern würden das wahrscheinlich nicht mal merken. Der Junge ist schon wieder weg, würde meine Mutter sagen, und mein Vater: Hat er das Auto heil zurückgebracht? Sie würde nicken, dann gäbe es keine Diskussion, und er würde wieder in seinen Zahlen versinken.«

»Hört sich doch gut an.«

»Ja«, sagte er, und seine Stimme klang traurig. »Schön, wenn man nicht vermisst wird.«

»Man kann aber auch etwas finden, das man gar nicht vermisst hat«, sagte sie und strich mit ihrem Zeigefinger über den Milchschaum auf seinen Lippen.

»Dich?« Er leckte kurz über ihren Finger.

»Ich ging im Walde / So für mich hin, / Und nichts zu suchen, / Das war mein Sinn. / Im Schatten sah ich / Ein Blümchen stehn, / Wie Sterne leuchtend, / Wie Äuglein schön. / Ich wollt es brechen, / Da sagt es fein: / Soll ich zum Welken / Gebrochen sein? / Ich grub's mit allen / Den Würzlein aus. / Zum Garten trug ich's / Am hübschen Haus. / Und pflanzt es wieder / Am stillen Ort; / Nun zweigt es immer / Und blüht so fort.«

Valentin küsste ihren Handrücken. »Du bist mein Blümchen, dir darf nichts geschehen.«

»Wer weiß schon, wo das Glück wartet?«

»Oder das Unglück.« Er zeigte hinaus. Ein dunkler Wagen hatte hinter dem Ferrari geparkt.

»Oh, oh«, machte Leska.

Sie sahen eine Weile schweigend hinaus.

»Die steigen nicht aus«, bemerkte Valentin. »Und verdunkelte Scheiben. Das gefällt mir nicht.«

»Mir auch nicht.« Leska griff nach seiner Hand. »Wir müssen uns was einfallen lassen.«

»Wir können sie schlecht abschießen.« Valentin verzog das Gesicht.

»Nein, wir brauchen eine intelligente Lösung.«

»Hast du eine?«

Leska zuckte die Achseln.

»Ziemlich blöde Ecke hier.«

Das war es wirklich. Die Bar lag abseits der Hauptverkehrsstraße, und der Vorplatz war bis auf die zwei Autos noch immer leer. Keine Katze, die vorbeischlich, kein Baum und kein Vogel. Und vor allem kein Mensch.

»Wie haben die uns gefunden?« Valentin trank in einem Zug seine Tasse aus.

»Lass dir von der Wirtin unsere genaue Adresse geben«, sagte Leska.

»Was hast du vor?«

Aber sie hatte bereits sein Smartphone in der Hand und tippte etwas ein. Valentin ging zum Tresen und ließ sich die Adresse auf einen Zettel schreiben. Die Wirtin bedachte ihn mit einem kritischen Blick, sagte aber nichts. Zurück am Tisch setzte er sich hin und betrachtete Leska. Die Haare fielen ihr vor die Augen, mit einer kurzen Bewegung strich sie die Strähne nach hinten, ohne den Blick zu heben. Dann sah sie auf.

»Hast du die Adresse?«

Er schob ihr den Zettel hin, und sie las sie murmelnd vor.

»Okay«, sagte sie. »Kannst du die Adresse so aussprechen, dass es ein Italiener versteht?«

»Ich denke schon.«

»Gut. Dann wähle ich jetzt. Und du machst es dringend. Ganz dringend. Männliche Stimme, bitte, und sehr bestimmt!«

»Wo rufst du an?«

»Maranello wäre jetzt zu weit, aber in Ravenna gibt es auch eine Ferrari-Werkstatt. Das sind von hier aus etwa zwanzig Kilometer. Die müssen mit einem Abschleppwagen kommen und den Wagen aufladen. Sag, es ist etwas mit dem Motor, egal wie, Hauptsache, die setzen sich sofort in Bewegung.«

»Ich verstehe!« Valentin warf ihr einen bewundernden Blick zu. »Du bist wirklich schlau.«

Leska schenkte ihm ein Lächeln. »Die Schule des Lebens«, sagte sie. Wenn man als Straßenkind nicht schlau ist, wird man nicht alt.

»Da habe ich offensichtlich was verpasst!« Valentin griff nach seinem Handy.

»Dafür kannst du perfekt Englisch, und das kannst du jetzt bitte möglichst hochnäsig und bestimmt einsetzen!«

Valentin ließ sich gleich mit dem Chef verbinden und behauptete, dass er heute noch in Maranello erwartet würde, und wenn die Ravennaer Werkstatt das nicht hinbekäme, müsste er eben direkt in Maranello anrufen. Leska beobachtete seine Gesichtszüge, die sich langsam entspannten. Das schien gut zu laufen.

»Okay, half an hour«, bestätigte er und nickte Leska zu. Er beendete das Telefonat und legte das Handy auf den Tisch.

»Das war ein guter Schachzug von dir«, sagte er und bestellte per Handzeichen zwei weitere Cappuccini.

»Jedenfalls haben wir gleich mal Begleitschutz«, nickte Leska. »Die laden den Wagen auf, und wir setzen uns ins Fahrerhaus.«

Es dauerte fast eine Stunde, und Valentin befürchtete schon, dass die Zusage entweder geschwindelt war oder sie die Adresse nicht fanden. »Was machen wir denn eigentlich, wenn die Typen die Geduld verlieren und hier reinspazieren?«, wollte Valentin nach dem zweiten Cappuccino wissen. »Die Wirtin wird uns kaum verteidigen!«

Leska schüttelte den Kopf. »Die haben einen Auftrag, die warten.« Sie sah auf ihre Uhr. Bald Mittag. »Die haben Zeit.«

»Fürs Warten bin ich nicht geeignet, das macht mich nervös.« Valentin sah auf seine Armbanduhr. »Die werden gleich Siesta machen, dann warten wir noch vier Stunden. Und in der Kneipe hier ist auch nichts los, ist doch seltsam.«

»Die sind alle arbeiten.« Leska hob die Arme. »In dem Dorf sind tagsüber nur die Alten und die Kinder.«

»Und wir.«

»Und wir …« In diesem Moment kam der gelbe Zugwagen eines Lkws in Sicht. Er passte genau durch die Häusergasse und schob sich langsam auf die Bar zu.

»Ha!« Leska schlug triumphierend mit der flachen Hand auf den Tisch.

Die Wirtin kam aus einem Nebenraum herbeigeeilt, und Valentin verlangte die Rechnung.

Inzwischen nahm der Lkw Maß und rangierte sich rückwärts so vor den Ferrari, dass der bequem auf die Ladefläche gezogen werden konnte. Zwei Männer stiegen aus dem Führerhaus, sahen sich um und gingen auf die Bar zu. Leska beobachtete, wie aus der schwarzen Limousine ebenfalls ein Mann ausstieg. Schwarz gekleidet, schwarze Haare, Sonnenbrille.

»Mist, guck mal!«, sagte sie zu Valentin, der eben nach dem passenden Geldschein suchte.

Sie sahen gebannt hinaus, und auch die Wirtin beobachtete, was draußen vor sich ging.

»Das ist überhaupt nicht gut«, sagte sie in erstaunlich flüssigem Deutsch. »Bandito!«

»Die beiden vom Lkw?«, wollte Valentin wissen.

»No. Der dort. Francesco. Er ist hier aus dem Dorf. Kein guter Junge!«

Sie schüttelte den Kopf, dann lief sie an Valentin und Leska vorbei, öffnete die Eingangstür und ging den drei Männern entgegen, die nun in ein Gespräch verwickelt waren.

»Was tut sie denn jetzt?«, rief Valentin entgeistert, aber die Wirtin trat schon gestikulierend auf den Schwarzgekleideten zu. Leska nahm Valentin an der Hand. »Los, komm, das ist unsere Chance!«

Gemeinsam schritten sie auf den Parkplatz hinaus. Aber bis sie bei den Lkw-Fahrern waren, hatte die Wirtin Francesco bereits zurück in die Limousine gescheucht.

»Ich glaub's nicht«, sagte Valentin.

Leska grinste. »Ja, die Mamas«, sagte sie, »die italienischen Mamas sind nicht zu unterschätzen.«

Die Wirtin kam auf sie zu gelaufen. »Es ist der Sohn meiner Schwester«, sagte sie, als würde das alles erklären. »War schon als Kind ein Lausebengel!«

»Grazie«, lächelte Valentin.

Die Wirtin machte die Handbewegung einer saftigen Ohrfeige, lächelte kurz und ging zurück ins Haus.

»Und jetzt?«, fragte er. »Brauchen wir den Lkw noch?«

»Ganz sicher«, sagte Leska. »Es sei denn, wir nehmen die Wirtin mit …«

Eine halbe Stunde später saßen sie zu viert im Führerhaus und fuhren in Richtung Ravenna. »Und wenn wir jetzt direkt nach Deutschland durchfahren?«, schlug Valentin vor. »Besser geht es doch eigentlich nicht?«

»Dann ohne mich«, sagte Leska.

»Ach so, ja, stimmt«, überlegte Valentin, »du musst ja zu deiner Freundin nach Zell am See zurück. Hat die sich noch nicht gewundert, warum du noch nicht wieder da bist?«

»Ich habe ihr geschrieben, dass ich gerade mit dem Jungen meiner Träume eine Spritztour durch Italien mache.«

Valentin küsste sie auf die Stirn. »Und?«

»Kein Und.« Sie sah ihm in die Augen. »Dafür hat sie Verständnis.«

Kaum war der Wagen im Innenhof der Autowerkstatt abgeladen, strömten von überallher Männer herbei. Ob im Anzug, Blaumann oder Jeans, sie standen diskutierend und ehrfürchtig vor dem Ferrari.

Leska machte einen Schritt zurück, denn jetzt trat ein dunkel gekleideter Herr in den Kreis, rotes Einstecktuch, rote Krawatte. Er kam ohne zu zögern auf Valentin zu.

»I'm Paolo Cardoso, the boss, and I didn't believe that you really drive a Ferrari 250 Berlinetta.« Sein rundliches Gesicht drückte Hochachtung aus. Er schüttelte Valentin die Hand und fragte ihn, was genau denn mit dem Wagen sei.

Valentin warf Leska einen kurzen Blick zu, sie hatten sich in der Bar abgesprochen. Natürlich hatten sie sich gefragt, ob die Kerle sie weiter verfolgen würden. Eigentlich brauchten sie dem Abschleppwagen ja nur hinterherzufahren. Deshalb hatte Leska vorgeschlagen, den Wagen in der Ferrari-Werkstatt stehen zu lassen und heimlich mit einem Leihwagen weiterzufahren. So wäre wenigstens Valentin in Sicherheit.

»Ich lass den Wagen nirgends stehen«, hatte Valentin eingewendet, »wie soll ich das meiner Familie erklären?«

»Ja, deine Familie«, hatte Leska genickt. »Von deinem Onkel hören wir auch nichts mehr.«

»Es ist der Wagen meines Vaters«, erklärte Valentin dem Italiener. »Und ich hatte den Eindruck, der Motor hört sich seltsam an. Ich wollte nichts riskieren.«

»Absolut richtig.« Paolo nickte und klatschte in die Hände. »Depositate là, con attenzione!«, rief er.

Leska stand neben Valentin und sah zu, wie der Wagen vorsichtig abgeladen und die Motorhaube geöffnet wurde. Der Chef und zwei Mechaniker sahen sich den Motor an. Sie unterhielten sich kurz, schließlich startete Paolo höchstpersönlich den Motor.

Alle standen still da und lauschten. Schließlich zuckte Paolo mit den Schultern.

»Ich kann nichts Auffälliges hören«, sagte er schließlich zu Valentin.

»Ja, ich höre auch nichts«, meinte Valentin. »Vorher dachten wir, irgendein Rasseln, aber jetzt …« Er nickte Paolo zu und holte tief Atem. »Ja, dann, vielen Dank! Und Sie machen mir jetzt einfach die Rechnung für Ihre Mühe?«

Paolo räusperte sich und sah sich um. Die Männer um ihn herum gaben den Blick zurück.

»Ich hätte einen Vorschlag«, sagte er. »Etwas ungewöhnlich, aber vielleicht haben Sie ja Verständnis?«

»Verständnis?«, fragte Valentin.

»Ja«, Paolo lächelte entschuldigend, »so ein Auto sehen wir auch nicht jeden Tag. Gönnen Sie mir die Freude, eine kleine Fahrt mit Ihnen zu machen? Anstelle einer Rechnung?«

Valentin drehte sich zu Leska um.

»Wir könnten sparen«, sagte sie.

Valentin musste lachen, und Leska war auch klar, warum. Sparen war für ihn garantiert ein Fremdwort. »Was meinst du?«, setzte er schnell nach. Leska zog kurz eine Augenbraue hoch. »Lass gut sein«, sagte er.

Leska nickte. »Warum nicht!«

Valentin zeigte auf den Beifahrersitz. »Prego.«

Leska sah zu, wie Paolo einstieg, die Männer ehrfürchtig zurücktraten und sich Valentin hinter das Steuer klemmte. Und plötzlich hatte sie einen derartigen Stich im Bauch, dass sie sich unwillkürlich an den Magen fasste. Sie sah dem Wagen nach, den Bremslichtern, bevor Valentin aus dem Hof nach links auf die Straße einbog. Danach hörte sie nur noch das tiefe Donnern des Motors, das sich langsam in der Ferne verlor. Dann herrschte Stille.

Die Männer gingen zurück an ihre Arbeit, sie wartete allein im Hof. Abgesehen von einigen Ferraris, die in Leskas Augen nicht unbedingt neu wirkten, standen neben nur vier Luxuswagen vor allem gewöhnliche Automarken da. Das alles wirkte nicht gerade nobel, fand Leska. Gut, dachte sie, dies war ja auch der Hinterhof mit den Werkstätten. Die Schaufensterfront an der Straße hatte sie noch nicht gesehen. Trotzdem schien ihr das hier alles ein bisschen zu billig für eine Ferrari-Werkstatt. Sie zog ihr Handy heraus, und ihre Augen wanderten dabei über die Fahrzeuge hinweg und blieben an einem Motorroller hängen. Eine Vespa, schwarz, mit brauner Sitzbank. Während sie zu dem Motorroller ging, rief sie Valentin an. Die Mailbox meldete sich. Das hatte sicher nichts zu sagen, beruhigte sie sich. Doch der Magendruck blieb, irgendetwas stimmte nicht. Sie hätte Valentin nicht fahren lassen dürfen. Und auch ihr Rucksack lag noch im Wagen. Sie hatte kein Geld, keine Papiere, nichts.

Im Zündschloss der Vespa steckte der Schlüssel. Leska sah sich kurz um, dann setzte sie sich auf die Sitzbank und fuhr vom Hof.

Die Straße war leer, links und rechts nur parkende Autos vor Häuserfassaden. Leska bog nach links ab und stand kurz darauf an einer breiten Durchgangsstraße. Es herrschte dichter Verkehr, aber einen Ferrari konnte sie nirgendwo entdecken. Leska bog rechts ab. Aus dieser Richtung waren sie gekommen, dort ging es aus der Stadt hinaus.

Vielleicht war das auch einfach nur ein interner Fehlalarm, und die beiden waren in zwanzig Minuten zurück. Sie wünschte es sich, doch ihr Gefühl sagte ihr etwas anderes.

»Gib mir mein Herz zurück, bevor's auseinanderbricht«, sang sie vor sich hin, während sie mit wehenden Haaren die Abzweigung zur Landstraße SS309 passierte und die Richtung zur Marina di Ravenna wählte. Bin ich verliebt?, fragte sie sich im selben Moment, nachdem sie das Lied erkannt hatte. Quatsch. Das war ihr nur eben so eingefallen. Sie folgte ihrer Vorahnung, und die sollte man besser nicht ignorieren, das hatte schon Erich Limpach Anfang des 20. Jahrhunderts gesagt. Sie hatte ihren siebten Sinn ihr Leben lang geschult. Sie war wie eine Kanalratte, die wusste, wo der Mensch auf sie lauerte. Fast hätte sie über ihre Gedanken lachen müssen, aber sie spürte auch, dass sie sich nur selbst ablenkte. Sie wollte nicht wirklich darüber nachdenken, dass Paolo vielleicht gemeinsame Sache mit den Venezianern machen könnte. Oder zur gemeinsamen Sache gezwungen wurde. Was wusste sie schon über diese italienischen Verhältnisse? Lass einfach diesen verdammten Ferrari wiederauftauchen, betete sie fast. Die Straße führte aus der Stadt hinaus und zum Meer hinunter. Dort würde sie die vielen Hotels finden, auf die auf großen Werbetafeln am Straßenrand hingewiesen wurde. War es wahrscheinlich, dass sie dorthin gefahren waren? Wenn es Paolo tatsächlich nur darum ging, auf der Promenade in einer solchen Ferrari-Nobelkiste gesehen zu werden, dann konnte das sein. Verdammt, dachte sie, sie hätte die beiden nicht fahren lassen dürfen.

Die Hotels standen dicht an dicht an der Promenade, die für Autos gesperrt war, doch manche ignorierten die Absperrung einfach. Und sie sowieso. Sie merkte sich die Lage der besonders großen Hotels. Vielleicht brauchte sie ja eine Unterkunft für heute Nacht. In manchen Hotels fiel ein Gast mehr oder weniger nicht auf, da kannte sie sich aus. Leska hielt an und sah auf ihr Handy. Keine Reaktion von Valentin. Sie rief ihn noch einmal an. Wieder die Mailbox. »Ruf mich an«, schrieb sie mit drei Ausrufezeichen. Dann suchte sie die Nummer im Internet heraus und rief in der Werkstatt an. Eine junge Frauenstimme meldete sich, und Leska fragte auf Englisch nach Paolo Cardoso. Er sei mit einem Kunden unterwegs und im Moment nicht zu erreichen, lautete die Auskunft. Sie hätte auch gern Valentins Eltern angerufen. Oder, noch besser: seinen Onkel. Aber sie hatte keine Telefonnummern und fand sie auch im Internet nicht.

Wie hing das eine mit dem anderen zusammen? Sie sah keinen Zusammenhang. Im Moment war es auch nicht wichtig, befand Leska. Im Moment war nur wichtig, dass sie Valentin fand. Mit oder ohne Ferrari.

Ist das nicht abgedreht?, dachte sie, während sie der Straße durch die Marina Romea folgte und am Ende nach links abbog. Wenn ihr Orientierungssinn sie nicht im Stich ließ, müsste sie gleich wieder auf die SS309 stoßen, die Landstraße, der sie seit Venedig gefolgt waren. War das nicht abgedreht, da flüchtete sie aus Deutschland für etwas, was sie nicht getan hatte, ihr restliches Hab und Gut in einem Rucksack, dann lernte sie jemanden kennen, der mit einem Zehn-Millionen-Auto durch die Weltgeschichte fuhr, und am Ende besaß sie weniger als je zuvor, nämlich gar nichts mehr. Nur ein ganz schlechtes Gefühl im Bauch.

Die völlig menschenleere Straße führte an Feldern vorbei und riesigen Brachen. Als sei das Meer abgelaufen, dachte sie, und übrig geblieben war eine morastige Mischung aus Kloake und Sand.

Der Roller lief gut, und Leska hätte eigentlich die Fahrt genießen können, denn der warme Fahrtwind blies ihr ins Gesicht, und es roch würzig nach Seeluft. Sie nahm das Gas auch nicht weg, als eine lang gezogene Rechtskurve folgte, aber dann bremste sie vor Schreck. Ein blaues Auto stand am Straßenrand, zwei Uniformierte beugten sich über einen Mann, der auf dem Asphalt lag. Ein anderer, heller Wagen stand schräg vor ihnen. Leska erschrak, weil sie immer erschrak, wenn sie Uniformen sah. Carabinieri, das war ihr klar, auch weil sie sofort das typische Blaulicht auf dem Wagendach erkannte. Ihr nächster Gedanke war, dass sie keinen Helm trug. Sie drosselte unwillkürlich das Tempo. Einer der Männer sah kurz auf, schien aber nicht an ihr interessiert, sondern machte einen Schritt auf den Wagen zu. Und da erkannte Leska den auf dem Boden liegenden Mann an seinem Anzug mit dem Einstecktuch und der roten Krawatte. Das Gesicht konnte sie nicht sehen, aber sie war sich auch so sicher: Paolo Cardoso. Ihre Gedanken überschlugen sich, und sie musste aufpassen, dass sie nicht sofort stürzte.

Wo war Valentin? Was war passiert? Hatte Paolo Valentin überfallen wollen und der ihn aus dem Wagen geworfen? Das konnte sich Leska nicht vorstellen. Oder hatten die Venezianer den Ferrari verfolgt, und Paolo war als Zeuge im Weg? Das würde aber bedeuten, dass der Ferrari weg war. Und Valentin? Was war mit ihm?

Hinter der nächsten Baumgruppe hielt Leska an und nahm ihr Handy hervor. Es war keine Nachricht eingegangen. Sie wählte noch einmal Valentins Nummer. Mailbox. Verdammt, dachte sie, stellte den Roller ab und schlich hinter den Bäumen zurück zur Unfallstelle, wo sie eine gute Sicht auf die Polizisten hatte. Inzwischen hatten sie das Blaulicht eingeschaltet, das sinnlos seine Lichtkreise zog. Ein Polizist saß im Wagen und telefonierte, der andere stand neben Paolo und diskutierte mit dem Fahrer des hellen Wagens. Oder hatte der Typ Paolo überfahren? Auch unwahrscheinlich, fand Leska. Ein Fußgänger war auf dieser einsamen Straße schon von Weitem zu sehen. Außerdem – warum hätte Paolo hier entlanglaufen sollen? Leska wäre gern noch näher herangegangen, denn dass Paolo tot war, daran bestand kein Zweifel, sonst hätten sich die Männer um ihn bemüht.

So, dachte Leska, jetzt streng dich an. Du brauchst eine Entscheidung. Was tust du? Während sie noch in sich hi-

neinhorchte, hörte sie hinter sich eine Sirene. Ein Kranken-
wagen schoss heran und noch mehr Carabinieri.

Sie überlegte fieberhaft. Valentin muss mich irgendwie erreichen können. Was ist, wenn mein Handy den Geist auf-
gibt? Der Akku ist fast leer.

Dass Valentin mit oder ohne Auto zur Ferrari-Werkstatt
zurückkehren würde, war unwahrscheinlich. Er musste sie
finden können, sie brauchte eine Adresse. Eines dieser alten
Grandhotels mit Hotelgarage und ständigem Publikumsver-
kehr. Los, jetzt erinnere dich, Leska, sagte sie sich. Du hast sie
doch vorhin gesehen, die Touristenbunker!

Das Parkhotel, schoss es ihr in den Kopf. Genau. Das lag
genau mittendrin, stand etwas nach hinten versetzt, schwer
einsehbar von der Straße aus.

»Ich warte im Parkhotel auf dich, Marina di Ravenna.
Strandpromenade. Alles Weitere, wenn ich dort bin.« Sie
schickte die SMS ab, dann schrieb sie noch eine. »Paolo ist
tot. Ich hoffe, du lebst.« Kaum abgeschickt, fügte sie an:
»Hätte schön werden können.«

Verdammt, Leska, dachte sie, als sie den Roller startete.
Kannst du ihm nicht einfach sagen, dass du ihn liebst? Aber
woher sollte sie wissen, was Liebe war, sie hatte es ja selbst
noch nie erfahren. Vielleicht war es ja auch wirklich nur so
ein vorübergehendes Gefühl, irgendeine seltsame Anwand-
lung. Leska ließ es dabei bewenden und fuhr los.

Besser nicht mehr an der Polizei vorbei, dachte sie und
wählte die andere Richtung. Als sie auf die dicht befahrene
SS309 auffahren wollte, bog ein Wagen in ihre Straße ein.
Eine schwarze Limousine. Und auf dem Beifahrersitz saß
Francesco, der Neffe der Wirtin. Sie war sich sicher. Eine

Gänsehaut überkam sie. Hatte er sie erkannt? Offensichtlich nicht, denn die schwarze Limousine fuhr die Straße mit hohem Tempo hinab. Leska zögerte keine Sekunde, wendete ihren Roller und folgte ihm. Hatte Francesco den Auftrag, den toten Paolo zu entsorgen?

Jetzt war ihr egal, ob sie auffiel. Außerdem war eine junge Frau auf einem Roller in Italien so alltäglich wie in Deutschland Fahrradfahren. Vor der Kurve nahm sie das Gas weg. Trotzdem musste sie noch kräftig bremsen, sonst wäre sie auf die schwarze Limousine aufgefahren, die mitten auf der Straße stand. Alle Augen richteten sich auf sie, aber sie hob nur kurz entschuldigend die Hand und fuhr weiter. Im Rückspiegel sah sie, wie sich ein Carabiniere zur Fahrertür der Limousine hinunterbeugte. Mist, dachte sie. Dann haben wir es hier auch noch mit der Polizei zu tun? Bei den ersten Häusern, die in Sicht kamen, versteckte sie sich hinter einem Mauervorsprung. Egal wie, sie würde diesen Kerlen folgen, sobald sie hier vorbeikämen.

Nach über zwanzig Minuten Warten gab sie es auf. Offensichtlich hatte Francesco gewendet und war in die andere Richtung zurückgefahren.

Leska kontrollierte ihr Handy, dann fuhr sie den Viale delle Nazioni entlang. Gut, dachte sie, als sie das Straßenschild las, das musste sie Valentin noch als zusätzliche Information durchgeben. Die Straße war von Bäumen gesäumt, und die üppig bepflanzten Blumenkübel sagten ihr, dass sie wieder auf der Promenade war. Die Einfahrt zum Parkhotel wurde durch zwei weit geöffnete Gittertore markiert, und Leska fuhr um einige Gäste herum, die mit ihren großen Strandtaschen über die Straße liefen. Am Hotel gab es Parkplätze. Sehr gut geschützt, fand Leska und simste Valentin sofort ihren Standort. Sie stellte den Roller ab und mischte sich unter die Gäste. Die Eingangshalle war groß, und hinter der Rezeption hingen die massiven Zimmerschlüssel gut sichtbar und griffbereit auf einer großen Schlüsseltafel an der Wand. Eine junge Frau stand hinter dem Tresen und unterhielt sich gerade mit einem Gast, der etwas genervt schien. Offensichtlich war die Rezeptionistin überfordert. Sie musste etwa in Leskas Alter sein. Eine Auszubildende, eine Studentin, die ihr Praktikum machte? Jedenfalls verschwand sie im angrenzenden Büro und kehrte mit einer älteren Dame zurück. Vor so einer musste man sich in Acht nehmen, das wusste Leska. Diese älteren Semester hatten alles mit einem einzigen Blick unter Kontrolle, auch die Gäste. Und vor allem solche, die da nicht hingehörten. Leska hängte sich unauffällig an eine Gästegruppe dran. Eine junge Familie mit zwei Kindern, die kichernd in bunten Schwimmringen steckten, bog links ab, und auch Leska bog ab, hinter ihnen her in den Garten. Der Swimmingpool lag malerisch eingebettet zwischen Liegestühlen und einem Café mit Bar. Leska wurde schmerzlich bewusst, dass sie nicht einmal Geld für ein Mineralwasser hatte, geschweige denn für ein Sandwich. Ihr Magen meldete sich, denn an einigen Tischen wurden gerade Speisen aufgetragen. Sie zog ihr Handy heraus, 15 Uhr. Und eine Nachricht. Von Valentin. Ihr Atem stockte.

»Danke für die ausführliche Information.«

Sie las die Meldung dreimal. Es kam ihr so unpersönlich vor, so ganz ohne Reaktion auf ihre eigenen SMS. War das überhaupt von Valentin geschrieben? Oder hatte ihr jemand anders geantwortet, der nun über die Informationen verfügte, die sie geschickt hatte?

Ihr Blick glitt über die Gäste an den Tischen. Familien mit kleinen Kindern vor Bergen von Pommes frites und halb aufgegessenen Würstchen auf mit Ketchup verschmierten Tellern. Dazu nur halb geleerte Brotkörbe und angetrunkene Säfte. Leska beobachtete, wohin die Kellner mit ihren Tabletts verschwanden, und schlenderte an der offen stehenden Servicetür vorbei. Wie sie vermutet hatte, wurden dort die Tabletts erst einmal abgestellt und später vom Küchenpersonal abgeholt. Mit einer schnellen Bewegung griff sie sich einen der kaum angerührten Kinderteller, dazu die danebenstehende Wasserkaraffe, und setzte sich an einen Tisch, der etwas abseits stand. Dort war es still. Durch die nahen, weit geöffneten Fenster der Wirtschaftsräume roch es nach frischer Wäsche. Ein Teller voll Pommes und eine Wurst, so ein Kinderessen hatte sie lange nicht gehabt, dachte sie und lächelte. Sie trank die Wasserkaraffe fast in einem Zug leer und zwang sich, langsam zu essen. Sie brauchte Zeit zum Nachdenken.

Eine Stunde später schlenderte sie wieder an der Rezeption vorbei. 16 Uhr. Entweder schliefen die Gäste, waren am Swimmingpool oder am Strand. Und wie sie vermutet hatte, war die Halle menschenleer. Auch im Büro hinter der Rezeption war niemand. Leskas Augen suchten die hohe Decke und die Ecken nach Kameras ab, bevor sie schnell hinter die Empfangstheke trat und sich vier Schlüssel aus der obersten Reihe griff. Kurz darauf war sie auf der Treppe und lief die vier Stockwerke nach oben. Sie schloss die vier Zimmer auf, warf jeweils einen kurzen Blick hinein und fand bestätigt, was sie vermutet hatte: Alle vier waren noch frei. Wenig später hingen die Schlüssel wieder an ihrem Platz, und Leska saß auf dem Roller. Sie war satt, sie hatte eine Unterkunft für die Nacht und einen Plan. Und der war gut, fand sie, sehr gut sogar.

Sie fuhr aus der Stadt hinaus und wählte genau die Straße, die sie einige Stunden zuvor mit dem Abschleppwagen gekommen waren. Sie hatte einen sehr guten Orientierungssinn, merkte sich stets, auch wenn es gar nicht darauf ankam, markante Punkte, ein ungewöhnliches Haus, einen auffälligen Baum, ein besonderes Straßenschild, irgendwas. Sie fuhr mit Höchstgeschwindigkeit, trotzdem war sie auf der Landstraße ein Hindernis. Und das war bei der Verkehrsdichte kein gutes Gefühl. Zudem überlegte sie, ob Motorroller auf solchen Straßen überhaupt zugelassen waren. Wieder donnerte ein schwer beladener Lkw nur knapp an ihr vorbei, und der Luftwirbel fegte sie fast in den Straßengraben. Da musst du durch, sagte sie sich und versuchte sich abzulenken. Bertolt Brecht fiel ihr ein. »Wer kämpft, kann verlieren«, sagte sie laut gegen den Wind. »Wer nicht kämpft, hat schon verloren.« Mag ich eigentlich immer kämpfen?, fragte sie sich. Wäre es nicht mal schön, wenn alles glattliefe, friedlich und geruhsam wäre? Sie konnte es sich nicht vorstellen. Was würde sie mit ihrer Zeit anfangen, wenn sie wirklich einmal Muße hätte? Ganz ohne Sorgen wäre? Ein Jeep überholte sie, so nah, dass sie sein rechter Außenspiegel fast getroffen hätte. Es machte keinen Sinn, sie durfte sich nicht ablenken, sie musste sich auf den Verkehr konzentrieren.

Sie erkannte einen seltsam verästelten Baum wieder und

wusste, dass gleich danach die Abbiegung kommen würde. Den Namen der Ortschaft hatte sie sich nicht merken können, aber jetzt, da sie das Schild las, wusste sie, dass sie richtig war. Es war wie die Zeichnung auf einem Pauspapier, das man über das Original schob – es passte haargenau.

Würde die Frau noch da sein? Um diese Uhrzeit? Es war kurz nach fünf Uhr, welche Bar hatte um diese Zeit geöffnet?

Auf dem Vorplatz hielt sie an und beobachtete einige Minuten lang die Fenster. Es war nichts zu erkennen. Keine Bewegung, alles still. Sie stellte den Roller fluchtbereit vor der kleinen Treppe ab, die zur Eingangstür führte. Langsam ging sie die Stufen hinauf. Die Klinke ließ sich drücken, die Tür öffnete sich mit einem leisen Glockenton. Im fahlen Licht erkannte Leska die schwarz gekleidete Frau, die, beide Hände auf die Arbeitsplatte gestützt, hinter dem Tresen stand und ihr entgegensah. Auf Leska wirkte es, als würde sie erwartet. Sie zögerte und blickte sich um, aber außer ihnen war niemand da.

»Ich wusste, dass Sie wiederkommen würden«, sagte die Frau in ihrem melodiösen Mischmasch aus Italienisch und Deutsch.

»Ach, ja? Und wieso?« Leska war stehen geblieben.

»Kann ich nicht sagen. Mein Bauch.«

»Und was sagt Ihnen Ihr Bauch jetzt?«, fragte Leska.

»Erst mal einen Espresso und ein Glas Wasser?«

Leska winkte ab. »Ich habe leider überhaupt kein Geld mehr, danke.«

»Aber ich«, lächelte die Frau. »Ich habe einen großen Sparstrumpf.« Sie lachte über das sonderbare Wort, und Leska kam näher.

»Wenn ich wählen darf, dann lieber einen Cappuccino, vielen Dank!«

»Ich bin Gianna.« Sie reichte Leska über den Tresen hinweg ihre Hand, die sich groß und rau anfühlte. Die Frau konnte zupacken, das stand ihr nicht nur ins Gesicht geschrieben.

»Ich heiße Leska.«

»Und dein Freund ist mit diesem Wagen weg?«

»Ich weiß nicht, wo er ist. Es hat alles mit diesem blöden Auto zu tun.«

»Wieso? Was ist mit dem Auto?« Gianna hatte sich zu der Kaffeemaschine umgedreht, die nun fauchend und sprühend einen Cappuccino ausspie.

»Es ist teuer.« Wie viel konnte sie verraten, wo Gianna doch mit diesem Gangsterburschen verwandt war?

»Wenn Francesco hier aufkreuzt und wichtigtut, dann hat sein Chef ein Ziel. Francesco ist nur klein«, sie verzog das Gesicht und maß zwischen Daumen und Zeigefinger ein paar Zentimeter. »Wie ein Bubenspitzchen«, sagte sie dazu, »piccolo.«

»Aber ich erreiche meinen Freund Valentin nicht mehr. Er hat mit dem Chef der Autowerkstatt eine Probefahrt gemacht –«

»Mit Paolo?«, unterbrach Gianna und runzelte die Stirn.

»Ja, mit Paolo. Und jetzt ist Paolo tot, und Valentin ist weg. Das Auto auch.«

»Paolo ist tot?« Gianna riss die Augen auf. »Wie ist das geschehen?«

Leska schilderte, was sie gesehen hatte.

Gianna griff in das Regal hinter sich und stellte zwei

Schnapsgläser auf den Tresen. Mit einem leisen Seufzen bückte sie sich hinter dem Tresen und tauchte mit einer Flasche wieder auf. Während sie den schmalen Korken herauszog, beäugte Leska den trüben bräunlichen Inhalt.

»Kräuter«, erklärte Gianna. »Die tun uns jetzt gut!«

»Biologischer Anbau, nehme ich an«, sagte Leska mehr zum Spaß, aber Gianna nickte. »Hinter dem Haus. Rezept von meinem Großvater. Cincin.«

Sie stieß mit Leska an und trank ihr Glas in einem Zug aus. »Oder Urgroßvater«, fügte sie hinzu. »Macht nichts. Egal, wer es war.«

»Finde ich auch«, erklärte Leska, zog nach und schnappte nach Luft. Das war ein Teufelsgebräu. Und jedenfalls entschieden alkoholreicher als ein normaler Kräuterschnaps. Wahrscheinlich waren nicht mal Kräuter drin.

»Noch einen, dann kann man besser denken.« Gianna goss beide Gläser schwungvoll ein, pfropfte den Korken auf die Flasche und ließ sie wieder unter dem Tresen verschwinden. »Uff!« Leska wollte mit einer Handbewegung abwehren, aber Gianna sagte: »Ich werde dir helfen. Aber dazu muss ich denken!«

»Na schön.« Kein rettender Blumentopf in Sicht, dachte Leska und sah Gianna in die Augen, während sie ihr zweites Glas hinunterstürzte.

»Also.« Gianna fuhr sich mit der Zungenspitze über die Lippen. So aus der Nähe betrachtet war sie jünger, als sie von Weitem wirkte. Es musste am schwarzen Kleid liegen, dass Leska sie älter geschätzt hatte. Sie war höchstens Mitte sechzig. Ihr Gesicht war rund und fast faltenfrei, die dunklen Augen lagen tief in schwarzvioletten Höhlen. »Also«, wiederholte Gianna und schob Leska den Cappuccino und eine Dose mit Keksen hin, »also, jetzt denke ich.«

Leska knabberte einen Keks und gleich darauf einen zweiten und dritten. Zwischendurch nippte sie an dem Cappuccino und ließ Gianna dabei nicht aus den Augen.

Plötzlich schlug Gianna mit der flachen Hand auf den Tisch. »Madonna! Mille grazie!«, sagte sie. »Ich weiß, wo Francesco früher die Autos umlackiert hat.«

»Umlackiert?« Leska runzelte die Stirn. »Wie, umlackiert?«

Gianna fuhr mit der Hand durch die Luft. »Umlackiert halt«, sagte sie und drehte sich um. »Wo ist jetzt meine Handtasche? Wir müssen los.«

»Los?« Leska steckte sich noch schnell einen Keks in den Mund. »Los? Ich bin mit dem kleinen Roller da …« Sie mochte sich das Bild nicht wirklich vorstellen.

»Den lässt du stehen! Wir nehmen meinen Wagen. Er steht dahinten!« Sie nickte mit dem Kopf zum hinteren Ausgang, schritt voran, und Leska folgte ihr um den Tresen herum, durch eine aufgeräumte Küche mit offener Feuerstelle, hinaus auf den Hof. Draußen stand vor einigen kleinen Nebengebäuden ein offener, dreirädriger Kastenwagen. Leska blieb davor stehen.

»Der ist besser«, sagte Gianna und hob wie zur Beschwörung beide Hände. »Mit dem ist mein Mann vor zwanzig Jahren schon gefahren, und der Wagen tut es bis heute!«

»Toll!«, murmelte Leska. »Wollen wir nicht vielleicht doch mit dem Roller …?«

Gianna schüttelte energisch den Kopf. »Er ist schneller, als er aussieht. Maria hätte nur die Körbe abladen sollen!« Sie schimpfte auf Italienisch, fand dann aber, dass man auch mit

Äpfeln und Kartoffeln fahren konnte, es machte keinen Unterschied. Leska fand das auch und stieg ein. Gianna beanspruchte fast die ganze Sitzbank für sich allein, aber Leska quetschte sich an die Beifahrertür und war froh, dass sie so schmal gebaut war.

»So!« Gianna atmete kurz tief durch, drehte den Zündschlüssel, und sie tuckerten los.

»Sind wir damit kein Verkehrshindernis?«, fragte Leska misstrauisch, denn ihrem Gefühl nach kam das Gefährt nicht über 45 Stundenkilometer hinaus.

»Macht nichts«, entgegnete Gianna. »Auch wir haben das Recht, auf italienischen Straßen zu fahren, schließlich zahlen wir Steuern!«

Dabei grinste sie so schief, dass Leska Zweifel kamen, aber letztendlich konnte es ihr egal sein, sie zahlte ja auch keine Steuern.

Tatsächlich bildete sich bald eine gewaltige Schlange hinter ihnen. Leska war das anfangs peinlich, aber als Gianna freudig nach vorn wies und: »Wir haben total freie Fahrt«, sagte, musste sie lachen. Klar hatten sie freie Fahrt, sie waren ja auch der kleine Kopf der großen Schlange. Ob hupende Lastwagen, die sie halsbrecherisch überholten, oder Vogel zeigende Pkw-Fahrer, Gianna blieb stoisch sitzen und sah stur geradeaus.

»Sie kommunizieren mit uns«, sagte sie. »Ist das nicht schön?«

»Sehr schön!« Leska entschied für sich, dass sie Teil des Geschehens war und die Dinge nun einfach so nehmen würde, wie sie kamen. Darin hatte sie Übung.

»Der eine wartet, dass die Zeit sich wandelt, / Der andere

packt sie kräftig an und handelt«, kam ihr plötzlich in den Sinn.

Gianna sah überrascht zu ihr hinüber. So lange, dass Leska bereits den Straßengraben auf sich zukommen sah. »Das ist von Dante«, sagte sie. »Woher kennst du italienische Dichter?«

»Wieso nicht?«

»Er ist seit fast siebenhundert Jahren tot. Mausetot.«

Sie wusste es auch nicht. Die Verse waren plötzlich da.

»Es passt zu dir«, sagte Leska langsam. »Deshalb ist es mir gerade in den Sinn gekommen.«

»Du hast studiert«, meinte Gianna. »Literatur? Philosophie?«

»Das Leben.« Leska lächelte ihr zu. »Ich studiere nur das Leben.«

»Ja«, nickte Gianna, »damit hat man ein Leben lang zu tun.«

Sie schwiegen, und die Stille wurde vom Knattern des Wagens und dem Hupen der überholenden Fahrzeuge erfüllt. Plötzlich sagte Gianna: »Ich kenne auch eine Weisheit von Dante.«

»Ja?«

»Poca favilla gran fiamma seconda.«

»Das heißt?«

»Große Flamme folgt auf kleinen Funken.«

Leska dachte sofort an Valentin. War es ein Funken? War es eine Flamme? Warum fuhr sie nicht einfach weiter, irgendwohin, weg von allem, wie sie es immer getan hatte? Warum heftete sie sich mit allen Konsequenzen an seine Fersen?

»Dante war ein weiser Mann«, sagte sie.

»Es gab in Italien nicht nur Dichter«, erwiderte Gianna

zu Leskas Verwunderung. »Es gab auch Dichterinnen. Vittoria Colonna ist bis heute eine berühmte Dichterin. Sie entstammte einem mächtigen römischen Adelsgeschlecht und verkehrte mit Gelehrten und Künstlern ihrer Zeit. Mit Michelangelo war sie befreundet.«

»Aha.« Leska nickte. »Danke. Da lerne ich ja gerade was …«

»Augenblick!« Gianna verließ die Schnellstraße und bog in eine löchrige Nebenstraße ein. »Jetzt verlassen wir mal Dante und Vittoria«, lächelte sie, »denn jetzt schleichen wir uns an. Dazu brauchen wir unseren Grips und kein Gedicht.«

Leska hätte gern ihre Hand auf Giannas Unterarm gelegt. Sie empfand plötzlich ein völlig abstraktes Gefühl der Zärtlichkeit für diesen Menschen, den sie doch gerade erst kennengelernt hatte.

»Warum tust du das für mich?«, hörte sie sich fragen.

»Ich tu's nicht für dich«, antwortete Gianna und sah sie mit dunklen Augen an. »Ich tu's für Italien.«

»Für Italien?«Die Antwort fand Leska verwirrend.

»Na ja«, Gianna zuckte mit den Achseln und holte kurz Luft, »für das kleine Italien«, erklärte sie. »Für meine Familie.«

»Ahhh!« Leska nickte. Ja, klar, das kleine Italien war einfach die große italienische Familie. Da hätte sie weiß Gott auch selbst draufkommen können.

»Und was machen wir, wenn wir an dem Ort sind, wo Francesco diese Autos … bearbeitet hat?«

»Dann sehen wir uns um.«

»Und wenn Francescos Leute auch dort sind?«

»Dann sehen wir uns eben sehr vorsichtig um, und danach trinken wir noch einen Schnaps, denn die Idee kam von Großvater!«

Die Straße wurde schlechter, und hinten im Wagen hüpften die Kartoffeln und Äpfel in ihren Weidenkörben auf und ab. Sie fuhren durch triste Häuserzeilen hindurch. Es wirkte, als ob dort alles verlassen worden sei, und doch baumelten Wäschestücke an langen Leinen und spielten Kinder in Gärten, die keine mehr waren. So viel Trostlosigkeit und Resignation hatte Leska lange nicht mehr gesehen.

»Auch das ist Italien«, kommentierte Gianna leise. »Nicht nur die Toskana für die Touristen.«

Leska nickte.

»Obwohl die Gegend um Bologna eigentlich eine reiche Gegend ist.« Gianna zuckte die Achseln. »Aber nicht jeder ist Teil des Spiels.«

»Bei Armut denkt man eben eher an die Dritte Welt …«, sinnierte Leska.

»Die Armut steht bei jedem von uns vor der Haustür. Aber nicht jeder will sie sehen.«

Leska nickte wieder. Armut, Verzweiflung, Gleichgültigkeit. Irgendwann war es einem egal, und man fand sich mit den Dingen ab. Oder man stand auf und kämpfte. Dante hatte recht.

»Jetzt pssst!«, machte Gianna und legte ihren Finger auf den Mund, knatterte aber munter weiter.

»Meinst du nicht, das Fahrzeug ist lauter als wir?«, flüsterte Leska.

»Eine Marktkiste hören sie nicht …« Sie rollte bedeutungsvoll die Augen und stellte den Wagen hinter einer hohen Backsteinmauer ab, die überwuchert und halb verfallen in der Landschaft stand.

»Da gab es früher ein Tor«, flüsterte sie. »Das ganze Areal gehörte einmal zu einer großen Druckerei, aber sie haben den Zug der digitalen Zeit nicht erkannt, und dazu noch das Erdbeben vor einigen Jahren ... der Patron war zu alt, keine echten Nachfolger, seitdem steht das Gebäude leer und verfällt allmählich.«

»Also geradezu ideal für alle möglichen komischen Geschichten?«, fragte Leska.

»Geradezu ideal«, bestätigte Gianna. »Hier sieht keiner was, hier hört keiner was, und wenn doch, dann hütet er sich, es zu erzählen.«

»Hm!« Leska deutete nach vorn. »Und da wollen wir jetzt einfach so reinspazieren?«

»Würde ich sagen«, bestätigte Gianna ernsthaft. Gleich darauf lächelte sie, und eine dicke, schwarze Locke fiel ihr übers Auge, so als trüge sie an der falschen Stelle ein kleines, glänzendes Horn. »Aber wir spazieren nicht vorn rein. Wir machen einen kleinen Umweg ...«

Hinter Gianna kam sich Leska knabenhaft schmal vor, sie hatte das Gefühl, in ihrem Schatten völlig zu verschwinden. Dabei musste sie aufpassen, dass sie mitkam, so behände huschte Gianna vor ihr her, dicht an der Hausmauer entlang und geduckt hinter einer stacheligen Hecke weiter. Sie zeigte dabei verschwörerisch nach oben zu einer Fensterreihe, bevor sie ihren Kurs wieder änderte. Leska blieb exakt hinter ihr und ihrem wehenden schwarzen Chiffonschal. Jeder Zickzackkurs war ihr recht, solange er zu Valentin führte.

Vor einer schmalen Holztür blieb Gianna stehen. Sie waren am anderen Ende des Gebäudes angelangt. Die staubige Straße, die dort vorbeilief, war völlig verlassen, und die wenigen Häuser auf der anderen Straßenseite wirkten unbewohnt.

»Psst«, machte Gianna wieder und legte den Finger auf den Mund. Leska nickte, sie hatte nicht die Absicht, laut zu sein, aber gleich darauf begriff sie, dass diese Geste der Tür galt und nicht ihr. Die quietschte nämlich so laut, dass Gianna sie vorsichtig Zentimeter für Zentimeter aufschob. Francescos Tante kannte sich erstaunlich gut aus, dachte Leska. Warum eigentlich? Das würde sie sie fragen, wenn das Abenteuer hier überstanden war!

Endlich war der Spalt groß genug. Gianna schlüpfte hindurch, und Leska folgte ihr. Die Tür führte in den Innenhof. Rechts und links erhoben sich die glatten Fassaden des Gebäudes, vor ihnen eine große, freie Fläche, an deren hinterem Ende ein weiteres Gebäude mit einer großen Rampe stand. »Dort sind früher die Lastwagen beladen worden«, flüsterte Gianna.

»Woher weißt du das?«, wollte Leska nun doch wissen.

»Ich habe hier gearbeitet!« Giannas verträumtes Lächeln rührte Leska. »Als ich jung war. Durch diese Tür bin ich manchmal mit meinem Freund abgehauen.« Ihre Augen bekamen einen versonnenen Glanz. »Dort hinten gab es ein Wäldchen.« Sie wies mit dem Daumen nach hinten. »Und dann«, sagte sie ernst, »mussten wir heiraten.« Sie runzelte die Stirn. »Komm!«

Im Hintergrund standen große Hallen, manche mit offenen Toren, andere waren durch heruntergelassene Rollgitter verschlossen. Da, wo sie standen, hatte sich offensichtlich der Bürotrakt befunden.

»Nichts los«, flüsterte Leska. »Der Hof ist völlig verlassen.« Sie war fast ein bisschen enttäuscht, denn eigentlich hatte sie eine ganze Kolonne umgespritzter Autos erwartet.

Gianna schüttelte den Kopf. »Alles in den Hallen.« Sie reckte sich zu Leskas Ohr. »Zu gefährlich. Flugzeuge, Hubschrauber, Drohnen, du kannst heute alles von oben sehen.«

Also auf in die Hallen, dachte Leska. »Und Valentin?«, fragte sie.

Gianna zuckte die Achseln. »Wir werden sehen!« Sie spähte ein weiteres Mal aufmerksam nach rechts und links, dabei ließ sie sich so viel Zeit, dass Leska in ihrem Rücken langsam nervös wurde.

»Jetzt«, sagte Gianna schließlich, glitt an der Wand entlang und öffnete eine weitere schmale Tür. Die beiden Frauen schlüpften rasch hindurch, und Leska drückte sie leise hinter sich ins Schloss.

Sie standen in der Mitteletage eines Treppenhauses. Einige Stufen führten nach oben, sodass sie gerade noch einen langen Gang mit angrenzenden Türen sehen konnte. Und es führten Stufen nach unten. Dort konnte sie nichts erkennen, denn das untere Stockwerk war anscheinend fensterlos und lag nachtdunkel in der Erde. Gianna stand regungslos da und lauschte. In ihrer angespannten, leicht gekrümmten Haltung und dem schwarzen, weiten Gewand erinnerte sie an eine Fledermaus, fand Leska, aber sie behielt den Gedanken für sich, genauso wie das Gedicht von Heinz Erhardt, das ihr sofort dazu einfiel. Obwohl es »Die Kellermaus« hieß, endete es mit einer Fledermaus.

»Dort«, sagte Gianna und deutete in den Keller.

Konnte es sein, dass Gianna mehr hörte als sie?, fragte sich Leska. Dabei war ihr eigenes Gehör doch mindestens vierzig Jahre jünger.

»Hast du was gehört?«, flüsterte sie, aber Gianna winkte ab und raffte ihren schwarzen Rock, während sie die Treppe in ihren schwarzen Sandalen geräuschlos hinunterlief. Leskas Sportschuhe gaben nur ein leises Quietschen von sich, was sich in dem dunklen Gang allerdings erschreckend laut anhörte. Leska hatte urplötzlich das Gefühl, in der staubtrockenen Luft zu ersticken. Nachdem sie die Treppe hinter sich gelassen hatten, sah sie Gianna nur noch als Kontur vor sich und rechts immer mal wieder dunklere Flächen, die sie für Türen hielt. Sie atmete möglichst tief durch.

Gianna ging traumwandlerisch sicher voran, an einigen Türen vorbei, offensichtlich hatte sie ein bestimmtes Ziel im Kopf.

Dann endete der Gang vor einer letzten Tür. Gianna blieb stehen und drehte sich zu Leska um.

»Spürst du das?«, flüsterte sie. »Perfekte Bedingungen hier unten. Hinter den Türen lagern noch immer alte Bücher, richtige Schätze.«

Der Gedanke jagte Leska einen Schauder über den Rücken. Unwillkürlich sah sie nicht nur Bücher, sondern auch Mumien vor sich, die ewig erhalten blieben, vor allen Augen verborgen, tot und doch irgendwie lebendig.

»Lebendig begraben«, raunte sie.

»Irgendwann werden sie entdeckt werden«, flüsterte Gianna voller Überzeugung.

Oder auch nicht, dachte Leska.

»Achtung, die ist schwer! Und jetzt ganz vorsichtig. Und leise.« Gianna drückte die Klinke und zog langsam die Tür auf. »Eisen«, flüsterte sie, »feuerfest.«

Von mir aus, dachte Leska. Bisher hatte sie kein einziges Anzeichen gesehen, dass es hier überhaupt menschliches Leben gab. Außer ihnen beiden.

Was, wenn Gianna verrückt war und sie hier unten einsperren wollte? Zusammen mit den Büchern? Den Bücher-Mumien? Kein Mensch würde sie jemals finden. Sie wäre tatsächlich lebendig begraben.

Ein weiterer Gang schloss sich an. Schmale Lichtschächte unterhalb der Decke tauchten ihn in ein diffuses Licht und ließen weitere Flure erkennen, die von ihm abzweigten.

Gianna blieb wieder lauschend stehen. Leska war sich nicht mehr sicher, was sie da sah. Spielte Gianna Theater, oder war das hier ernst?

»Dahinten schließen sich die großen Hallen an den Bürotrakt an«, zischte Gianna, als hätte sie Leskas Zweifel gespürt. »Wenn die den Ferrari versteckt halten, dann dort!«

Leska schöpfte neuen Mut. Vielleicht war die Aktion ja doch nicht so sinnlos.

Gianna bog nach rechts ab und trat in einen Gang, der mit alten Büroschränken und halbhohen Aktenschränken vollgestellt war. Der Staub kitzelte Leska in der Nase, und sie wollte gerade möglichst geräuschlos in ihre Armbeuge niesen, als sich rechts neben ihnen eine Tür öffnete. Vor Schreck machte Gianna einen Satz zur Seite, und Leska verbarg sich blitzschnell hinter dem nächsten Schrank. Ein Mann ging, ohne zu zögern, auf Gianna los. Sie schützte ihren Kopf mit den Oberarmen, der Typ hatte etwas Längliches in der Hand, mit dem er offensichtlich auf sie einschlagen wollte. Leska griff nach ihrem Handy und sprang aus ihrem Versteck. »Stopp!«, brüllte sie und hob ihr Smartphone in die Höhe. Der Kerl drehte sich nach ihr um. Er war jünger, als Leska vermutet hatte. Sein erhobener Arm hing in der Luft, anscheinend wusste er nicht so richtig, wie er reagieren sollte.

Ein Blitz erhellte kurz sein Gesicht.

»Che cosa fai?!«

»Ich hab dich fotografiert und schicke das Foto in diesem Moment an meinen Vater. Er ist Polizist!«

»Come?«

Gianna beeilte sich, Leskas Worte zu übersetzen.

Er stand noch immer wie angewurzelt da, allerdings hatte er die Hand sinken lassen, und Leska erkannte jetzt, was er festhielt: einen Bohrhammer. Mit dem ist nicht zu spaßen, dachte sie.

»Hier unten gibt es kein Netz«, sagte er.

»Wie?«, fragte Leska.

»Er sagt, hier unten gebe es kein Netz.«

Leska warf einen Blick auf ihr Display. »Sag ihm, das Foto ist schon raus. Und wenn er keine Probleme kriegen will, soll er uns gehen lassen.«

Gianna übersetzte, schüttelte aber gleich darauf den Kopf. »Er sagt, hier gebe es kein Netz.«

»Sag ihm, ich schick ihm das Foto. Zum Beweis. Ich brauch nur seine Nummer.«

Er zögerte, aber so dumm, ihr seine Nummer zu geben, war er nun doch nicht.

»Scusi«, sagte Gianna und schlug ihm von hinten einen der Hocker über den Kopf, die neben ihr an der Wand standen. Der Bohrhammer fiel ihm aus der Hand, krachte polternd auf den Boden, und gleich darauf ging er vor Leska in die Knie, bevor er vornüberfiel.

»Bene«, sagte Gianna. »Er ist ohnmächtig!« Sie packte ihn an den Schultern und wollte ihn in den Kellerraum ziehen, aus dem er gekommen war, aber sie konnte ihn nicht von der Stelle bewegen. Leska sprang hinzu, und gemeinsam schafften sie es.

»Der wird nicht lange schlafen«, sagte Leska, als sie ihn in dem Raum ablegten, der ringsum mit Regalen vollgestellt war. Es sah aus wie ein Ersatzteillager.

»Wir schließen am besten ab«, sagte Gianna.

»Sehr witzig.« Leska deutete auf die Tür. »Wenn da ein Schlüssel drin steckt, heiß ich Lesley.«

»Dann schieben wir einen Stuhl unter die Klinke.«

Sie gingen hinaus, und während Gianna einen passenden Stuhl suchte, schob Leska den Bohrhammer mit dem Fuß an die Wand. »Und wollen wir jetzt noch weitersuchen?«, fragte sie. »Der wird gleich randalieren. Wer weiß, wie viele von den Jungs hier herumschwirren?«

»Ja«, nickte Gianna und klemmte einen Stuhl unter die Türklinke, »wir nähern uns dem Nest.«

Leska drehte sich abrupt um. »Wir hätten ihn fragen sollen!«

»Schwierig.« Gianna winkte ab. »Entweder er schläft, oder er ist munter, und dann können wir ihn nicht bändigen.«

Leska überlegte. »Wir fesseln ihn und drohen ihm Folter an, wenn er nicht redet.«

»Das tun wir?«

»Ja, das tun wir!«

»Und wie wollen wir ihn fesseln?«

Leska deutete auf den langen, schwarzen Chiffonschal, den Gianna um ihren Hals trug.

Gianna nickte und nahm ihn sofort ab. »Und welche Art von Folter?«

»Jeder starke Mann hat eine schwache Stelle.«

Gianna legte den Kopf schief. »Du willst ihm … an die Eier?«

Leska zuckte leicht die Schultern.

Gianna zögerte: »Und wenn ihm das gefällt?«

»Das wird es nicht, vertrau mir!« Sie zeigte auf den Bohrhammer.

»Na, dann …« Gianna ließ die Stimme oben, und Leska war sich nicht sicher, was sie wirklich dachte. Sie war sich aber selbst auch nicht sicher, was sie tun würde, wenn sie vor ihm stand.

Gianna wollte eben den Stuhl von der Tür abrücken, als sich die Klinke bewegte. Die beiden Frauen sahen einander an.

»Zu spät«, sagte Gianna, legte sich ihren Schal wieder um, und Leska spürte ein Gefühl der Erleichterung in sich aufsteigen, das sie sich selbst nicht eingestehen wollte. »So ein Ärger«, sagte sie unwirsch. »Und jetzt?«

Gianna zeigte in den Gang. »Weiter.«

»Und der hier?«

Die Klinke bewegte sich hektisch, aber der Stuhl hielt stand. Dann folgten Schläge gegen die Tür.

»Hält die das wirklich aus?«

»Weiter!«, sagte Gianna. »Je schneller, desto besser.«

Gianna eilte durch mit Möbeln vollgestopfte Gänge, und

Leska fragte sich, welche übersinnlichen Fähigkeiten Gianna wohl besaß, denn sie selbst konnte im Dämmerlicht kaum etwas erkennen und verlor immer mehr die Orientierung.

Schließlich ging der Gang abrupt in eine Halle über. Gianna streckte den Arm aus, sonst wäre Leska an ihr vorbeigelaufen. Sie drückten sich beide eng an die Wand und spähten in die große Halle hinein. Einige Autos standen dort nebeneinander. Soweit Leska es erkennen konnte, handelte es sich um Luxusmarken. Fenster und alle Teile, die nicht aus Metall bestanden, waren abgeklebt. Zwei Männer hantierten an einer schwarzen Limousine. Leska sah Gianna an, und die nickte nur. Sie zog Leska in den Gang zurück.

»Ich habe keinen Ferrari gesehen«, flüsterte sie.

»Und keinen Valentin.«

Gianna nickte noch einmal.

»Damit ist alles umsonst?«

Auf Giannas Mund legte sich ein kleines Lächeln. »Werden wir sehen. Und sonst fahren wir woandershin.«

Was für ein Schlag ins Wasser, dachte Leska. Zeit vergeudet. Noch immer hatten sie keinen blassen Schimmer, was mit Valentin war. Wo er war! Ob er überhaupt noch lebte! Hatte sie je einen Anflug von Panik gehabt? Sie konnte sich nicht erinnern. Jetzt beschlich sie sie. Leska war nervös, unruhig, sorgenvoll.

»Am Schluss wird alles gut«, sagte Gianna.

Leska horchte auf. Gianna musste wirklich einen siebten Sinn haben.

»Am Schluss wird alles gut«, wiederholte Leska und spürte, wie der Satz wirkte. Er floss ihr heiß durch die Adern und wärmte sie von innen.

»Gut«, sagte Leska. »Lass uns gehen.«

Sie wollte sich umdrehen, aber Gianna hielt sie zurück. »Nein!« Sie zeigte in eine dunkle Ecke. »Dahinten gibt es eine versteckte Tür, dort geht es weiter.«

»Gut, dass du dich hier auskennst.«

Gianna ließ das unkommentiert und ging voraus in einen schmalen Gang, der Leska an einen Geheimgang erinnerte. Er war so schmal, dass neben Gianna höchstens noch Platz für ein Kind gewesen wäre. Walnussgroße, in die Wand geschlagene Löcher belüfteten den Gang und dienten als Gucklöcher direkt in die Halle.

»Das war der Überwachungsgang des Chefs«, hörte Leska Gianna sagen. »Von hier aus konnte er seine Hallen und seine Leute kontrollieren. Wer wirklich arbeitete oder wer nur so tat. Hier hörte er, was so gesprochen wurde, was nicht für seine Ohren war.«

»Perfide.«

»Oder clever.«

Leska presste ihr Auge an eines der Löcher. Die beiden Männer klebten gerade die Windschutzscheibe der großen Limousine ab. Auf dem Kühlergrill glänzte ein Stern.

»Und nebenan ist die Lackiererei …«, vermutete Leska.

Gianna war vorangegangen, und Leska folgte ihr.

In die angrenzende Halle konnten sie nicht hineinsehen. Leska erkannte durch die Löcher nur eine schwarze Plastikfolie. Erst einige Löcher weiter sah sie eine Hebebühne. Aber was war hinter der schwarzen Folie? Konnte es möglich sein, dass die hier einen roten Ferrari umspritzten? Sie hatte keine Ahnung von Autos, aber sicher verlor so ein teurer Oldtimer umgespritzt an Wert.

Gianna war stehen geblieben. Sie presste ihr Auge an ein Loch und rührte sich nicht. Irgendetwas in Giannas Körperhaltung brachte Leska dazu, still zu verharren.

»Zu diesem Raum gibt es nur ein einziges Guckloch«, sagte Gianna schließlich. »Zu meiner Zeit war es eines zu viel.«

Leska schwieg. Gab es da schwerwiegende Probleme in Giannas Vergangenheit? Sie würde nicht fragen. Sie hatte mit ihrem eigenen Leben genug zu tun.

»Aber heute ist es goldrichtig.«

Sie ging einen Schritt zurück und ließ Leska an das Loch treten. Leska spürte ein komisches Gefühl im Magen. War es Furcht? Es gab doch nichts, wovor sie sich fürchtete!

Dann legte sie ihr Auge an das Loch und sah hindurch. Seltsam, war ihr erster Gedanke. Ein Raum wie ein altes, verstaubtes und verblichenes Wohnzimmer. Ein absurdes Zimmer in einer Werkhalle. Es hatte etwas von einer Puppenstube und war völlig unwirklich.

Dann sah sie ihn.

Valentin saß gekrümmt in einem breiten Ohrensessel, die Hände im Schoß, den Kopf auf die Brust gelegt. Leskas Herz machte einen Satz, und das Blut schoss ihr in den Kopf. »Gianna!«, hauchte sie und sah sich fassungslos nach ihr um.

»Ich weiß.«

Leska presste wieder ihr Auge an das Loch. Sie konnte nicht alles sehen, die Mauer war zu dick, der Blickausschnitt reichte nicht. Waren Valentins Füße gefesselt?

Sie drehte sich zu Gianna um. »Was machen wir jetzt?« Ihre Stimme hörte sich seltsam fremd an.

»Wir holen ihn da raus.« Gianna sagte es, als sei dies die natürlichste Sache der Welt.

Leska trat einen Schritt zurück. »Gibt es hier noch eine Geheimtür?« Das wäre eine phantastische Lösung gewesen. Zack und weg, wie von Zauberhand.

»Hier nicht.« Gianna wies den Gang entlang. »Es braucht einen kleinen Umweg. Willst du das übernehmen? Ich mag den Weg nicht gehen.«

Ist vielleicht auch besser, dachte Leska, denn sie war sicher schneller als Gianna. Außerdem musste sie jetzt schleunigst etwas unternehmen, sonst würde sie platzen.

»Wenn du mir den Weg genau beschreibst?«

Wenige Minuten später öffnete Leska eine Tür, die in die Halle führte. Eine Unzahl alter Druckermaschinen versperrten ihr den Blick. Der Geruch war eigentümlich, eine unbeschreibliche Mischung aus altem Öl, Staub und Druckerschwärze. Leska ging um einige Maschinen herum nach vorn und blieb schließlich in Deckung stehen. Es konnte durchaus sein, dass sie nicht allein in der Halle war. Sie musste vorsichtig sein. Von hier aus konnte sie den viereckigen, fensterlosen Kasten sehen, der wie ein Container aussah. Hoffentlich steckte der Schlüssel in der Tür, dachte sie. Sie musste Valentin befreien, koste es, was es wolle. Sie stand eine ganze Weile unbeweglich da und lauschte nur. Das hatte sie den Krähen abgeschaut, die sie manchmal mit ihren Essensresten gefüttert hatte. Die wussten auch, dass Misstrauen eine Lebensversicherung war. Erst genau hinschauen und sich umhören, bevor man handelte. Es bewegte sich nichts, die Halle schien tatsächlich völlig verlassen zu sein. Schließlich schlich sie im Sichtschutz der Maschinen weiter, bis sie höchstens noch zwanzig Meter von ihrem Ziel trennten. Doch nun würde sie gut sichtbar sein, sobald sie die freie Fläche vor dem Container überquerte. Sie lauschte erneut, aber sie hörte nur das rasende Hämmern ihres eigenen Herzens. Sie holte tief Luft, dann wagte sie es und lief geduckt, und so leise sie konnte, zu der Vorderseite des Containers. Kein Türknauf, sondern eine Klinke. Und darunter steckte ein einzelner Schlüssel. Leska atmete durch, schloss auf, schob den Schlüssel in ihre Hosentasche und öffnete geräuschlos die Tür. Durch den Spalt schlüpfte sie hinein, zog die Tür zu und drückte sich an die Wand. Valentin sah nicht auf, er blieb mit gesenktem Kopf sitzen. Er war nicht gefesselt. Seine Hände lagen noch immer im Schoß, die Füße standen nebeneinander auf dem verschlissenen Teppichboden, so akkurat, als wäre er eine Wachspuppe. Bleich und bewegungslos.

»Valentin«, zischte sie, und ihre Augen suchten dabei den dämmrigen Raum ab. Gab es irgendwo eine Kamera? Das würde sie zum schnellen Handeln zwingen. Sie sah nichts, zumindest kein verräterisches Kontrolllicht. Leska trat schnell zu dem Sessel und hob Valentins Kinn an. Seine Augen waren halb geschlossen. Sie hatten ihm etwas gegeben. Wie sollte sie ihn wach bekommen? Und wie hier heraus? Da hörte sie ein Geräusch. Jemand machte sich an der Tür zu schaffen. Dann ein italienischer Fluch. Leska sah sich rasch um, ihr Blick fiel auf einen eisernen Stiefelauszieher neben der Couch, der neben rotbraunen, verstaubten Reitstiefeln stand und die Form eines Krustentiers hatte. Sie nahm ihn hoch, wog ihn kurz in der Hand und stellte sich direkt neben die Tür. In diesem Moment wurde sie auch schon aufgerissen, und Leska schlug zu. Der Eindringling ging augenblicklich zu Boden, die Mineralwasserflasche, die er in der Hand gehalten hatte, zerbarst neben ihm, das Wasser und die Scherben spritzten hoch. Leska verharrte, um sicherzugehen, dass er allein gekommen war, dann stieg sie über ihn hinweg, riss Valentin hoch, legte seine Arme um ihren Hals und schleppte ihn wie eine schwere Matratze auf dem Rücken hinaus. Mit dem linken Bein trat sie die Tür zu, schloss sie ab, steckte den Schlüssel wieder ein und sammelte alle Kräfte, um Valentin durch die Halle zu tragen. Er war verdammt schwer und größer als sie, aber sie war zäh. Und ihr Wille eisern. Sie würde es schaffen. Sie würde dieses Walross auf ihrem Rücken in Sicherheit bringen. Zunächst zu Gianna in den Gang, dann würde sie weitersehen. Nur schnell weg von hier, in Deckung, hinter die nächste Druckmaschine. Dort stand eine schwarze Gestalt. Leska erschrak, beruhigte sich aber sofort: Es war Gianna. Sie nickte ihr nur zu und packte mit an. Sie stemmten ihre Schultern jeweils unter Valentins Achselhöhlen und marschierten los. Valentins Kopf fiel nach vorn auf die Brust, seine Beine schleiften über den Boden, aber dann begannen sie sich zu bewegen. Nur wenig zwar, aber ein Impuls war da. »Good old boy«, flüsterte Leska aufmunternd. »Komm schon. Streng dich an. Einen Fuß vor den anderen.«

Gianna sagte nichts. Sie schnaufte bei jedem Schritt. Aber auch sie war eisern, das spürte Leska.

»Komm, Valentin, streng dich an, tu was! Wir müssen hier weg!«

Sie zogen ihn an der ersten Maschine vorbei und hatten bereits die nächste im Visier. Noch drei, und sie würden an der Tür sein. Valentins Kopf hob sich. Leska sah es aus den

Augenwinkeln. Irgendwie musste er mithelfen, auch wenn er es halb bewusstlos tat.

»Ein Mensch sieht schon seit Jahren klar: / Die Lage ist ganz unhaltbar«, murmelte sie leise im Takt ihrer Schritte. »Allein – am längsten, leider, hält / Das Unhaltbare auf der Welt.«

»Wie wahr«, hörte sie Gianna sagen.

»Ist nicht von mir, ist von Eugen Roth«, erklärte Leska. »Komm, Valentin, streng dich an!«

»Es ist unhaltbar«, sagte er leise und hob den Kopf.

»Was?«, fragte Leska. Aber der Moment war schon wieder vorbei, sein Kinn sank zurück auf die Brust. Leska musste kurz stehen bleiben. Ihr Rücken schmerzte, und der Gedanke, dass sie entdeckt werden könnten, setzte ihr zu.

Gianna fasste neu nach. »Los«, sagte sie. »Andiamo! Es sind nur noch wenige Schritte!«

Wir werden ihn nicht den ganzen Weg bis zu ihrem Auto zurückschleifen können, dachte Leska. Und sicher würde auch der Typ, den sie im Keller eingesperrt hatten, bald gefunden werden, wenn er sich nicht sogar selbst befreien konnte. Und auch der andere im Container war nur eine Frage der Zeit. Hoffentlich hatte Gianna einen guten Plan. Sie hatte keinen!

»Du bist ein Mann«, zischte Gianna. »Zeig es uns!«

War es die fremde Stimme oder ihr drängender Unterton? Valentins Füße jedenfalls setzten erste Schritte, sein Körper straffte sich.

»Na also!«, raunte Gianna. »Geht doch! Warum nicht gleich so?«

Leska warf einen Blick in Richtung Container, aber noch war alles ruhig.

»Gleich haben wir es«, flüsterte sie. »Meinst du nicht, dass die den Geheimgang kennen?«

»Ganz sicher nicht. Die sind viel zu blöd dazu. Ich kenne doch meinen Neffen.«

»Dein Wort in Gottes Ohr!«

»Bemühe den Herrn nicht!«

Sie zerrten Valentin weiter, bis Leska »Endspurt« durch die Zähne presste. Es waren tatsächlich nur noch zehn Meter, sie waren knapp vor dem Ziel, da erfüllte ein hämmerndes Geräusch die Halle. Ein lautes und wildes Stakkato.

»Er hat sich aufgerappelt«, rief Leska. »Jetzt gilt es!«

Sie warf einen Blick zu Gianna hinüber. Die hatte einen hochroten Kopf. Wie ein Dampfkocher, dachte Leska, hoffentlich knallte das Ventil nicht durch. »Los!«, herrschte sie Valentin an, aber offensichtlich bezog es Gianna auf sich, sie gab ein pfeifendes Geräusch von sich, das tief aus ihrer Lunge kam. Der Gefangene schlug ohrenbetäubend laut gegen die Containertür. Der Stiefelknecht, dachte Leska, der eiserne Stiefelauszieher. Sie hätte ihn beseitigen sollen. Der Lärm erfüllte die Halle wie ein zorniger Vorarbeiter, der die Maschinen anwerfen wollte. Leska hätte sich nicht gewundert, wenn sie zu ächzen und stampfen begonnen hätten, wie Untote, die aus ihren Särgen stiegen. Es konnte nicht mehr lange dauern, bis jemand aufmerksam wurde.

Noch wenige Meter. »Wir schaffen das!«, rief sie, und Gianna fasste noch mal nach, während Valentin wie ein Betrunkener mittappte und dabei über seine eigenen Füße stolperte. Sie waren gerade an der Tür angelangt, und Gianna hatte sie mit einem kräftigen Schwung aufgestoßen, als hinter ihnen Rufe durch die Halle schallten. Leska erschrak, aber ein schneller Blick über ihre Schultern zeigte ihr, dass die beiden Männer, die sie auf die Schnelle ausmachen konnte, direkt auf den Container zusteuerten. Inzwischen waren sie, Gianna und Valentin schon durch die Tür hindurch und stürzten alle drei gegen die gegenüberliegende Wand. Valentin rutschte daran herunter, Gianna beugte sich aufatmend nach vorn, Leska schloss ganz langsam, bis auf einen Spaltbreit, die Tür hinter ihnen.

Die beiden Männer waren unschlüssig vor dem Container stehen geblieben. Einer malte mit seiner Schuhspitze seltsame Zeichen in den schmutzigen Boden. Er sucht den Schlüssel, dachte Leska. Da kannst du lange suchen! Der andere hob plötzlich den Kopf und sah in ihre Richtung. Für einen Moment hatte Leska das verwirrende Gefühl, dass sich ihre Augen trafen. Aber offensichtlich lag die schmale Tür so günstig im Halbschatten der großen Maschinen, dass sein Blick weiterging. Gut, dachte Leska. Aber ihre Spuren könnten sie verraten. Der Hallenboden war staubig, Valentins Füße hatten sicher Schleifspuren hinterlassen. Sie suchte die Tür mit der Hand ab. »Kann man die von innen verriegeln?«, wollte sie von Gianna wissen. Sie konnte nichts erkennen, dazu war es einfach zu dunkel.

»Lass mal überlegen.« Gianna richtete sich auf. »Es ist schon so lang her …«

Sie trat an Leska vorbei an die Tür. »Von außen hat sie keinen Griff, ist überhaupt nur eine graue Fläche, von der Wand kaum zu unterscheiden. Aber die Klinke innen …« Sie ergriff sie und drehte sie mit einer kurzen Bewegung nach oben. Ein leises Einrasten war zu hören. »Genau«, sagte sie leise und zufrieden. »So war das!«

Leska atmete auf. »Das hält uns erst mal den Rücken frei. Und jetzt? Wie kommen wir hier raus?«

»Es ist unhaltbar!«

»Wie?«

Sie drehten sich beide nach Valentin um. Er saß an die Wand gelehnt auf dem Fußboden.

»Was sagst du?«, fragte Leska nach und beugte sich zu ihm hinunter.

»Mir ist übel.«

»Das hatten wir schon, Valentin. Ständig trinkst du blöde Cocktails und kotzt mir dann die Bude voll.«

Valentin war wieder still, und Leska schüttelte ihn an der Schulter. »Das ist wirklich unhaltbar! Auf jetzt, gib dir Mühe, wach auf!«

»Ich bin wach.«

»Dort drüben«, Gianna wies den Gang entlang, »dort ist der Ausgang. Dort ist das Haus … des alten Patrons.« Der Rest war so leise, dass Leska es kaum noch verstand, aber es war ihr auch egal. Es schien ja ein komischer Vogel gewesen zu sein. Spitzellöcher und Containerwohnung. Das war doch wirklich irgendwie durchgeknallt.

Auch wenn Valentin wach war, seine Beine wollten ihm noch nicht richtig gehorchen.

»Was ist denn mit mir?«, wollte er wissen. »Und was ist hier überhaupt los?«

»Überhaupt los ist, dass wir auf der Flucht sind. Du bist nämlich das Vögelchen, das sie haben wollen. Und wir wollen nicht mit dir in den Käfig, also rappel dich auf!«

Gemeinsam zogen Leska und Gianna ihn hoch. An die Wand gepresst, hielt er sich aufrecht.

»Und wo sind wir?«

»Konzentrier dich auf deine Beine. Alles andere erzählen wir dir nachher.«

»Das ist unhaltbar.«

»Jetzt hör doch mal mit deinem ›unhaltbar‹ auf und arbeite richtig mit. Also, los. Wir halten dich, und du gehst jetzt mit uns den Gang runter.«

»Meine Beine sind wie Pudding.«

»Aber immerhin funktioniert dein Kopf schon wieder.«

»Wo sind wir?«

»Geh mir nicht auf den Geist!«

»Jesses Maria!« Das war Gianna.

»Was heißt das?«, wollte Leska wissen.

»Wenn die Außentür abgeschlossen ist, kommen wir nicht raus!«

Diesen Gedanken wollte Leska nicht denken.

»Soll ich erst mal nachschauen?«, fragte Gianna.

»Nein«, erwiderte Leska. »Mit diesem Gedanken befasse ich mich nicht. Weil nicht sein kann, was nicht sein darf …«

Sie wollten Valentin in ihre Mitte nehmen, aber zu dritt war es unmöglich, geradeaus durch den schmalen Gang zu gehen. So versuchten sie es seitwärts, was noch anstrengender war.

Leska empfand den Staub und die Enge als zunehmend unerträglich, dazu die Dunkelheit, die zusammen mit dem abgestandenen Geruch Erinnerungen weckte, die sie längst vergessen zu haben glaubte. Sie versuchte sie abzuschütteln, die Ängste im fensterlosen Keller, wo sie als Kind zitternd vor Kälte und Angst gesessen hatte, wenn sie wieder etwas ausgefressen hatte. Ausgefressen, das war das Lieblingswort ihrer

Mutter. Der Keller war die Lieblingsstrafe ihres Vaters. »Du liebst wohl den Keller«, hatte er gesagt, »sonst würdest du da nicht ständig hinwollen.« Fast glaubte sie seine Stimme zu hören. Es war aber nicht die Stimme ihres Vaters, es waren laute Stimmen in der Halle, die gedämpft in den Gang drangen.

»Sie suchen«, sagte Gianna mit einem so gleichgültigen Ton, als ginge es um Ostereier. Der einzige Trost war, dass die Kraft offenbar wieder in Valentins Beine zurückkehrte, von Schritt zu Schritt hielt er sich besser, hing weniger schwer an den Schultern der beiden Frauen.

»Da vorn«, sagte Gianna. »Das ist unsere Rettung …«

Oder auch nicht, vollendete Leska den Satz im Stillen. Und was erwartete sie draußen?

Sie schoben sich durch den engen Gang, links kamen in regelmäßigen Abständen Gucklöcker, Leska sah immer wieder kurz hindurch, in der Hoffnung, etwas über ihre Verfolger herauszufinden. Endlich blieb Gianna stehen. Leska konnte nichts erkennen. Der Gang war stockfinster. Es war fast schon unheimlich, mit welcher Sicherheit Gianna sich hier zurechtfand. Sie tastete die Wand ab. Leska versuchte, Valentin auszubalancieren.

»Was ist?«, fragte er leise, als wäre sein Zug plötzlich auf freier Strecke stehen geblieben.

»Gianna sucht den Ausgang«, erwiderte Leska leise. »Wir müssen hier irgendwie raus.«

»Wo sind wir?«

Leska runzelte die Stirn. Sie wusste es selbst nicht. »Teil dir deine Kräfte ein«, sagte sie. »Konzentrier dich auf deine Beine. Die brauchst du jetzt.«

Valentin schwieg, aber Leska spürte, wie er sich straffte. Vielleicht ließ ja auch die Wirkung von dem Zeug nach, das sie ihm eingeflößt hatten.

»Allora«, hörte sie Gianna sagen.

Leska hielt den Atem an. »Hier ist die Klinke«, fuhr Gianna fort. Dann hörte Leska ein kratzendes Geräusch, als ob jemand mit einem Nagel über eine Stahlplatte fahren würde.

»Was ist?«, fragte sie.

»Entweder ist die Tür abgeschlossen oder eingerostet.«

»Soll ich mal?«, fragte Leska und überlegte, ob sie Valentin so einfach gegen die Wand lehnen könnte, ohne dass er umfiel.

»Ich versuch's noch mal.« Wieder dieses Geräusch, verstärkt durch den Hall des steinernen Tunnels.

Hoffentlich schrillt das nicht bis zu dem Container, dachte Leska. Insgeheim konnte sie kaum glauben, dass ihr Fluchtweg noch nicht entdeckt worden war.

»Geht sie nach innen oder außen auf?«, fragte sie.

»Nach außen.«

Leska riskierte es und drückte Valentin gegen die Wand. »Bleib bloß stehen!« Sie drehte sich zu Gianna um. »Lässt sich die Klinke nicht runterdrücken?«

»Sie ist noch gedrückt!«

»Gut, dann werfen wir uns jetzt gleichzeitig gegen die Tür. Achtung! Eins – zwei – drei!«

Es dröhnte, als würde eine Stahlkammer geöffnet, die Tür gab nach, und sofort strömte Licht herein.

»Perfekt!« Gianna streckte den Kopf hinaus, und Leska drehte sich nach Valentin um. Er stand unbeweglich da und sah sie an.

»Geht es?«, wollte Leska wissen. »Du musst jetzt ein Stück laufen.«

»Mir ist übel!«

»Kannst du laufen?«, fragte Leska geduldig.

Es wäre gar nicht so blöd, wenn er sich übergeben würde, dachte sie plötzlich. Wenn das Zeug raus ist, geht es ihm vielleicht besser. »Ich versuch's«, brachte er hervor.

Giannas Kopf tauchte wieder auf. »Wir haben Glück, nichts zu sehen«. Sie deutete hinaus. »Wir müssen in das Haus des Patrons.«

»In das Haus des Patrons?«

»Es steht leer. Seit seinem Tod.«

Gianna ging voraus, die Hand mit gespreizten Fingern abwehrend nach hinten gestreckt. Leska wartete ab. Erst als Gianna winkte, ging sie mit Valentin durch die Tür hinaus. Das Licht hatte sich verändert, ein Schleier hatte sich über die Farben der Umgebung gelegt und verwandelte alles in erdige Pastelltöne. Valentin lehnte sich an die Außenmauer und wartete, bis die beiden Frauen die schwere Tür wieder zugedrückt hatten und ihn in ihre Mitte nahmen.

»Dort müssen wir hin«, sagte Gianna und wies über die Straße.

Das Haus ihnen gegenüber glich einer Trutzburg. Grobe Backsteine und ein Turm mit Zinnen, es wirkte völlig fehl am Platz. »Dann los«, feuerte Leska Valentin an und hakte ihn unter. Das Hoftor aus dicken Eisengittern stand offen, sie gingen hindurch, und Gianna wies den Weg hinter das Haus. Der einst gepflasterte Weg war überwuchert von Pflanzen und kaum noch zu erkennen. Aus der Nähe sah das Haus nicht mehr trutzig, sondern heruntergekommen aus. Wie ein

Kraftprotz, dessen Muskeln im Alter erschlafft sind, dachte Leska. Keine Scheiben mehr, einige Fensterläden waren herabgefallen, Kletterpflanzen rankten die Fassade empor. Die Natur holt sich alles zurück, dachte Leska. Auch uns, wenn wir den Löffel abgeben.

Valentin stolperte, Leska konnte ihn gerade noch auffangen.

»Wir haben es gleich.« Gianna sah in ihrem schwarzen Gewand und den Haaren, die sich längst aus ihrem lockeren Knoten gelöst hatten und nun, staubig nach ihrer Flucht durch den Geheimgang, von ihrem Kopf abstanden, wie eine Fürstin der Unterwelt aus. Es hätte nicht viel gefehlt, und Leska hätte gelacht.

»Wohin?«, fragte sie stattdessen.

Gianna bog um die Hausecke und wies auf eine Kellertür, zu der einige verwitterte Stufen hinabführten.

»Wieso kennst du dich eigentlich so gut aus?«, wollte Leska wissen.

»Manches weiß man halt«, gab Gianna zur Antwort und ließ Leska mit Valentin kurz stehen, während sie die Treppe hinunterging. Sie bückte sich, griff unter einen Stein und zog einen Schlüssel hervor.

»Und manche Dinge ändern sich nicht«, sagte sie triumphierend. Leska grinste und sah sich um. Eine große Garage, daneben ein Carport, in dem ein alter Traktor stand. Eine Mauer begrenzte das Anwesen nach hinten, dann kamen nur noch Wiesen und Felder. Auch die Mauer hatte der Zeit nicht widerstehen können, an manchen Stellen waren ganze Steine herausgebrochen. Gianna mühte sich mit dem Schlüssel ab. Valentin stand am Treppengeländer, seine beiden Hände schlossen sich so fest um die oberste Eisenstange, dass die Knöchel weiß heraustraten. Leska sah ihm ins Gesicht. Er hatte wieder etwas Farbe bekommen. Und sie spürte ein warmes Gefühl, das sie plötzlich durchflutete. Wie heißer Tee in einer kalten Nacht, dachte sie und legte ihre Hand auf seine.

»Leska«, sagte er leise. »Danke.«

Sie spürte eine Gänsehaut. Wie oft in ihrem Leben hatte sich schon jemand bei ihr bedankt?

»Kommt von Herzen«, sagte sie und lächelte.

Seine Mundwinkel hoben sich leicht.

Was wird nur aus uns werden?, fragte sich Leska. Doch in diesem Moment wurde sie von Gianna aus ihren Gedanken gerissen. »Geschafft, kommt!«, rief sie und war bereits durch die massive Holztür verschwunden. Leska folgte ihr. Valentin hatte ihr eine Hand auf die Schulter gelegt, mit der anderen suchte er Halt an der Mauer. Sie traten in einen dunklen, muffig riechenden Raum.

»Das wird gleich besser!« Gianna drehte an einem altertümlichen Lichtschalter, aber nichts passierte. »Egal«, sagte sie, »wir gehen sowieso hoch.«

Sie verschloss die Kellertür hinter ihnen und rüttelte noch einmal an der Klinke. »So«, sagte sie in die tiefschwarze Finsternis hinein, »hier findet uns niemand!«

»Benvenuto«, sagte da eine tiefe Stimme aus der Dunkelheit, und die Glühbirne flammte auf.

Das Erste, was Leska sah, war eine Pistole, die auf sie gerichtet war. Sie lag in der Hand eines völlig schwarz gekleideten Mannes. »Ihr habt lang gebraucht«, sagte er auf Italienisch.

Gianna schwieg einen Augenblick, dann presste sie ein »Bruno!« heraus.

Der Mann nickte und kam einen halben Schritt näher. Jetzt stand er unter der nackten Glühbirne, die an einem Kabel leicht hin und her schwang. Seine schwarzen Haare trug er raspelkurz geschnitten, er hatte hohe Wangenknochen, ein schmales Gesicht, dunkle Augen.

»Es war mir klar, dass es nur die Geliebte meines Vaters sein konnte«, sagte er in süffisantem Ton. »Wie sonst könnte ein Mensch einfach vom Erdboden verschwinden?« Er zeigte mit dem Pistolenlauf auf Valentin. »Respekt, du steckst was weg«, sagte er auf Deutsch.

»Was willst du?«, fragte Gianna und klang völlig unbeeindruckt.

»Was glaubst du?«

»Das Auto habt ihr doch schon!«

Der Mann grinste.

»Schöner Wagen«, sagte er. »Sehr gepflegt, sehr gut gewartet, sehr wertvoll!«

»Dann«, sagte Gianna, »können wir ja gehen.« Sie drehte sich zur Kellertür um.

»Wage es nicht!« Brunos Stimme klang schärfer.

»Und warum nicht?« Sie schaute über ihre Schulter, drehte sich langsam nach ihm um und machte einen Schritt auf ihn zu. »Bruno«, sagte sie eindringlich. »Du weißt sehr gut, dass dein Vater Dinge getan hat, die nicht in Ordnung waren. Dafür muss er sich nun vor einem höheren Gericht verantworten. Aber du hast studiert, in Deutschland, an einer guten Universität, du hast alle Möglichkeiten, ein gutes, zufriedenes Leben zu führen. Ohne Straftat.«

»Quatsch nicht rum«, gab er scharf zurück. »Was weißt du schon! Dieses Auto«, er wies auf Valentin, »und dieser Junge sind für mich der Weg hier raus. Das lasse ich mir nicht vermasseln. Von niemandem!«

Gianna ignorierte seinen Satz. »Woher hast du es gewusst?«

Leska spürte Giannas Absicht, ihn einzulullen. Sie wollte ihn ablenken. Aber wovon? Von ihr? Was sollte sie tun? Leska ließ ihren Blick schweifen. Sie standen genau im Lichtkreis der schwachen Glühbirne. Aber um sie herum war es nach wie vor stockdunkel. Und Bruno hielt die Waffe weiterhin im Anschlag.

»Geht dich nichts an!«, sagte er brüsk. »Zieh den Schlüssel ab, und wirf ihn zu mir rüber.« Er deutete zur Kellertür. Schlagartig war es Leska klar: Sie hatten abgeschlossen. Wenn er nun durch die andere Tür hinausging, saßen sie in der Falle.

»Ich kann euch leben lassen«, sagte er, und sein Tonfall verriet, dass er nicht zum Scherzen aufgelegt war. »Ich kann mich aber auch anders entscheiden. Für mich macht es keinen Unterschied. Hier findet euch keiner.«

»Woher hast du es gewusst?«, fragte Gianna noch einmal völlig ungerührt.

»Weil es schon meine Mutter wusste. Und jetzt: Mach!«

Gianna ging langsam zur Tür, zog den Schlüssel ab und bewegte sich damit auf ihn zu.

»Bleib stehen!«

»Und jetzt willst du uns also hier verdursten lassen?«, fragte Gianna.

»Der Keller ist feucht genug.« Seine Stimme klang spöttisch. »Weißt du, wie es für meine Mutter war, dass es da eine junge hübsche Arbeiterin gab, in die mein Vater verliebt war?«

»Er war nicht verliebt. Er hat mich benutzt.«

»Ha!« Er spuckte das Wort förmlich aus. »Du hast ihn ausgenutzt!«

»Ich ihn? Ich war in Luca verliebt. Nur ihn wollte ich haben. Wir gehörten zusammen. Wir träumten von einer gemeinsamen Zukunft!«

»Wie romantisch«, sagte er höhnisch.

»Ja! So lange, bis dein Vater kam und mir drohte, es meinen Eltern zu sagen. Sex vor der Ehe. Mit einem protestantischen Jungen, das wäre für meine erzkatholischen Eltern die Hölle gewesen.«

»Das hast du dir schön zurechtgelegt!«

»In diesen Container hat er mich gelockt. Angeblich sollte ich beruflich aufsteigen, einen anderen Posten bekommen. Vergewaltigt hat er mich. Immer wieder.«

Bei Leska machte es klick. Jetzt ergab alles ein Bild. Die Gucklöcher, der Container, der Weg von der Halle hierher.

»Ha!«, machte Bruno.

»Und noch was!« Jetzt wurde Giannas Stimme drohend. »Du bist nicht der Alleinerbe. Du hast einen Halbbruder!« Selbst im schummrigen Licht der Glühbirne war zu erkennen, wie Bruno rot anlief. »Meinen Sohn habe ich ungeboren mit in meine Ehe gebracht!« Jetzt war es Gianna, die die Worte ausspie. »Aber es ist das Kind deines Vaters!«

Eine Weile blieb es still. Bruno starrte Gianna schweigend an. Leska sah aus den Augenwinkeln, wie Valentin sich aufrichtete.

»Dein Vater hat seine Macht missbraucht«, setzte Gianna

nach. »Gegen ihn hatten weder ich noch deine Mutter eine Chance.«

»Lass meine Mutter aus dem Spiel.«

»Sie musste mitspielen, und ich denke, ich war nicht die Einzige!«

Warum auch immer, Leska sah plötzlich den Stiefelknecht vor sich und die Reitstiefel. Welche Spielchen hatte der Alte dort in seinem Container gespielt?

»Lass uns gehen, gib uns den Wagen zurück, und die beiden hier, Leska und Valentin, vergessen das Ganze«, sagte Gianna nüchtern.

»Es gibt nichts zu erben!«, erklärte Bruno. »Das kannst du meinem Halbbruder ausrichten!« Er lachte bitter. »Lorenzo, mein Halbbruder, wer soll dir das glauben!«

»Sieh einfach mal die Akten der damaligen weiblichen Angestellten durch, und dann vergleiche ihre Namen mit denen des Geburtenregisters, da wirst du noch mehr Verwandte finden.«

Bruno sagte nichts, aber seine Kiefer mahlten. »Mag sein«, sagte er. »Mag aber auch sein, dass du mir hier einen Bären aufbindest. Du ziehst meine Eltern in den Dreck. Warum?«

»Weil es die Wahrheit ist.«

Gianna ballte ihre Hand, in der sie immer noch den Schlüssel hielt, zur Faust.

»Wie auch immer!« Bruno gab sich einen sichtbaren Ruck. »Ob ich nun noch mehr Geschwister habe oder nicht, für mich spielt es keine Rolle. Mein Vater ist tot, meine Mutter dement in einem Heim. Und ich besitze nichts. Wen schert es noch?«

»Deine Mutter«, sagte Gianna. »Anfangs hat sie darunter gelitten, später hat sie es einfach nur verdrängt. Und der Wunsch zu vergessen, hat sie dorthin gebracht, wo sie heute ist.«

»Halt den Mund!« Bruno richtete die Waffe auf Gianna. »Und jetzt gib den Schlüssel her. Langsam über den Boden!« Er deutete auf Valentin. »Und du, nimm dich zusammen. Wir werden gleich einen kleinen Spaziergang machen!«

Gianna warf Leska einen kurzen Blick zu, und es herrschte ein Einverständnis, das Leska bisher nur unter Straßenkindern gekannt hatte. Gianna ließ den Schlüssel an Brunos Beinen vorbei ins Dunkel schlittern, und während Bruno irritiert in die Finsternis sah, sprintete Leska los, bückte sich und rammte ihren Kopf mit voller Wucht zwischen seine Beine. Bruno fiel rücklings um, Leska sprang ihm auf die Brust, und Gianna entwand ihm die Waffe. Sekunden später standen die beiden Frauen vor ihm, die Waffe auf ihn gerichtet. Bruno blieb einen Moment verdutzt liegen, dann rappelte er sich auf.

»Es ist eine Spielzeugpistole!«, sagte er.

»Gut, das probiere ich aus!« Gianna zielte auf seine Mitte. »Kann ja nicht viel passieren, wenn es nur ein Spielzeug ist!«

Bruno hob beschwichtigend beide Hände. »Lass das! Ich wollte euch ja nichts tun.« Bruno dachte nach, das war seinem Gesicht anzusehen. »Lass uns reden.«

»Wir reden schon die ganze Zeit«, sagte Gianna. »Jetzt wird es Zeit zum Handeln!«

Bruno stand vor ihnen. Seine schlanke, sehnige Gestalt, sein schmales Gesicht, das Leska an einen italienischen Fußballtrainer von Bayern München erinnerte, dessen Namen sie vergessen hatte, seine Hände, die an seinem Körper herunterhingen, irgendwie tat er Leska leid. Er war einer wie sie. Ein Einsamer. Ein Betrogener, ein Ungeliebter. »Also gut, Bruno«, sagte sie, und er sah sie unwillig an. »Du wolltest uns aus dem Weg räumen, jetzt räumen wir dich aus dem Weg!«

Gianna an ihrer Seite zuckte mit keiner Wimper.

»Ich wollte euch nichts tun.« Seine Stimme klang dumpf.

»Egal. Jetzt sind wir es, die dir was tun können – oder auch nicht …« Leska ließ die Worte bedeutungsschwer in der Luft hängen. Prompt fiel ihr ein Gedicht ein, aber sie verdrängte die Verse sofort wieder.

»Seit Venedig werden wir verfolgt. Valentins Eltern glaubten schon an eine Entführung, als wir selbst noch nichts davon wussten.« Sie schwieg, um ihre Worte wirken zu lassen. »Wer zieht hier die Fäden? Welche Rolle spielst du dabei?«

Bruno starrte sie an, sagte aber nichts.

»Ich tu dir ungern weh«, sagte Leska schließlich. »Aber ich kann auch über meinen eigenen Schatten springen, wenn es sein muss.« Die Glühbirne flackerte. Das wäre seine Chance, dachte Leska, sie mussten hier so schnell wie möglich raus.

»Raus!«, sagte sie zu Gianna. »Lass ihn vor uns hergehen.«

»Also, Bruno, du hast es gehört. Mach keine Mätzchen, du weißt, ich schieße jeden Spatz von der Telefonleitung.«

Das war beruhigend zu hören, fand Leska, auch wenn ihr die Spatzen leidtaten.

»Ich habe nur meine Chance ergriffen«, sagte Bruno. »Mit allem anderen habe ich nichts zu tun.«

»Nichts zu tun ist immer gut!«

Leska warf kurz einen erstaunten Blick zur Seite. Valentin trat vor. Offensichtlich waren seine Lebensgeister erwacht.

»Nichts zu tun?«, höhnte er. »Hast du mich nicht in diesen Container geschleift, mehr tot als lebendig? Und bei der Probefahrt, hast du nicht plötzlich unseren Wagen gestoppt?«

»Nein«, wehrte Bruno ab, »in den Container? Das war ich nicht. Und diese Aktion bei der Probefahrt, das war einer von Paolos eigenen Leuten. Er hat dich und den Wagen gebracht.«

»Paolo ist tot«, sagte Leska. »Gehörte Mord auch zum Plan?«

Seine Überraschung war echt. »Tot?« Er wiederholte das Wort und schien nachzudenken, schließlich schüttelte er den Kopf. »Ich habe nur die Halle zur Verfügung gestellt. Zu dem Zeitpunkt wusste ich noch nicht mal, worum es geht. Tausend Euro wollte er bezahlen. Er wollte einen Wagen und seinen Fahrer kurz von der Bildfläche verschwinden lassen. Ich sollte mich nur nicht einmischen!« Bruno straffte die Schultern. Leska beobachtete ihn. Sagte er die Wahrheit?

»Und Paolo war der Auftraggeber?« Gianna runzelte die Stirn.

Bruno sog die Luft ein, was ein pfeifendes Geräusch gab. »Das kam mir gleich seltsam vor, Paolo war immer Handlanger, und plötzlich wollte er also ein eigenes Spiel spielen.«

»Ja, aber nicht lang, wie man sieht«, erklärte Leska.

Bruno warf ihr einen Blick zu. »Als der Ferrari kam, war jedenfalls klar, dass die Dinge wieder anders laufen. Von oben. Das alte Spiel. Aber auch das geht mich nichts an.«

»Und die tausend Euro?«, wollte Gianna wissen. »Von Paolo?«

»Ich vermiete meine Räumlichkeiten. Ob an Paolo oder sonst jemanden, ist mir egal.«

»Inklusive Entführung.« Leskas Ton war verächtlich. Bruno zuckte mit den Schultern. »Auch das geht mich nichts an.«

»Aber immerhin bist du doch jetzt hier!« Giannas Stimme klang scharf.

»Ich habe die Aufregung mitgekriegt. Das spurlose Verschwinden. Sie rannten herum wie aufgescheuchte Hühner, eigentlich war es nur zum Lachen. Ich habe die Schleifspuren gesehen, mir war gleich alles klar. Und ich habe mir ausgerechnet, dass euer Fluchtweg nur hierher führen konnte.«

»Und somit warst jetzt du derjenige, der ein eigenes Spiel spielen wollte.« Gianna musterte ihn.

»Es war eine Chance.« Bruno gab den Blick zurück. »Und ich hatte einen Plan. Einen sehr guten Plan. Nicht wie Paolo. Der war ein Dummkopf!«

»Aha. Und wie hätte dieser so gute Plan ausgesehen?«, wollte Gianna wissen.

Bruno gab keine Antwort. Wieder flackerte die Birne. Bruno sah hinauf. Sollte das Licht ausgehen, war er eindeutig im Vorteil.

»Es stimmt, was er sagt!« Valentin sah in die Runde. »Er war es nicht! Jetzt bin ich mir sicher. Der Typ hatte auch extrem kurze Haare, aber er war bulliger und hatte wulstige Lippen. Auf der Landstraße stand hinter einer Kurve ein Wagen quer, ich konnte gerade noch bremsen. Kaum standen wir, wurden beide Türen aufgerissen, ein Tuch mit irgendwas auf mein Gesicht gepresst. Und danach weiß ich nichts mehr!«

»Mein Gott, Valentin, dich kann man auch keine Sekunde allein lassen!«

Bruno betrachtete Valentin und verschränkte die Arme. »Sie haben dir etwas gespritzt«, sagte er. »Aber offensichtlich war die Order, dich wie ein rohes Ei zu behandeln.«

Valentin verzog das Gesicht. »Schön zu wissen.«

»Aber jetzt haben sich die Dinge verändert«, fuhr Bruno fort. »Jetzt könnte man die Karten neu mischen.«

»Und das heißt?«, wollte Valentin wissen.

»Ich könnte euch helfen!«, sagte Bruno trocken.

Gianna schüttelte den Kopf. »Was soll denn das jetzt wieder? Erst willst du uns hier verdursten lassen, und dann willst du uns helfen?«

Bruno fuhr sich kurz mit seiner Hand über die Haare. »Na, klar«, sagte er, »nicht umsonst.«

Leska überlegte. Er wusste, wo der Ferrari versteckt war, und hier stand ein potenzielles Entführungsopfer für weitere Millionen. Vorhin, mit der Knarre in der Hand, hatte er noch von einem neuen Leben gefaselt. Warum sollte er diesen Plan über Bord werfen? Er suchte eine Lösung. Ihm war nicht zu trauen.

»Raus«, sagte sie. »Gianna, wir müssen raus!«

Gianna hatte schon verstanden. »Andiamo, kleiner Bruno«, sagte sie im zärtlichen Tonfall einer Mutter. »Unterhalten wir uns im Wohnzimmer bei einem Gläschen Cognac. Das war es doch, was dein Vater so gern trank.«

Bruno warf ihr einen bösen Blick zu.

»Geh voraus«, bestimmte sie. »Da ist die Tür zur Treppe.« Gianna wies Leska mit einer Handbewegung den Weg. »Ich bin hinter dir, Bruno. Denke ja nicht daran, auch nur einen falschen Schritt zu machen!«

»Hast du dein Handy noch?«, wollte Leska von Valentin

wissen. Er schüttelte den Kopf, und sie reichte ihm ihres. »Um uns ein bisschen zu leuchten«, sagte sie. »Viel Saft ist allerdings nicht mehr drauf!«

Das Wohnzimmer war tatsächlich noch vollständig eingerichtet. Nur, dass die Türen der massiven Schrankwand offen standen, die Schubladen auf dem fadenscheinigen Teppichboden lagen und die wulstigen Sessel der gewaltigen Sitzgruppe aussahen, als habe sie jemand in Wasser getaucht und den Stoff langsam vermodern lassen. Entsprechend roch es.

»Leider kein Cognac mehr da«, sagte Gianna und wies zur Schranktür. »Da stand der teure Stoff doch jederzeit für den Hausherrn bereit.«

»Und für gute Gäste!«, sagte Bruno trotzig.

»Wo magst du dich hinsetzen?« Gianna machte eine einladende Handbewegung.

Brunos Lippen wurden schmal, aber Gianna winkte mit der Waffe.

»Dass du da mitspielst!«, sagte Bruno in einem Ton, als ginge es um Landesverrat.

»Dass du da mitspielst …«, antwortete Gianna und verzog verächtlich den Mund

»Und wenn wir schon dabei sind«, Valentin fixierte Bruno mit zusammengekniffenen Augen, »wo ist der Autoschlüssel?«

Bruno zuckte die Achseln. »Wo soll er sein? Steckt natürlich.«

»Na denn.« Valentin warf Leska einen Blick zu. »Jetzt brauchen wir den Burschen hier nur noch wegzusperren, und dann können wir los.«

»Grandiose Idee«, höhnte Bruno. »Los. Und wohin? Der Wagen parkt nicht vor der Tür. Und selbst, wenn ihr ihn findet, denkt ihr, ihr könnt ihn so einfach mitnehmen? Hallo, da sind wir wieder, jetzt fahren wir mal los?« Er musste lachen.

»Ich finde einen Weg«, behauptete Valentin.

»Wie du meinst!« Bruno machte einen Schritt zurück und steckte seine Hände in die Hosentaschen.

»Du wolltest doch die große Kohle abkassieren«, schaltete sich Leska ein. »Also hast du dir doch schon was überlegt! Kleinen Spaziergang, hast du vorhin zu Valentin gesagt. Jetzt begleitest eben du uns zu einem kleinen Spaziergang.«

»Die Sache läuft bereits«, sagte Bruno. »Da muss man sich auskennen, sonst hat man keine Chance.«

Verdammt, dachte Leska, er hat recht. Wir haben zwar die Knarre, aber er sitzt trotzdem am längeren Hebel.

Gianna schien zu demselben Ergebnis zu kommen. »Was schlägst du also vor?«

Bruno ließ sich auf die massive Armlehne des Sessels sinken, der hinter ihm stand. »Erst mal hörst du auf, ständig auf meinen Kopf zu zielen, das macht mich nervös.«

Gianna ließ die Waffe sinken.

Dann richtete er sich an Valentin. »Was hast du vorhin gesagt, deine Eltern sind mit einer Entführung konfrontiert worden, da warst du noch gar nicht entführt?«

Valentin nickte. »Exakt. Aber da wurden wir bereits verfolgt. Von den Typen aus Venedig.«

»Hmm.« Bruno überlegte. »Diese Handschrift kenne ich.« Er sah Valentin an. »Kein Wunder, dass die so aufgeregt sind. Wenn das nicht klappt, rollen Köpfe.«

»Es klappt ja nicht«, sagte Leska.

»Ja, eben!« Bruno grinste. »Wenn ich euch helfe, bin ich mit jeweils fünfzehn Prozent dabei. Vom Wert des Autos und deiner Entführungssumme.«

»Wie viel hätte das denn sein sollen?«, wollte Valentin wissen.

»Noch mal zehn Millionen«, sagte Bruno. »Davon fünfzehn Prozent.«

»Zehn Prozent!« Gianna schaltete sich ein. »Fünfzehn ist zu viel!«, erklärte sie Valentin.

»Dann die fünf Prozent für dich, schließlich wären wir ohne dich gar nicht so weit gekommen«, bestimmte Leska.

»Und wenn deine Eltern überhaupt nicht bezahlen wollen?«, überlegte Bruno. »Vielleicht täusche ich mich ja, und alles war inszeniert, weil sie die Versicherungssumme abkassieren wollen? Vielleicht ist die ganze Aktion einfach nur aus dem Ruder gelaufen?«

Valentin und Leska warfen sich einen Blick zu.

»Mein Vater?« Valentin schüttelte den Kopf. »Nie und nimmer. Seine Firmen laufen gut –«, er brachte den Satz nicht zu Ende.

Leska beobachtete ihn. »Bist du da wirklich sicher?«, wollte sie wissen. »Ich meine, das ist doch schon komisch. Er soll starten, wird krank, du startest, und die Jagd beginnt!«

Valentin überlegte.

»Das wäre zwar eine unglaubliche Geschichte, so was seinem eigenen Sohn anzutun … Aber …«

»Aber er konnte nicht ahnen, dass wir nach Italien fahren«, spann Leska den Gedanken weiter. »Das war eine spontane Idee. Rotwein am Meer und zum frühen Start an den Großglockner zurück.«

»Stimmt!« Valentin nickte, und er sah erleichtert aus. »Du hast recht. Das konnte mein Vater nicht ahnen.«

Eine Weile herrschte Schweigen.

»Und ich trau es ihm auch nicht zu«, sagte Valentin nachdenklich. »Und er hat ganz sicher keine Geldprobleme. Wir sind irgendeinem Mafioso in die Hände gelaufen. Und der hat sein Netzwerk aktiviert. So sieht's aus.«

»Zur falschen Zeit am falschen Ort«, ergänzte Gianna. »Kann schon mal passieren.«

Bruno zuckte die Achseln. Stille senkte sich über den Raum, keiner rührte sich. Schließlich machte Leska einen Schritt auf Bruno zu. Gianna blickte sie an. Dann fragte sie: »Wie sieht es jetzt aus? Ziehen wir an einem Strang?«

»Wir sitzen in einem Boot«, sagte Bruno lapidar. »Entweder wir arbeiten zusammen, oder wir gehen alle leer aus.«

Leska sah ihn an und versuchte, ihn zu begreifen. Was sagten ihre Antennen? Meinte er es ehrlich, oder wartete er nur darauf, dass Gianna endlich die Waffe weglegte und er sie wieder an sich reißen konnte? Warum sollte er sich mit zwei Millionen zufriedengeben, wenn er vor zwanzig Minuten noch von zwanzig Millionen träumen konnte? Bruno drehte den Kopf in ihre Richtung und sah ihr in die Augen. Er hatte ihren Blick gespürt. »In einem Boot kann ganz leicht mal einer über Bord gehen«, meinte Leska.

Sein Mund verzog sich nur ganz leicht. Ein leises Lächeln, in den Mundwinkeln. Sie erkannten sich. Es war fast unheimlich, dachte Leska und fand, jeder im Raum müsste spüren, welche Energie plötzlich zwischen ihnen floss. Es war fast eine erotische Verbindung, auch wenn Bruno überhaupt nicht ihr Typ war.

»Ja«, sagte er leise und ausschließlich zu ihr, er ließ sie dabei nicht aus den Augen. »So ein Boot ist gefährlich. Stromschnellen, Untiefen, ein Leck …«

»Platzmangel …«, ergänzte Leska.

»Vertrauen gegen Vertrauen«, sagte er. Seine Augen hielten ihre noch immer fest.

»Das sollte man nicht verspielen. Gut!« Leska drehte sich zu Valentin um, der die Szene wortlos beobachtet hatte. »Jetzt brauchen wir einen Plan.«

»Gut«, Bruno nickte, »ein Plan.« Er ließ seine Hände rechts und links auf die Sofalehne sinken. »Ich weiß, wo der Ferrari steht«, begann er. »Wir kriegen ihn dort raus, werden aber nicht weit kommen. Dazu ist er zu auffällig, und es sind auch schon zu viele Leute involviert. Also muss ein Lkw zum Transport bereitstehen. Aufladen und ab nach Deutschland.«

Involviert, dachte Leska. Was hatte er eigentlich in Deutschland studiert?

»Wir müssen ein paar Autos lahmlegen, denn sie werden sich sofort in ihre Wagen setzen und hinter uns herpreschen.«

»Das wird aufwendig«, überlegte Valentin. »Man muss ja wohl irgendwie an die Motoren rankommen.«

»Da reicht eine Kartoffel«, erklärte Gianna trocken.

Alle drei schauten sie an.

»Eine Kartoffel in den Auspuff, der Motor stirbt ab und kein Mensch weiß, warum.«

»Ich glaub's nicht«, sagte Bruno. »Gianna!«

»Ich glaub's auch nicht«, erklärte Valentin. »Funktioniert das wirklich?«

»Ist doch einleuchtend«, erklärte Leska. »Kein Mensch kommt drauf, dass das mit einer Kartoffel zusammenhängt, die im Auspuff steckt.« Sie fing an zu lachen. »Genial! Man sieht sie nicht, und raus bekommt man sie auch nicht so ohne Weiteres.«

Gianna nickte.

»Und wo bekommen wir so schnell die Kartoffeln her?« Bruno spreizte alle Finger. »Fünf Autos. Jeweils zwei Auspuffe. Und die Größe muss auch stimmen.«

Gianna und Leska warfen sich einen Blick zu. »Wir haben genügend Auswahl«, sagte Gianna.

Und Leska lachte noch immer: »Gianna fährt auf ihrem Auto einen halben Markt spazieren.«

Bruno zog eine Augenbraue hoch. »Also gut«, sagte er. »Das wird ja ein Abenteuer. Aber bevor wir uns da reinstürzen, solltest du vielleicht noch mal deine Eltern anrufen? Prüfen, ob sich da was geändert hat?«

»Ich habe auch schon daran gedacht, aber mein Handy mit den gespeicherten Nummern ist weg. Ich bräuchte eines von euch, um zu Hause anzurufen«, sagte Valentin.

Bruno schüttelte den Kopf. »Ich habe keins dabei. Man wird zu leicht geortet.«

»Aha?« Leska warf ihm einen kurzen Blick zu, dann reichte sie Valentin ihres. »Könnte aber mittendrin ausgehen, ich habe nur noch vier Prozent Akkuleistung.«

Valentin wählte und stellte auf »laut«. Der Ruf ging durch, aber niemand meldete sich. »Ich finde das unheimlich«, sagte er in die Runde. »Leben die überhaupt noch?«

»Wie könntest du deinen Onkel erreichen?«

»Ich kenne seine Handynummer nicht auswendig. Also

auch nur übers Festnetz.« Valentin zuckte die Achseln. »Falls er überhaupt schon zu Hause ist.«

»Falls er ... nach dem, was du ihm erzählt hast?«, sagte Leska.

»Ich weiß nicht, ob er es wirklich ernst genommen hat. Vielleicht fährt er auch noch das Rennen zu Ende, dann könnten wir es im Hotel versuchen.«

»Was ist denn das für ein Onkel?«, entrüstete sich Gianna.

»Er ist, wie er ist. Und außerdem ist er ehrgeizig, was Oldtimer-Rennen angeht. Bestimmt denkt er, das andere hat noch Zeit.«

»Und deine Tante?«, wollte Leska wissen.

»Ob er ihr das überhaupt erzählt ...«

Gianna schüttelte nur den Kopf. Bruno holte Luft. »Probier's einfach ...«

Beim dritten Klingeln ging eine männliche Stimme dran.

»Kurt?«

»Valentin? Wo steckst du denn?!«

»Was ist mit Mama und Papa?«

»Was soll sein?« Kurt klang völlig ahnungslos.

Valentin warf Leska einen fragenden Blick zu. »Sind sie denn zu Hause? Du wolltest doch nach ihnen schauen! Sie gehen nicht ans Telefon!«

»Du doch auch nicht!«

»Mein Handy ist weg!«

»Wo steckst du denn eigentlich?«

»In Ravenna. Wir sind überfallen worden, der Ferrari gestohlen, ich entführt.«

Das hörte sich ganz schön abenteuerlich an, dachte Leska. Aber es war ja tatsächlich die Wahrheit.

»In Ravenna? Das letzte Mal hast du doch Venedig gesagt. Und der Ferrari gestohlen?«

»Wir stehlen ihn zurück und transportieren ihn heim. Das ist jetzt der Plan.«

»Dann bist du nicht mehr entführt?«

»Nein, befreit worden.«

»Und du bist auch ganz bestimmt nicht betrunken?«

Valentin ging nicht darauf ein. »Gib mir schnell Papas Handynummer. Ich muss ihn sofort sprechen.«

In diesem Moment brach das Gespräch ab. Valentin stand reglos da, dann nahm er das Handy vom Ohr. »Sense«, sagte er resigniert.

»Glaubt er dir nicht, dein Onkel?«, wollte Gianna wissen. »Komischer Onkel.«

»Alles komisch«, sagte Leska.

»Irgendwie habe ich das Gefühl, dass wir dich und den Ferrari zurückbringen, und es glaubt uns keiner, und es gibt auch keinen Finderlohn.« Bruno schob sich die Hände unter die Achseln.

»Ich will jedenfalls nicht mehr lange hier herumstehen, außerdem habe ich Hunger, und die Beine tun mir weh!« Gianna zeigte zum Fenster. »Und es wird dunkel. Der Tag war lang.«

»Wem sagst du das.« Leska dachte an ihre Nacht hinter der Kirche. War das tatsächlich erst gestern gewesen?

»Also?«, fragte Bruno und deutete auf Gianna. »Und jetzt tu mir einen Gefallen, und leg endlich die Waffe aus der Hand. Sonst schießt du dir noch selbst in den Fuß damit!«

Tatsächlich hing Giannas Hand mit der Waffe locker an

ihrem Körper herunter. Sie legte sie auf den Wohnzimmertisch, behielt Bruno dabei aber im Auge.

»Kurt versteht es nicht, oder er will es nicht verstehen!« Valentin zog die Stirn kraus.

»Du musst das Leben nicht verstehen, / Dann wird es werden wie ein Fest. / Und lass dir jeden Tag geschehen / So wie ein Kind im Weitergehen / Von jedem Wehen / Sich viele Blüten schenken lässt«, sagte Leska und klang fast ein wenig traumverloren.

»Bitte?«, fragte Bruno und sah sie fasziniert an.

»Rilke«, antwortete Leska. »Rainer Maria Rilke, ein deutscher Dichter. Ich liebe ihn.«

»Stimmt«, sagte Valentin. »Man muss es nicht verstehen. Man kann es auch nicht verstehen. Kurt tut so, als wäre bei meinen Eltern alles in Ordnung. Aber warum gehen sie heute nicht ans Telefon?«

»Ruf in der Firma deines Vaters an, oder schicke jemanden hin.«

»Da ist doch am Wochenende niemand.«

»Dann irgendwelche Freunde oder Bekannte. Die Nummern können wir ja googeln.« Leska nahm ihm ihr Handy ab. »Sobald ich wieder Saft habe.«

Valentin nickte. »Ja, genau das werde ich tun.«

»Aber erst essen wir was«, sagte Gianna.

Bruno zeigte zu einer schräg in ihren Angeln hängenden Tür. »Dort ist die Küche. Kannst ja mal im Kühlschrank nachschauen.« Er lächelte schief.

»Eine italienische Frau zaubert aus allem was.«

»Ja, in diesem Fall aber höchstens Kakerlakenmus und geröstete Spinnenbeine.«

»Gut«, entschied Gianna, »dann eben die Brötchen, die ich in meinem Wagen habe. Und du musst noch einen Transporter organisieren, bevor es losgeht.«

»Das geht rasch. Mehr Sorgen macht mir, wer am Schluss meine Rechnung bezahlt.«

»Dafür bürge ich«, sagte Valentin ernst.

»Na, dann«, Bruno warf ihm einen Blick zu, »kann ja nichts mehr schiefgehen.«

Es war Nacht geworden. Einige Sterne standen hell am Himmel, doch der Mond war nur eine blasse Scheibe und spendete kaum Licht. Das Dreirad parkte noch dort, wo es Gianna und Leska Stunden zuvor an der langen Mauer abgestellt hatten. Weit und breit bewegte sich nichts. Nicht einmal eine Fledermaus, dachte Leska, alles wie ausgestorben.

»Geniales Fluchtfahrzeug«, kommentierte Bruno ironisch.

»Es trägt Nahrungsmittel wie Brötchen, Getränke und Kartoffeln brav und zuverlässig durch die Welt!« Gianna griff zielsicher auf die Ladefläche und zog eine prall gefüllte Papiertüte heraus. »Und es wird nicht geklaut«, sagte sie dazu.

»Wie wahr, wie wahr!« Valentin stand dicht hinter Leska. Sie fühlte seine Nähe. Fast meinte sie, seine Körperwärme wie eine warme Decke an ihrem Rücken spüren zu können. Es tat ihr gut, und ein Lächeln machte sich auf ihren Lippen breit. Es war unglaublich, dachte sie. Bloß was war, wenn sie den Ferrari wirklich nach Deutschland brachten? Sie konnte nicht nach Deutschland zurück. Eine Ausweiskontrolle, und sie war geliefert.

Gianna griff in die große Tüte und verteilte geräucherte

Würste und kleine Baguettes. »Von heute Morgen«, sagte sie dazu. »Sollten jetzt eigentlich in meiner Bar auf dem Tresen liegen.«

»Bei uns liegt es besser!« Bruno schob die Wurst in sein Baguette und biss ab.

Gianna griff noch einmal auf die Ladefläche und brachte einige Getränkedosen zutage. »Cola«, sagte sie. »Warm. Aber besser als nichts.«

»Ein kaltes Bier wäre mir lieber.« Bruno grinste und riss die Dose auf. Die warme Cola schäumte heraus, rann über seine Finger, und er hielt sie weit von sich. »Uähh! Das süße Zeug!«

Gianna nickte. »Ich habe keinen Dank erwartet.«

»Danke!«, sagte Valentin sofort.

Leska musste lachen. »Okay, so weit wären wir jetzt also schon mal. Und jetzt?« Sie sah zu Bruno. »Wie geht es jetzt weiter?«

»Jetzt denke ich mal«, begann Bruno und schleckte seine Finger ab, »dass sie nach Valentins Verschwinden den Wagen wegschaffen werden. Es könnte ja sein, dass er mit der Polizei wiederkommt.«

Valentin nickte. »Was vielleicht auch das Sinnvollste wäre.«

Bruno nickte ebenfalls und sah ihn an. »Die Frage ist nur, welchem Carabiniere willst du dich und deinen Ferrari anvertrauen? Zehn Millionen sind ein charakterveränderndes Argument.«

»Gut, weiter!« Leska biss von ihrer Wurst ab. Sie war perfekt geräuchert. Ein echter Genuss. Außerdem besänftigte sie ihr bohrendes Hungergefühl.

»Der Ferrari steht auf der anderen Seite des Gebäudes.« Bruno machte eine Handbewegung, als wolle er die Mauer mit der Handkante durchschneiden. »Im Moment sind etwa fünf Leute da, die erste Idee war, ihn umzuspritzen. Damit würde er aber an Wert verlieren. Jetzt warten sie auf weitere Anweisungen von ihrem Boss.«

»Von ihrem Boss?«, fragte Leska nach. »Der Handschrift ...?«

»Nichts passiert einfach so!« Bruno winkte ab, und es war klar, dass er sich nicht weiter dazu äußern würde.

»Gut, lassen wir das«, sagte Gianna. »Wichtig ist: anschleichen, und dann muss alles ganz schnell gehen. Kartoffeln in die Auspuffrohre, Ferrari starten und ab!«

»Und wenn sie ihn abtransportieren wollen«, warf Valentin ein, »vielleicht haben sie sich ja selbst schon einen Lastwagen organisiert?«

Bruno zuckte die Achseln.

»Wenn du dich mit den Vorgängen so gut auskennst, dann machst du mit denen ja doch vielleicht gemeinsame Sache?« Leska zeigte mit dem Rest ihrer Wurst wie mit einem drohenden Zeigefinger auf Bruno.

»Mord ist nicht mein Ding«, sagte der nur. »Wie gesagt, die Hallen gehören mir, sonst habe ich mit der Sache nichts zu tun.«

»Immerhin ist Paolo jetzt tot. Wie steckte er da mit drin?«, wollte Valentin wissen.

»Wie schon gesagt. Paolo hatte diesmal seine eigenen Pläne. Das geht aber nicht, wenn man Teil eines Systems ist. Und dummerweise war sein Mithelfer offensichtlich auf der anderen Seite.«

»Und woher weißt du das alles, wenn du ihnen doch nur eine Halle bereitgestellt hast?«, fragte Leska.

»Ich habe Ohren, kann zuhören und daraus meine Schlüsse ziehen. Und im richtigen Augenblick meine Chance nutzen ...«

Valentin schüttelte den Kopf. »Und alles nur wegen eines Autos!«

»Und dir«, warf Leska ein, »vergiss das nicht. Du bist auch ganz schön was wert!«

»Ich dachte, in Syrien, im Libanon, in Nigeria, in Äthiopien und vielleicht noch auf Sizilien werden die Leute entführt, aber bitte, wir sind in Ravenna. Das ist doch völlig irrsinnig!«

»Irrsinnig oder nicht, offensichtlich ist es aber so!« Leska legte ihre flache Hand auf seinen Bauch. »Wir müssen besser auf dich aufpassen!«

»Das tust du doch schon!« Sie lächelten einander an.

Gianna räusperte sich. »Also dann. Erst einmal herausbekommen, ob der Ferrari bereits auf einem Transporter steht. Ansonsten organisiert Bruno einen. Wo soll Valentin denn hinfahren? Wo würdest du den Transporter hinstellen?«

»Er steht schon. Giuseppe hat einen. Der steht hinter dem Haus seiner Eltern. Du weißt, wo?«

Gianna nickte.

»Also fährst du mit Valentin dorthin. Ich nehme meinen Wagen, der muss auch mit.«

»Und mein Kleiner?« Gianna tätschelte ihr Dreirad.

Bruno wies auf Leska.

»Ich? Damit?« Leska rollte die Augen.

»Findest du den Weg zu meiner Bar?«, wollte Gianna wissen.

Leska nickte.

»Gut!« Gianna durchforstete einen Sack, zog verschiedene Kartoffeln heraus und verteilte sie. Sie steckten sie sich in die Hosentaschen.

»Jetzt sind wir schwer bewaffnet«, witzelte Leska.

»Dann los!« Bruno nickte ernst und zerschnitt die Luft erneut mit einem Handkantenschlag. »Andiamo!«

Sie gingen dicht hinter Bruno her.

Was, wenn er uns direkt in die Höhle des Löwen führt?, dachte Leska, während sie ihm als Letzte im Gänsemarsch folgte. Könnte immerhin sein. Wäre kein schlechter Schachzug. Sie hätten nicht nur Valentin, sondern gleich auch seine Befreier. Aber Bruno und sie hatten diesen Moment des Vertrauens gehabt, dieses Festhalten des Blicks. Oder täuschte sie sich in Bruno?

Bruno ging direkt zum Haupttor, blieb kurz stehen, die Handfläche erhoben. Die anderen sollten abwarten. Dann ging er hinein und winkte ihnen. Sie folgten ihm an einer Wand entlang und liefen zu dem nächsten, offen stehenden Garagentor. Die Dunkelheit schützte sie, denn Licht brannte nur in der hinteren Halle. Auch der große Hof lag dunkel da, nichts wies darauf hin, dass nach Valentins Verschwinden noch jemand hier gewesen war. Aber sie werden den Ferrari scharf bewachen, dachte Leska, und sie spürte ihren Puls hämmern. Die Aufregung griff nach ihr. Aber das war gut, fand sie, das schärfte ihre Sinne. Valentin ging hinter Bruno, Gianna direkt vor ihr. Ihr weites Kleid schwang von links nach rechts und umspielte bei jedem ihrer energischen Schritte ihre stämmigen Beine. Der schwarze Stoff war jetzt eine perfekte Tarnung.

Bruno kannte sich gut aus. So wie Gianna zielsicher durch die Geheimgänge gelaufen war, wusste Bruno genau, wo sich auf dieser Seite des weitläufigen Firmengeländes die Verbindungstüren zwischen den einzelnen Gebäuden befanden, und nutzte altes Gerümpel und ausrangierte Maschinen als Sichtschutz. Schließlich blieb er stehen und hielt wieder die Hand hoch. Leska spürte, wie Staub in ihrer Nase kitzelte, und drückte sich die Nasenflügel zu. Bloß nicht niesen, das wäre jetzt wirklich fatal. Denk an was anderes! Sie hielt die Luft an und meinte, ihr Schädel müsste platzen, aber dann war der Juckreiz vorbei. Sie atmete tief ein und versuchte, an Giannas breitem Rücken vorbei nach vorn zu spähen, doch sie sah nur Valentin und Bruno von hinten. Bruno stand an die nackte Betonwand gepresst und lugte um die Ecke. Und dann war er plötzlich verschwunden.

Die Zeit verging, und das Warten kam Leska endlos vor. Wo war Bruno? Was war los? Als sie schon fast nicht mehr daran glauben wollte, stand er plötzlich wieder da. Er legte den Zeigefinger an die Lippen und kam näher.

»Nebenan stehen ihre Autos«, flüsterte er. »Die setzen wir jetzt schachmatt. Aber am besten nur einer von uns. Die Flinkste und Kleinste, denn in der beleuchteten Halle nebenan steht der Ferrari. Und wenn ich niemanden übersehen habe, sitzen drei von ihnen dort am Tisch.« Er stippte Leska mit seinem Zeigefinger in die Magengrube. »Du musst also sehr leise sein. Es sind zwei Limousinen und zwei Kleinwagen. Nimm genügend Kartoffeln mit, und lass dir Zeit.«

»Wo steht dein Auto?«, fragte Leska.

»Draußen, außerhalb des Firmengeländes«, flüsterte Bruno. »Wir beide gehen nachher wieder raus. Valentin, sobald die drei verschwinden, rein ins Auto und los. Vergiss nicht, Gianna mitzunehmen, nur sie kennt den Weg.«

»Und wenn sie nicht verschwinden?«

»Wenn sie sich in einer halben Stunde nicht wegbewegt haben, bringen wir sie eben dazu. Wir inszenieren ein kleines, kurzes Spektakel. Wir müssen schnell agieren, Leska fährt mit mir.«

Leska stimmte zu. Ihr war das sowieso lieber, als mit Giannas Gefährt durch die Nacht zu tuckern. »Also fang ich jetzt an«, sagte sie und überprüfte die Größe ihrer Kartoffeln, Gianna reichte ihr noch drei kleine. Leska drückte sich an die Betonwand, wo Bruno vorhin gestanden hatte, und wartete ab. Kurz bevor sie sich zu den Autos schleichen wollte, die in Reih und Glied nebeneinander abgestellt waren, spürte sie einen Mund an ihrem Ohr. »Bonne chance!« Das war Valentin. Sie nickte nur ganz leicht. Sie würden das zusammen durchstehen. Dann straffte sich ihr Körper, sie tastete noch ein letztes Mal, ob ihre Auspuffmunition gut verstaut war, und schlich in die Halle.

Eigentlich war es nur ein geräumiger Carport, nach vorne offen. Die vier Autos standen mit einigem Abstand nebeneinander, es hätten noch locker vier weitere hineingepasst. Zur Nachbarhalle war die Trennmauer jedoch nicht ganz bis vorn durchgezogen. Leska sah einen Lichtschein und hörte Stimmen, konnte von ihrer Position aus aber weder die Männer noch den Ferrari sehen. Sie hätte gern nachgeschaut, um sich ein Bild zu machen, aber es erschien ihr zu gefährlich. Besser war, sie agierte hier flink und leise, genau wie Bruno es gesagt hatte. Leska, die wieselflinke Kanalratte, dachte sie, und es gefiel ihr, dass ihr dieser Job angetragen worden war.

Trotzdem hätte sie sich diese Typen gern angeschaut! War Giannas Neffe unter ihnen?

Sie schlich gebückt um das erste Auto herum und ging in die Hocke. Es war ein Fiat oder Renault, sie kannte sich nicht so gut damit aus, jedenfalls ertastete sie nur einen Auspuff. Er war schmal und fühlte sich rostig an. Leska griff ihre Kartoffeln ab, bis sie die richtige gefunden hatte, dann quetschte sie sie so weit sie konnte in das Rohr. Ich bräuchte einen Stock, dachte Leska, damit könnte ich die Kartoffel weiter ins Rohr hineinschieben. Sie überlegte. Ob sich hier so etwas finden würde? Sie griff zur Kontrolle nochmals nach. Die Kartoffel saß fest. Gut, dachte sie. Zu sehen war die Kartoffel nicht, und herauskullern würde sie auch nicht. Der nächste Wagen war ein BMW. Es war zwar dunkel, aber Leskas Augen hatten sich darauf eingestellt. Die beiden Auspuffrohre nebeneinander waren gut zu erkennen. Diesmal brauchte Leska zwei größere Kartoffeln. Was für eine Sabotage, dachte sie dabei, eine Kartoffel-Sabotage. Auf diese Idee muss erst mal jemand kommen! Die Kartoffel hatte zwei störende Nasen. Entweder musste sie sie mit Gewalt hineindrücken, oder sie musste diese beiden Auswüchse entfernen. Kurzerhand biss sie sie ab. Danach ging es besser. Aber auch hier hätte sie die Kartoffel gern noch tiefer hineingedrückt. Sie entschied sich, alle Auspuffrohre so gut es ging zu verschließen und sich dann doch nach einem kurzen Stock umzusehen. Sicher ist sicher. Beim vierten Auto war sie so nah an die Hallenwand herangekommen, dass der Lichtschein aus der Nebenhalle auf die Haube des Wagens fiel. Leska zögerte. Die Verlockung war groß, mal kurz hinüberzuspähen. Sie riss sich zusammen. Sie würde das letzte Auto abfertigen, anschließend nach einem Stock suchen und sich danach ein Bild von der Lage nebenan verschaffen. Immer schön der Reihe nach, sagte sie sich. Leska, bleib cool.

Sie kniete hinter dem Auto. Die letzten Kartoffeln, die sie noch hatte, waren für das dicke Auspuffrohr zu klein. Wer einen Kleinen hat, braucht wenigstens ein dickes Rohr am Auto, dachte sie, aber es nützte nichts, sie schob die restlichen Kartoffeln hinein, in der Hoffnung, dass der Auspuff kurz vor dem Auspufftopf enger werden würde. Offensichtlich war es auch so. Das Ding war ein angeschweißtes Teil, das dem Betrachter viele PS suggerieren sollte. Leska hätte gern über die Notwendigkeit eines solchen Schwindels gegrinst, aber jetzt hatte sie damit zu kämpfen. Ihre Hand war zu breit, um tief genug hineinzufassen. Also konnten die Kartoffeln auch nicht halten. Leska gab es auf und sah sich um. Die Halle hinter ihr war dunkel, deshalb musste sie sich den Weg ertasten. Sie krabbelte auf allen vieren an der Wand entlang, so konnte ihr nichts entgehen, aber sie spürte nur Schmutz, Lumpen, undefinierbaren Abfall. Leska unterdrückte ihren Ekel. Sie war schon fast in der Ecke auf der anderen Hallenseite angekommen, als sie mit den Fingerspitzen ihrer rechten Hand gegen etwas Hartes stieß. Sie verharrte kurz, versuchte ihre aufkeimende Freude zu bändigen und befühlte den Gegenstand mit beiden Händen. Vier Eisenstangen, am äußeren Ende jeweils verdickt, in der Mitte zusammengeschweißt. Ein Wagenkreuz. Leska wog es in der Hand und atmete auf. Es war perfekt. Schnell ging sie die Wagen nochmals durch und vollendete auch ihr Werk am letzten Auto, stopfte die Kartoffeln hinein. Plötzlich gab es ein Scheppern, der aufgeschweißte Auspuff war abgebrochen. Erschrocken fiel Leska aus der Hocke auf ihren Hintern, brauchte aber nur den Bruchteil einer Sekunde, um das Wagenkreuz aus dem abgebrochenen Rohr zu ziehen und gebückt an der Wand entlang zu fliehen. Sie ahnte es mehr, als sie es sah: Der Durchgang verdunkelte sich, die Männer hatten sie bemerkt und standen dort. Zuerst war es still, gleich darauf überschlugen sich die Stimmen, jeder schien besser zu wissen, was zu tun war. Leska nutzte die Verwirrung, um sich hinter dem letzten Wagen zu verstecken, nur wenige Schritte von Valentin und Gianna entfernt. Die Neonleuchten über ihr flammten auf, plötzlich war alles hell erleuchtet. Ausgerechnet diese Mistdinger funktionieren noch, dachte Leska und legte sich auf den Bauch, um unter den Autos nach den Männerbeinen zu sehen. Sie gingen um ihre Wagen herum. Offensichtlich war der abgebrochene Auspuff weit genug unter den Wagen gerutscht, es bückte sich keiner danach. Aber die Beine kamen unweigerlich näher. Entweder würden sie sie gleich in ihrem Versteck entdecken, oder sie würde durch einen Rückzug die anderen verraten.

Leska straffte sich, dann spurtete sie los. Raus in den dunklen Hof in Richtung Haupttor. Das stand offen, das musste sie erreichen. Sie hoffte auf den Überraschungseffekt, damit sie einen kleinen Vorsprung hatte. Aber die Männer hinter ihr waren schnell, das hörte sie. Sie sah sich nicht um, sie spurtete und überlegte, wo sie ihre Stärken ausspielen konnte. Sie musste irgendwo hoch, sie konnte klettern wie ein Affe. Die Geländer, die Dächer waren ihr Spielplatz gewesen. Rechter Hand sah sie ein Dach, fast wie ein hohes Garagendach, sie schlug einen Haken, erkannte in der Regenrinne ihre Chance und hangelte sich mit wenigen Bewegungen nach oben, legte sich flach auf das Wellblechdach und sah hinunter. Hatten sie Waffen? Dort standen sie, von hier oben wirkten sie wie schwarze gedrungene Schatten. Einer schrie etwas nach oben, der andere rüttelte an der Dachrinne. Offensichtlich überlegten sie, wie sie hinaufkommen konnten. Leska sah nach hinten. Das Dach schloss an ein höheres Gebäude an, das würde sie schaffen. Und die Rückseite des Gebäudes zeigte zur Straße. Dort musste sie hin. Wenn die Kerle es nicht aufs Dach schafften, mussten sie durch das Tor. Das war der weitere Weg, dazu brauchten sie mehr Zeit. Sie richtete sich auf und rannte gebückt los. Ein Knall zerriss die Stille. Leska warf sich bäuchlings hin. Sie schossen. So eine Scheiße! Sie hatten Waffen. Leska brach der Schweiß aus. Das war kein Spaß mehr.

Doch dann durchschnitten zwei Scheinwerfer die Nacht, und ein donnerndes Geräusch kam auf sie zu. Sie hatten den Ferrari gestartet. Leska richtete sich auf. Der Ferrari raste auf das Tor zu, die drei Männer hatten sich umgedreht, und das Nächste, was Leska sah, war, dass sie lossprinteten, direkt auf den Ferrari zu. Valentin am Steuer gab nicht nach, er hielt auf das Tor zu, die drei rannten ebenfalls dorthin, und Leska hoffte nur, dass sie nicht schießen würden. Wo war Bruno? Er musste hier ja auch noch raus. Und wo würden sie sich treffen können?

Einer der Männer war schon fast am Tor, Valentin hielt den Ferrari auf Kurs, und der Mann sprang in letzter Sekunde zur Seite. Das hätte Leska Valentin nicht zugetraut. Er hätte doch zumindest kurz gebremst? Oder saß Valentin überhaupt nicht am Steuer? War es Bruno? Hatten sie Bruno den Wagen überlassen? Leska saß einen kurzen Moment wie erstarrt. Wo aber war dann Valentin? Bitte nicht mit einer

Knarre am Kopf auf dem Nachbarsitz. Sollte sie zurück und nachsehen?

Keine Chance, sagte sie sich. Dann säße sie in der Falle. Egal wie, sie musste los, über das Gebäude auf die Straße. Leska erreichte einen der Traufbalken. Sie zog sich hoch, fand Halt für ihre Füße und schwang sich hinauf. Von hier aus konnte sie sehen, wie die drei Männer zu ihren Autos liefen. Kurz waren Motorengeräusche zu hören, dann erstarben sie wieder. Gut gemacht, dachte Leska. Aber gut für wen? Das war jetzt die dringlichste Frage. Sie lief vorsichtig über das Dach zur Straßenseite. Aufpassen, sagte sie sich. Wer wusste schon, ob die Ziegel hielten oder ob das Dach überhaupt noch in Ordnung war? Vor ihr lag nur eine dunkle Fläche, sie könnte ohne Weiteres durchbrechen. Sie ging auf die Knie und tastete sich auf allen vieren voran. Laute Stimmen aus dem Hof ließen sie innehalten. Sie lauschte. Es hörte sich vielstimmig und aufgeregt an. Hatten sie Gianna entdeckt? Sie tastete sich weiter an den Rand des Daches heran. Von dort aus sah sie unter sich die Straße und einige benachbarte Häuser, allerdings keinen Wagen und erst recht keinen Ferrari. Wohin war er so schnell verschwunden?

Sie fand erneut eine Regenrinne, an der sie sich hinunterhangelte. Als sie festen Boden unter den Füßen hatte, atmete sie auf. So weit wäre sie jetzt schon mal.

Giannas Dreirad fiel ihr ein. Das stand ja noch an seinem Platz. Da musste sie jetzt irgendwie hin. Und möglichst nicht gesehen werden. Sie sprintete zum Haupttor, spähte hindurch, sah nichts und lief daran vorbei zur anderen Seite der Fabrik. Ein Motorengeräusch kam aus der Ferne und wurde schnell lauter. Sie hatten Verstärkung gerufen. Leska rannte schneller, um die Ecke des Fabrikgeländes und an der Mauer entlang. Sie musste mit diesem Dreirad weg. Gianna hatte den Schlüssel vorhin vor ihren Augen deponiert, hoffentlich war er noch da!

Das Dreirad parkte unverändert in der Dunkelheit. Wo hatte Bruno eigentlich seinen Wagen? Musste doch auch irgendwo in der Nähe sein? Aber sie wusste nicht, wo, und sie hatte auch keinen Schlüssel – und überhaupt, Bruno! Sie öffnete die Tür – und tatsächlich, der Schlüssel lag noch unter dem Sitz. Wo ist das Zündschloss? Verdammt, das war ein so komisches Gefährt, da war wirklich alles anders. Sie tastete die Lenksäule ab.

In dieser Sekunde bog der Wagen, den sie vorhin gehört hatte, um die Ecke und tauchte sie in gleißendes Licht. Deckung, dachte Leska und ließ sich sofort auf den Sitz sinken. Verdammt. Wieso war der Kerl nicht in den Hof gefahren? Hatte er sie gesehen? Aber der Wagen fuhr vorbei. Gott sei Dank, dachte Leska. Ein Nachbar. Irgend so ein Typ. Sie hatte gerade aufgeatmet und sich wieder hinter das Steuer gesetzt, da kam er zurück. Leska ließ sich erneut zur Seite fallen. Der Wagen bremste und blieb mit laufendem Motor neben ihr stehen. Leskas Herz machte einen Sprung. Sie stieß die Beifahrertür auf, bereit zur Flucht. Die Beifahrertür des Wagens schwang ebenfalls auf. Leska war sprungbereit, da hörte sie ein lautes: »Komm rüber! Schnell!«

Sie richtete sich auf. Es war Bruno.

»Bruno?!«

»Ja, wer denn sonst? Schnell!«

Leska brauchte einen Moment zur Besinnung, dann schlüpfte sie in Brunos Wagen hinüber.

»Los jetzt«, sagte er, rutschte auf den Fahrersitz zurück und gab so heftig Gas, dass es Leska in ihren Sitz drückte.

»Wie bist du denn rausgekommen?«, wollte Leska wissen und griff nach dem Sicherheitsgurt. »So ein Ferrari hat auch einen Kofferraum, man glaubt's kaum.« Der Wagen raste die Straße hinunter und bog in eine dunkle Seitengasse ab.

»Das hast du toll gemacht!« Bruno nahm seine rechte Hand vom Lenkrad und legte sie kurz auf ihren Unterarm. »Quer über den Hof, unglaubliches Ablenkungsmanöver! Großes Kino! Kompliment!«

Leska grinste nur.

Ja, sie war gut gewesen, das wusste sie selbst.

»Danke«, sagte sie. »War mir ein Vergnügen.«

Sie fuhren gut zwanzig Minuten, und Leska hatte den Eindruck, dass es ständig kreuz und quer ging. Wusste er überhaupt, wohin er fuhr? Versuchte er jemanden abzuschütteln? Aber in ihrem Seitenspiegel konnte sie kein Auto ausmachen, das hinter ihnen her war.

»Wo fahren wir eigentlich hin?«, fragte sie schließlich.

»Zur Abwechslung entführe ich jetzt mal dich«, gab er zur Antwort, und als er ihren Blick sah, lachte er schallend. »Wir fahren zu Giuseppe, wie ausgemacht. Aber da mein Auto in Ravenna bekannt ist, muss ich vorsichtig sein.«

Leska atmete langsam aus. Sie hätte das vor Bruno nicht zugegeben, aber für eine Sekunde war ihr doch der Schreck in die Glieder gefahren.

Endlich hielt Bruno den Wagen an, blieb kurz am Straßenrand stehen, vergewisserte sich, dass hinter ihnen keine Scheinwerfer auftauchten, schaltete seine eigenen Lichter aus und rollte die letzten zweihundert Meter im spärlichen Licht der Laternen die holprige Straße entlang. Hinter einem dunklen Haus stand der Ferrari. Zu schön, um wahr zu sein, dachte Leska. Jetzt wurde doch noch alles gut!

Gianna und Valentin standen neben dem Ferrari, davor parkte ein geschlossener Abschleppwagen, aus dessen offenem Heck zwei Verladeschienen ragten.

»Sieht gut aus«, sagte Bruno.

»Perfekt!«

Sie stiegen aus, und Valentin schloss Leska in seine Arme. »Das war genial«, sagte er. »Du hat uns alle gerettet!«

Leska schlang ihre Arme um seinen Rücken. Er war so schmal, als hätte er in den letzten vierundzwanzig Stunden abgenommen. Ein neues Gefühl überkam sie, ein Gefühl absoluter Gemeinsamkeit: Willst du mit mir gehn, / Wenn mein Weg ins Dunkel führt? / Willst du mit mir gehn, / Wenn mein Tag schon Nachtwind spürt, kam ihr in den Sinn. Von wem war das noch mal? Ein Lied. Aber von wem? Daliah Lavi, fiel ihr ein.

»He, he, he«, machte Bruno. »Gleich werde ich eifersüchtig.«

»Gute Voraussetzung für eine gemeinsame Tour«, stellte Gianna trocken fest. »Und wo habt ihr meinen Firmenwagen gelassen?«

Leska löste sich von Valentin und schilderte kurz, wie sie über das Dach geturnt war, keinen mehr gesehen hatte, bereits im Dreirad gesessen hatte, dann aber von Bruno mitgenommen worden war.

»Und jetzt?«, wollte Gianna wissen.

»Jetzt?« Leska wandte sich ihr zu. »Jetzt fahren wir alle gemeinsam zu Valentins Eltern und schauen, was da los ist.«

»Alle?«, wiederholte Gianna. »Interessant, was soll ich bei Valentins Eltern?«

»Ohne dich hätten sie richtig tief in die Tasche greifen müssen«, erklärte Leska. »Valentin weg, Ferrari weg, was denkst du denn? Du gehst da jedenfalls mit. Dann gibt es einen größeren Firmenwagen.«

»Will ich gar nicht«, sagte Gianna. »Ich bin mit meinem Wagen zufrieden. Ich brauche nichts anderes.«

»Sie wird ihren Anteil bekommen«, versprach Valentin. »Wir wissen ja, wo sie wohnt.«

Gianna winkte ab. »Wichtiger wäre vielleicht, dass Giuseppe den Wagen auflädt und ihr wegkommt, bevor mein Neffe euch findet. Meint ihr nicht?«

»Ja, wo ist Giuseppe?« Bruno sah zum Haus, das völlig dunkel dalag, und ging zum Hintereingang. Er öffnete erst die Fliegengittertür, die leicht quietschte, und danach die Eingangstür. Gleich darauf war er verschwunden.

Leska und Valentin warfen sich einen Blick zu, und Valentin strich ihr übers Haar. Eine Geste, die Leska berührte. »Valentin«, sagte sie, »ich kann nicht mit nach Deutschland.«

Warum sagte sie das? Sie sollte am besten einfach verschwinden, ihren Rucksack nehmen und weiterziehen. Und sich irgendwo in Italien einen Job suchen. Jetzt, wo der Winter kam, vielleicht in einem Skiort? Und im Sommer auf Sardinien?

Aber Valentin schien sie nicht gehört zu haben. Er sah zu Gianna. »Was meinst du?«, fragte er sie.

»Ich meine, du solltest deine Eltern anrufen!«, sagte Gianna.

Valentin nickte. »Ja, bloß, ich habe kein Handy mehr, du hast auch keines, Leskas Akku ist leer.«

»Von der nächsten Raststätte aus. Festnetz. Gianna hat recht«, überlegte Leska.

Sie standen zu dritt am Ferrari, nichts tat sich, nur der Gesang der Zikaden schwoll rhythmisch an und ebbte wieder ab. In der Ferne waren Autos zu hören, aber eher wie ein gleichmäßiges Brummen, und Leska war sich noch nicht einmal sicher, ob es überhaupt Autos waren. Alles um sie herum war dunkel. Das Haus, der Schuppen, vor dem sie standen, und die weitere Umgebung, die Leska nicht einschätzen konnte. Standen sie am Rand eines Feldes? Sie sah nach oben. Der Mond war gewandert, es schienen einige Sterne mehr zu glitzern, aber es war auch kühler geworden. Sie schlang ihre Arme um den Körper.

Valentin fragte: »Ist dir kalt?«

Leska nickte.

»Soll ich dir deinen Rucksack geben?«

Sie sah zu, wie er sich in den Wagen beugte, und dachte, dass sie doch einfach weiterfahren könnten. Kleiner Umweg über Cortina d'Ampezzo, dort würde sie aussteigen und ihm ein gutes Leben wünschen. Aber etwas schnürte ihren Magen zu. Sie wollte nicht aussteigen, sie wollte nicht wieder allein sein. Sie wollte nicht einsam im Nebel wandern wie Hermann Hesse.

Sie wandte sich an Gianna. »Den Roller, der jetzt bei dir an der Bar steht, habe ich einem der Arbeiter bei Paolo geklaut. Als Valentin mit Paolo weggefahren ist, musste ich einfach hinterher, es war so ein Gefühl.«

Gianna nickte. »Da hat dich dein Gefühl nicht getrogen.«

»Wie bekommt er seinen Roller zurück?«

»Ich werde mich drum kümmern.«

Leska betrachtete sie. »Du bist eine außergewöhnliche Frau«, sagte sie schließlich. »Ich glaube, eine Frau wie du ist mir noch nie begegnet.«

»Mein Leben war nicht einfach. Aber ich habe meinen Frieden damit gemacht.« Gianna lächelte.

Leska nickte und nahm den Rucksack, den Valentin ihr reichte.

»Ich habe für heute Nacht die Luxussuite für uns beide im Fünf-Sterne-Parkhotel reserviert«, sagte sie zu ihm und stellte den Rucksack neben ihre Füße.

»Schöner Gedanke«, sagte er.

»Wenn Giuseppe nicht bald auftaucht, gehen wir schlafen.« Leska griff nach seiner Hand. Er zog sie an sich. »Dich gebe ich nicht mehr her«, flüsterte er in ihr Ohr. »Egal, ob Luxussuite oder Ameisenhügel, ich möchte immer bei dir sein!«

Leska sagte nichts. Sie spürte die Gänsehaut, die ihr über den Rücken lief, und diesmal war es nicht die nächtliche Kälte, die ihr in die Glieder kroch.

»Okay!« Bruno kam zurück. »Ich habe Giuseppe gefunden, er hat gepennt. Er sagt, er hat einen anstrengenden Tag hinter sich und eigentlich keine wirkliche Lust, um diese Zeit noch nach München zu fahren.«

»Und jetzt?«, wollte Valentin wissen.

»Jetzt sollen wir selbst verladen und losfahren. Die Papiere für den Lkw liegen im Handschuhfach, sagt er, vollgetankt ist auch. Diesel. Falls wir nachtanken müssen.«

»Ah!« Valentin drehte sich um und betrachtete die beiden Verladeschienen. »Nicht so einfach.« Er trat näher heran und spähte in den Lastwagen. »Passt er da überhaupt rein? Sieht verdammt eng aus.«

Bruno war zuversichtlich. »Wird schon. Damit sind die dicksten Limousinen transportiert worden. Geht alles.«

Diese Firma scheint ja einträgliche Geschäfte zu machen, dachte Leska. Klauen, umspritzen, abtransportieren. »Aber dann ist der Lkw ja bekannt«, sagte sie. »Da können wir gleich mit dem Roten fahren.«

»Dieser Lkw hat mit der Druckerei nichts zu tun«, beruhigte Bruno sie.

»Aha, eine andere Firma?«, fragte Leska.

»Könnte man so sagen.«

»Wo hast du eigentlich deine Knarre?«, fiel Leska plötzlich ein.

»Im Hosenbund. Wieso? Brauchst du sie?«

Leska sagte nichts mehr.

»Also, fahr den Ferrari mal ran«, wies Bruno Valentin an. »Den werden wir da schon hochkriegen.«

»Aus was sind denn diese Verladeschienen?«, fragte Valentin.

»Aus Aluminium. Die halten auch einen Panzer aus. Und sonst musst du eben noch ein bisschen abnehmen.« Bruno lachte über seinen eigenen Witz.

Ein Panzer würde zu ihm passen, dachte Leska. Mit seinem militärischen Haarschnitt, den scharfen Gesichtszügen und den dunklen Augen, die so undurchdringlich sind. Er könnte auch ein Guerillakämpfer sein. Klein, drahtig, unerschrocken. Und jederzeit kampfbereit. So wirkte er, und das war er sicherlich auch. Aber was spielte sich hinter seiner Stirn ab?

Valentin war eingestiegen, und als er den Motor startete, hörte es sich in der nächtlichen Stille wie ein Kanonenschlag an. Blödes Auto, dachte Leska, das wird uns mit seinem apokalyptischen Lärm noch alle verraten.

Bruno richtete die Verladeschienen nach dem Radstand des Wagens aus und winkte Valentin heran. Valentin machte das gut, fand Leska. Ganz langsam glitten die Vorderräder in die Schienen, dann gab er etwas Gas, und der Wagen schob sich nach oben. Nur oben wurde es knapp, der Wagen geriet zu weit nach rechts und drohte mit dem Außenspiegel und der Wagenseite die Innenwand der Lkw-Ladefläche zu streifen. Wieder runter, das Ganze von vorn. Leska spähte dabei mehrmals um die Hausecke, um sicherzugehen, dass sich keine ungebetenen Besucher näherten.

»In der Zeit hätten wir längst meinen Firmenwagen holen können«, sagte Gianna. Leska musste ihr recht geben, und irgendwie behagte ihr der Gedanke nicht, dass sie Gianna damit allein zurückließen. Was war, wenn sich ihr Neffe an ihr rächen wollte? Sie könnten sie an der dunklen Mauer bei ihrem kleinen Wagen überfallen oder bei der Heimfahrt abdrängen, zu Hause erwarten oder sonst was tun.

»Gianna«, sagte sie. »Wir können dich hier nicht alleine zurücklassen. Sicher weiß dein Neffe längst, dass du dahintersteckst. Und mit ihm wissen es seine feinen Kameraden. Wer weiß, was die sich ausdenken.«

»Er ist der kleine Sohn meiner Schwester!«

»Er ist ein kleiner Teufel. Wenn er bei so was mitmacht, ist er auch zu anderem fähig. Jedenfalls wird er sich nicht dazwischenstellen, wenn dir einer von den anderen etwas antun will.«

Der Ferrari stand inzwischen auf der Ladefläche, es hatte geklappt. Bruno und Valentin schlugen die Hände gegeneinander, dann schoben sie die Schienen hoch in den Lkw.

»Hätte ich nicht gedacht«, sagte Valentin.

»Was?«, wollte Leska wissen.

»Dass ich das kann.«

»Du bist ein Held!« Sie küsste ihn auf die Wange.

»Ach, komm!«, er winkte ab. »Veralbere mich nicht. Dass du alles kannst, ist klar. Aber ich bin ein lebensuntüchtiger Student. Vergiss das nicht!«

Leska lachte. »Du Armer!«

»Auf geht's!« Bruno schwang sich ins Führerhaus. »Jetzt bringen wir die heiße Fracht nach München. Ich wollte schon lange mal wieder dorthin. Ist nicht gerade Oktoberfest?«

»In einer Woche«, antwortete Valentin.

»Gut, bleibe ich halt so lange, schließlich kann ich es mir ja dann leisten!« Er grinste.

»Dein kleines Kinn reckt sich so energisch vor«, sagte Valentin zu Leska und strich darüber. »Was ist los?«

»Wir können Gianna nicht hierlassen«, sagte sie und schilderte ihm ihre Bedenken.

»Stimmt!«, gab Valentin Leska recht. »Wie kommt sie denn überhaupt von hier zu ihrer Bar zurück?«

Gianna hatte zugehört und sagte: »Ich laufe.«

»Kommt nicht infrage!« Valentin ging zum Führerhaus und sprach kurz mit Bruno. Der stieg wieder aus und betrachtete Gianna nachdenklich, was ihr sichtlich unangenehm war.

»Du bleibst hier, bei Giuseppe.«

»Was soll ich bei Giuseppe?«

»Da bist du in Sicherheit.«

»Und meine Bar? Ich kann mich nicht für den Rest meines Lebens bei Giuseppe verstecken. Das ist doch lächerlich!«

»Okay«, entschied Leska. »Bruno, du gibst uns deinen Autoschlüssel, und ich bleibe bei Gianna. Wir holen ihren Wagen, und ich bleibe bei ihr.«

Valentin schüttelte den Kopf. »Ausgeschlossen!«

»Was willst du tun, wenn die Jungs ihr wirklich auflauern?«, fragte Bruno.

»Dann fällt mir schon was ein«, erklärte Leska.

»Das glaube ich dir sogar.« Er fuhr sich kurz über seine schwarzen Haarstoppeln, dann griff er in seinen Hosenbund und reichte ihr seine Waffe. »Ich nehme an, du kannst damit umgehen?«

Leska nickte. Er bückte sich etwas, um ihr in die Augen zu sehen. »Ich vertrau dir!«, sagte er leise. Leska nickte erneut. Sie musste schlucken.

»Bloß, wie bleiben wir in Verbindung?« Er richtete sich wieder auf.

»Wir treffen uns in München«, erklärte Leska. »Ihr beide habt ja kein Handy!«

»Ich lasse das nicht zu«, erklärte Valentin. »Ich fahre nicht ohne dich!«

»Ich komme nach.« Leska zuckte mit den Achseln. »Ich habe ja jetzt ein Auto. Und zurück fährt es mit Bruno Huckepack. Ist doch ganz easy, wie man sieht.«

»Dann merk dir meine Adresse! Oder soll ich sie dir aufschreiben?«

»Womit?«

Er ging zu ihr hinüber und nahm sie in die Arme. »Es ist kein Gedicht«, flüsterte er ihr ins Ohr, »deshalb weiß ich nicht, ob du dir das merken kannst ...«

»Versuch's ...«

»Luise-Ullrich-Straße ...«

»... war das nicht eine Schauspielerin?«

»Ganz genau. ›Der Rebell‹ mit Luis Trenker beispielsweise. Passt zu dir. Luise Ullrich ist mit vierundsiebzig Jahren gestorben. Das ist unsere Hausnummer ... und, Leska«, seine Stimme wurde eindringlich, »ich will dich nicht verlieren. Ich würde mit dir gern ...«

»... durch die Zeit tanzen?«

»Durch die Zeit tanzen, ja. Dir stundenlang zuhören, dich in den Armen halten, dich riechen, deinen Atem einatmen, bei dir sein.«

Leska löste sich etwas von ihm, um ihm in die Augen sehen zu können.

»Valentin, wir kommen aus zwei verschiedenen Welten. Das sagt mein Kopf. Mein Bauch sagt, dass du mein zweites Ich bist und wir uns gefunden haben.«

»Das heißt noch nicht, dass du bei mir bleibst.«

»Das heißt –«, sie unterbrach sich selbst. »Du hast recht, das heißt es nicht.«

»Mach mir das Herz nicht schwer!«

Sie betrachtete seinen schön geschwungenen Mund, seine feinen Gesichtszüge und seine tiefen, dunkelbraunen Augen. Lag Trauer darin?

Sie ging auf die Zehenspitzen und flüsterte ihm ins Ohr: »Ich hab dich lieb! Und ich vermiss dich schon jetzt. Aber geh jetzt, bevor ungebetene Gäste auftauchen!«

Gianna hatte sie beobachtet und verschränkte die Arme. »Fahr einfach mit, Leska, ich komme schon zurecht!«

Leska löste sich aus Valentins Armen.

»Ganz gewiss nicht«, sagte sie bestimmt. »Wir machen es genau so, wie wir es besprochen haben.«

»Ist das nicht ein bisschen viel Aufwand?«, wollte Gianna wissen.

»Für wen?« Leska drehte sich zu ihr um. »Für mich nicht!«

Sie sahen dem Lkw nach, wie er um das Haus herum in die Straße einbog, und Leska blieb stehen, bis die Rücklichter hinter der nächsten Kurve verschwanden. Sie strich sich ihre langen Haare nach hinten und versuchte, sie zu einem Knoten zusammenzuwirbeln, aber da sie keinen Haargummi hatte, fielen sie gleich wieder auseinander. Am liebsten hätte sie geheult.

Gianna hatte sich schon in den BMW gesetzt, allerdings auf die Beifahrerseite.

»Möchtest du nicht fahren?«, erkundigte sich Leska. »Du kennst dich doch besser aus!«

»Mir ist der Wagen zu groß, ich habe es lieber klein und gemütlich.«

Leska stieg ein. »Gut, also bist du mein Navi. Wir holen jetzt deinen Kleinen und sehen mal, was passiert.«

»Was soll schon passieren? Madonna!« Gianna hob beide Hände. »Was für eine Aktion für so ein bisschen …«, sie überlegte, »Zeitvertreib!«

Das Dreirad stand noch immer an der Fabrikmauer, wo sie es abgestellt hatten. Und auch sonst schien sich hier nichts zu tun. Das Haupttor stand offen, ganz so, wie es Leska zuletzt gesehen hatte, und weil sie neugierig war, lief sie hinüber, um die Lage zu sondieren. Kein Licht, alles dunkel. Gern hätte sie überprüft, ob die Autos noch da waren. Aber so schnell kam bestimmt keiner auf die Kartoffel-Sabotage, es sei denn, eine wäre mit dem abgebrochenen Angeber-Aufsteckauspuff herausgekullert.

Gianna tuckerte schon los, und Leska fuhr langsam hinterher. Zunächst ohne Licht, weil sie Gianna nicht anleuchten wollte.

Die Landstraße war wie ausgestorben. Wo heute Mittag noch die Lkws entlanggedonnert waren, waren sie nun fast die Einzigen, die hier gemächlich dahinschlichen. Leska fühlte sich anfangs zwar seltsam, mit einem so schnellen Auto nur 40 km/h zu fahren, aber es ließ Gedanken zu, die sie in den letzten Stunden nicht hatte denken können.

Sie hatte einen teuren Wagen, sie hatte eine Pistole, ihr Leben hatte sich in den letzten zwei Tagen grundlegend geändert. Theoretisch könnte sie jetzt einfach davonfahren, in ihrem Hotelappartement schlafen und morgen das Weite suchen. Mit dem Erlös des Wagens hätte sie ein schönes Auskommen und würde sich erst im Frühling Gedanken machen müssen, wenn überhaupt. Zwanzigtausend war er sicherlich noch wert, damit könnte sie monatelang über die Runden kommen. Und wenn sie nebenbei jobbte, könnte sie vielleicht sogar studieren. Im Ausland. Alles war möglich, alles war denkbar.

Sie suchte Musik im Radio, fand einen Klassiksender und trödelte hinter Gianna her, während sie sich ihr neues Leben ausmalte. Sie könnte nach Spanien fliehen. Das wäre vielleicht sinnvoll. Oder nach Portugal, das wäre überhaupt die beste Idee. Dort ließ sich günstig leben, hatte sie gehört, es herrschte ein angenehmes Klima, und es gab genug Touristenhochburgen, wo man arbeiten konnte. Golfplätze, stimmt, das fiel ihr auch gerade ein. An der Algarve häuften sie sich. Und sicherlich gab es dort auch Universitäten. Sie könnte also beides miteinander verbinden.

Summend fuhr sie Gianna hinterher. Das war ja eine endlose Strecke, dachte sie. Auf dem Hinweg war es ihr nicht halb so lang vorgekommen. Trotzdem war es irgendwie ulkig. Das Dreirad vor ihr fuhr in ihrem Scheinwerferlicht, und die Kartoffelsäcke auf der Ladefläche bewegten sich zwischen den Weidekörben, als wären sie lebendige Wesen. Mal nach links, dann wieder nach rechts, zwischendurch hüpften sie und brachten Leska zum Kichern. Alles war gut, dachte sie und beobachtete Gianna durch die kleine Heckscheibe. Sie saß, da sie nun allein war, fast mittig in ihrem Führerhaus und schien mit der Welt zufrieden zu sein. Sang sie? Jedenfalls gestikulierte sie zwischendurch, und Leska hätte es nicht gewundert, wenn sie lauthals eine Arie geschmettert hätte.

Endlich bog Gianna ab, und Leska erkannte den schmalen Weg zu dem Dorf, in dem sie morgens – war das erst heute Morgen gewesen, es kam ihr wie Wochen vor – die kleine Bar entdeckt und dort ihren Morgencappuccino genossen hatten. Eigentlich müsste sie todmüde sein. Aber das Wort »eigentlich« gab es nicht, philosophierte sie, und deshalb war sie nicht müde. Leska lächelte. Sie war noch jung. Sie hatte ihr Leben vor sich.

Der Parkplatz vor Giannas Bar war leer, die Nachbarhäuser dunkel. Wie spät war es eigentlich? Ich muss mein Handy laden, dachte Leska, nicht mal mehr eine Uhrzeit habe ich.

Den Kirchturm konnte sie von hier aus zwar sehen, aber um die Zeiger zu erkennen, war es zu dunkel. Sie schätzte zwei Uhr nachts. Mindestens.

Gianna fuhr ihren Wagen hinter ihr Haus, und Leska folgte ihr. Vorsichtshalber wendete sie jedoch, um für den Fall der Fälle startbereit zu sein. Gianna stieg aus, reckte sich, indem sie beide Fäuste in ihre Hüfte stemmte und auf die Zehenspitzen ging. So blieb sie für einen Moment stehen und erinnerte Leska an eine antike Marmorfigur, die sich von einem römischen Brunnen herunter in die Provinz verirrt hatte.

»Wohnst du hier?«, wollte Leska wissen, nachdem sich Gianna noch tief gebückt hatte und mit den Zeigefingern auf ihren Zehen verharrte. »Oder hast du hier nur deine Bar?«

Gianna richtete sich auf, drehte sich mehrfach nach rechts und links und wieder zurück, sodass Leska über die Beweglichkeit ihrer molligen Hüften staunte, und zeigte auf das Gebäude. »Unten die Bar, oben mein Leben.« Sie kicherte. »Oder umgekehrt. Kommt ganz auf die Perspektive an.«

Leska grinste. Anscheinend war sie gut drauf. Oder einfach nur froh, dass sie endlich zu Hause war.

»Komm«, sagte Gianna. »Jetzt essen wir erst mal was. Ich habe Lust auf eine leckere frische Lasagne. Hatte ich für das Abendgeschäft vorbereitet, das passt jetzt ganz gut. Und dazu einen guten Schluck Rotwein. Wie fändest du das?«

»Wie ich das fände?« Leska schlug sich auf den Bauch und hatte den Eindruck, dass er sich hohl anhörte. Wie ein leeres Gefäß. »Mehr als genial«, sagte sie.

Gianna zückte ihren Schlüssel und ging Leska voraus durch die Küche in die Bar. »Du kannst nachher oben auf meinem

Sofa schlafen«, sagte sie. »Ich kann es ausziehen, es ist groß genug. Und eine Dusche habe ich auch.« Sie zeigte auf den Rucksack, den Leska gewohnheitsmäßig neben der Tür abgestellt hatte. »Vielleicht magst du schon mal hoch und duschen? Bis ich die Lasagne so weit habe, dauert es ein gutes Viertelstündchen.«

Es war eine schmale Holztreppe, die in einer Biegung an der weiß gekalkten Wand entlang in den zweiten Stock führte. Wie viele Füße sind hier wohl schon hinauf- und hinuntergelaufen? Leska betrachtete die Stufen, die durch die vielen Schuhsohlen dünn und grau geworden waren. Vereinzelt waren die Astlöcher zu sehen, aber vorn splitterte das Holz. Ob Giannas Sohn seine Kindheit hier verbracht hatte? Sie schüttelte nachdenklich den Kopf, während sie die Stufen langsam hinaufging. Was für eine Geschichte, dachte sie. Hatte Gianna ihrem Mann wohl von dem versteckten Zimmer erzählt? Von den Übergriffen des feinen Herrn Druckereibesitzers? Von dem Kuckuckskind in seinem Haus? Egal. Sie wollte nicht in Giannas Vergangenheit herumstochern. Und jetzt freute sie sich auf eine Dusche und auf die Lasagne. Ein bisschen Entspannung nach diesem aufregenden Tag. Und was dann kam, würde sie sehen. Alles war möglich.

Die letzte Stufe knarrte besonders laut und vor allem in einem anderen Ton als die anderen, und brachte Leska damit zum Lächeln. Die Musik eines alten Hauses, dachte sie. Sollte es darüber noch kein Gedicht geben, würde sie sich eines ausdenken. Vielleicht nachher in der Dusche, das schien ihr passend. Im warmen Wasserstrahl bekam man den Kopf herrlich frei, alles fiel von einem ab, mit dem Tagesschmutz rauschten jede Anspannung und alle belastenden Gedanken hinunter in den Abfluss. Weg, dachte sie, einfach weg.

Die Treppe mündete in einen kleinen Flur, drei Türen gingen von ihm ab. Leska blieb kurz stehen, um sich zu orientieren. Nach vorn lag sicherlich das Wohnzimmer, daran anschließend kam die Küche, dann das Schlafzimmer, und möglicherweise ging das Bad vom Schlafzimmer ab. Sie öffnete die Tür, die ihr am nächsten lag. Eine Holztür, weiß gestrichen, und dahinter ein kleiner Raum, der im Dunkeln lag. Sie tastete nach dem Lichtschalter und fand einen alten Drehknopf. Erinnerungen kamen hoch. Nicht wirklich fassbar, leicht verschwommen. Leska versuchte, sie festzuhalten, bevor sie wie ein leichter Nebelfetzen an ihr vorübergezogen waren. In welchem Haus hatte es in ihrer Kindheit solche Lichtschalter gegeben? Die Deckenleuchte warf gedämpftes Licht auf ein ordentlich gemachtes Bett und auf eine schmale Tür links von dem Bett. Neben ihr stand der Kleiderschrank und daneben, unter dem Fenster, eine Kommode. Der Raum war kühl. Erstaunlich kühl für den warmen Tag, dachte Leska, während sie ihn durchquerte. Auch hier knarrende Holzdielen. Direkt über dem Bett ein gemaltes Madonnenbild in goldenem Rahmen und daneben einige gerahmte Fotografien. Leska widerstand der Versuchung, sie genauer zu betrachten. Vielleicht nachher, mit Giannas Einwilligung. Es war Giannas Leben, dachte sie, und gleichzeitig kam ihr das erste Gedicht in den Sinn: »Lass Zeiten gehen und Efeu welken, / Lass helle Kinderstimmen dunkeln / Und Geister munkeln, / Lass Leben spenden und Tod entsenden / Speichere die Geschichten in den alten Mauern / Die so viele Leben überdauern …«

Sie sprach es leise vor sich hin und überlegte, ob der Text nicht albern war. Aber gerade fühlte sie sich genau so und war beschwingt. Alles war gut. Valentin mit Bruno auf der Heimreise, sie bei Gianna und irgendwann später oder morgen mit dem BMW unterwegs. Und nachher würde sie bei Wein und Lasagne vielleicht noch mehr über Giannas Leben erfahren. Irgendwie hatte sie diese Frau ins Herz geschlossen. So bodenständig, wie sie war, und so beherzt.

Leska öffnete die schmale Tür neben dem Bett und drehte den Lichtschalter. Vor ihr im Licht lag ein kleines Badezimmer mit einer alten Badewanne, die Leska für Giannas körperliche Maße zu klein erschien, ein Waschbecken mit erstaunlich modernen Armaturen und eine Toilette. An der Toilette blieb ihr Blick hängen, bevor sie sich umdrehte und möglichst geräuschlos zur Treppe zurückging. Gianna war am Backofen beschäftigt und sah auf, als Leska herunterkam, den Rucksack über der Schulter. Die Italienerin wirkte glücklich und entspannt, wie jemand, der absolut mit sich selbst im Reinen ist.

»Ich denke, du duschst?«, fragte sie. »Hast du das Badezimmer nicht gefunden?«

Leska trat nah an sie ran. »Gianna«, flüsterte sie eindringlich, »hast du derzeit einen Mann im Haus?«

Gianna sah sie erstaunt an.

»Irgendeinen Mann«, wiederholte Leska. »Als Liebhaber, als Freund, als Handwerker, irgendeinen?«

Gianna runzelte leicht die Stirn. »Nein«, sagte sie, »warum fragst du?«

»Klappst du an deiner Toilette im Badezimmer die Brille hoch, wenn du musst?«

Gianna schüttelte den Kopf.

»Oder hast du irgendwas reingegossen, Suppe, alte Speisereste, was weiß ich?« Leska überlegte. »Oder geputzt? Gestern? Heute?«

Gianna verneinte erneut. »Essen entsorge ich hier unten, und mein Putztag ist der Montag. Also morgen, oder besser, heute.«

Sie sahen einander an.

»Hier ist oder war ein Mann im Haus«, flüsterte Leska. »Die Brille ist oben. In deinem Badezimmer. So pinkelt nur ein Mann!«

Gianna machte einen kleinen Seitwärtsschritt zu der großen Arbeitsplatte neben dem Herd und zog ein langes Fleischermesser aus einem großen Messerblock, der neben allerlei Küchengeräten an der grün gekachelten Wand stand. »Das will ich doch mal sehen«, sagte sie.

»Geh nicht alleine, warte!« Leska zog ihre Pistole heraus und entsicherte sie. »Hat das Haus auch einen Keller?«

Gianna schüttelte den Kopf.

»Und was ist oben noch?«

»Da ist das Wohnzimmer. Und ein kleines Arbeitszimmer, das war früher das Zimmer meines Sohnes.«

Leska nickte. »Dann wartet er oben auf dich. In einem der Zimmer. Oder im Schrank. Im Schlafzimmer.« Sie versuchte sich an den Schlafzimmerschrank zu erinnern. War die Tür zu? Oder nur angelehnt? Sie hatte vor sich hingemurmelt. Hatte er sie durch den Türspalt beobachtet? Dann wäre ihm auch ihr schneller Rückzug aufgefallen.

»Warum sollte mir einer von den Männern auflauern?« Gianna wog ihr Messer in der Hand.

»Du hast den Kerlen einen Millionendeal versaut. Rache? Ein normaler Einbrecher wird es wohl nicht sein.«

Gianna schüttelte den Kopf. »Hier gibt es nichts zu holen. Leider«, fügte sie hinzu, legte den Finger auf den Mund und schlich in den dunklen Gastraum. Wie schon zuvor fiel Leska auf, wie geschickt sie sich bewegte. Als wäre sie nicht von voluminösen Kleidungsstücken umhüllt, sondern als würde sie völlig frei und körperlos dahinschweben. Wie an Luftballons.

Leska ging hinterher und gab ihr Rückendeckung. Vielleicht kam er ja in dieser Minute die Treppe hinunter. Das wäre vom Gastraum aus nicht zu sehen. Gianna hatte alle Lampen eingeschaltet und war schnell durch. Die Bar war klein und übersichtlich, die einzige Möglichkeit wäre hinter dem Tresen gewesen, aber da war niemand.

Die Eingangstür war verschlossen und auch sonst kein Fenster beschädigt. Gianna schimpfte leise auf Italienisch. Leska hob kurz die Hand, und Gianna blieb stehen.

»Was?«, fragte sie leise.

»Hier zieht es!« Leska drehte sich langsam um ihre eigene Achse. Von irgendwoher kam ein Luftzug, der vorher nicht da gewesen war.

Auch Gianna sah sich nun suchend um.

»Hier unten ist alles zu«, erklärte sie. »Aber ich spüre es jetzt auch. An meiner Wange.« Sie drehte den Kopf in alle Richtungen. »Von links.« Dort lagen die Küche, der Hintereingang und die Treppe in den ersten Stock.

Sie packte ihr Messer fester und hielt es vor sich, während sie durch die kleine Küche zur Treppe ging.

»Oben!«, sagte sie zu Leska. »Du hast recht!«

Sie ging vor und legte nun keinen Wert mehr darauf, leise

zu sein. Die Holztreppen knarzten bei jedem Schritt, und Leska blieb mit ihrer Pistole knapp hinter ihr. Egal, wer dort oben auf der Lauer lag, mit einem solchen Empfang hatte er sicher nicht gerechnet.

Vor der Schlafzimmertür blieben sie stehen. Sie war wieder zugefallen. Gianna stieß sie mit einer Hand so kräftig auf, dass sie gegen die dahinterliegende Zimmerwand knallte. Das matte Deckenlicht brannte noch. Leska blieb in der Tür stehen, während Gianna die Schranktür aufriss und gleich darauf ins Badezimmer weiterging.

»Stehpinkler«, sagte sie, als sie zurückkam. »Idiot!«

Nur gut, dass er Stehpinkler war, dachte Leska, sonst hätte er sie überrumpelt. Angefangen bei ihr, nackt unter der Dusche.

Das nächste Zimmer war ebenfalls leer. Auf einem schmalen Tisch an der Wand standen eine Rechenmaschine und ein Computer, und jede Menge Rechnungen und Belege lagen, mit einem flachen Stein beschwert, daneben. Einige Regale mit Akten, aber auch hier war das Fenster zu und intakt. Der Luftzug kam von nebenan, vom Wohnzimmer. Sie blieben beide vor der Tür stehen, die einige Zentimeter über den Holzdielen endete. »Da muss ein Fenster offen sein, dass es so zieht«, erklärte Leska.

»Ja, das ist extrem«, fand auch Gianna. »Aber wenn einer drin ist, sieht er jetzt im Flurlicht unsere Füße.«

Leska schüttelte nachdenklich den Kopf. »Ich glaube nicht, dass der noch wartet.«

Sie sahen einander an, und Gianna griff entschlossen nach der Türklinke. In diesem Moment ging mit einem leisen Klicken das Licht aus.

»Merda!«, entfuhr es Gianna. »Der ist an meinem Siche-rungskasten!«

Leska drehte sich um, in Richtung Treppe. »Und wo ist der?«

»Unten, am Hintereingang.«

Leska griff nach ihrem Rucksack, den sie über der Schulter trug, und stellte ihn auf dem Boden ab. »Okay, Gianna«, sagte sie. »Ich schau jetzt, ob das Zimmer frei ist, und dann schließt du hinter mir ab.«

»Glaubst du, ich lass dich alleine?«

Leska zog die Augenbrauen hoch, aber da sie Gianna kaum noch sehen konnte, kniete sie sich hin, kramte in ihrer Tasche und zog eine Lampe heraus. »Ich habe das hier«, sagte Leska und hielt sie Gianna dicht vor die Augen, »und außer-dem die Waffe.«

Gianna sagte nichts.

»Das heißt …«, fuhr Leska leise fort und ließ den Rest des Satzes in der Luft hängen. Sie öffnete die Tür und schlüpfte hinein. Gleichzeitig schaltete sie die Lampe ein, und der Lichtkegel fiel sofort auf das weit offen stehende Fenster. Mit zwei Schritten war sie dort und leuchtete hi-naus. Verdammt einfach, dachte sie. Der Kerl ist über das Dach des angebauten Schuppens verschwunden. Gianna trat neben sie.

»Da kennt sich jemand aus«, sagte Leska und schloss das Fenster. »Und jetzt auch noch der Sicherungskasten. Wir müssen aufpassen, dass er nicht über die Treppe raufkommt.«

Gianna schimpfte wieder auf Italienisch.

»Du weißt, wer's ist, stimmt's?«, fragte Leska, ging dabei aber schon zurück zur Tür. Sie schaltete die Taschenlampe aus und nahm die Waffe aus ihrem Hosenbund. »Ich schau mir das mal an.«

»Leska!«

»Schon gut«, winkte sie ab. »Ich weiß, was ich tue!«

Gianna sagte nichts mehr. Mit einem leisen ›Klick‹ drückte sie hinter Leska die Tür zu.

Leska schloss die Augen, um sich an die Dunkelheit zu gewöhnen, und horchte in sich hinein. Aber da war keine Angst, sie fühlte sich stark. Sie wollte wissen, wer dieser Typ war, und vor allem, was er vorhatte.

Sie rief sich das Treppenhaus in Erinnerung, tastete sich an der Wand entlang bis zum obersten Absatz und blieb dort stehen. Etwas raschelte. War das ein menschliches Rascheln? Oder hatte eine Maus ihr Abendessen entdeckt? Leska war sich nicht sicher und rührte sich nicht. Alle Sinne aufs Lauschen konzentrieren, befahl sie sich und schloss die Augen. Aber es tat sich nichts mehr, und ihre Neugierde wuchs. War der Eindringling schon weg? Oder stand er unten an der Treppe und lauschte wie sie? Die Stufen knarrten, das wusste sie. Sie würde ihn hören, wenn er hinaufschleichen wollte. Sie selbst käme aber auch nicht ungehört hinunter. Was sollte sie also tun? Oder, durchfuhr es sie, probierte er es möglicherweise wieder über das Schuppendach?

Sie musste es wissen. Vorsichtig tastete sie mit dem Fuß nach unten, auf die nächste Stufe. Zuerst mit der Fußspitze, dann gab sie mehr Gewicht darauf. Lautlos, stellte sie fest, es knarrte nichts. Ganz am Rand waren die Stufen fest. Sie hielt die Taschenlampe weiterhin in der linken Hand, bereit, sie blitzschnell anzuknipsen. Rechts die Waffe. Stufe für Stufe schlich sie hinunter. Immer wieder blieb sie stehen, um zu lauschen. Sie hörte nichts.

Unten wurde es ein wenig heller. Sie konnte den Raum erkennen, aber es war schwierig, irgendetwas genau zu sehen. Durch die kleinen Fenster drang kaum Licht, dunkle Schatten überall. Leska überlegte. Sie könnte jetzt ihre Taschenlampe einschalten. Aber damit würde sie zur Zielscheibe, sollte er eine Waffe tragen. Sie drückte sich erneut an die Wand und schlich weiter hinunter. Bewegte sich einer der Schatten? War das in der Ecke die Silhouette eines Mannes oder nur ein großer Schattenwurf? Sie war sich nicht sicher. Sie verengte ihre Augen zu Schlitzen, aber es nützte nichts, sie sah deswegen nicht besser. Noch eine Stufe. Gleich war sie unten. Da kam der Schlag. Direkt in ihren Magen.

Sie klappte zusammen, die Luft blieb ihr weg, und die Taschenlampe flog ihr aus der Hand. Sie fiel nach vorn und rang nach Atem. Solarplexus, dachte sie. Dass er einfach neben der Treppe stand, damit hatte sie nicht gerechnet. Ein Tritt fuhr neben ihr in die Holzstufe. Sie drehte sich im Liegen um. Er stand fast über ihr. Ein zweiter Tritt traf sie in die Nieren. Ein stechender Schmerz zuckte durch ihren Körper. Sie würgte. Die Pistole ist noch da, signalisierte ihr Gehirn. Sie lag schwer in ihrer Hand. Wieder ein Tritt, diesmal spürte sie ihn nicht mehr. Leska hob die Waffe. »Bleib stehen!«, keuchte sie. Sein Gesicht konnte sie nicht erkennen, aber er zögerte, das sah sie an seiner Haltung. Unentschlossen verharrte er. »Eine Bewegung, und ich schieß dir in die Eier!«

Konnte er die Pistole in der Dunkelheit überhaupt sehen? Leska rutschte nach hinten, die Pistole weiterhin auf seinen

Unterleib gerichtet. Sie richtete sich langsam auf. Ihre Rippen schmerzten.

»Was willst du?«, fragte sie und kämpfte gegen ihre Übelkeit an.

»Wo ist das Auto!« Er sagte es langsam, als suche er nach den deutschen Wörtern. Seine Stimme klang harsch, und er formulierte keine Frage, sondern einen Befehl.

»Es ist nicht dein Auto!«

War es Giannas Neffe? Er wirkte älter. Entschlossener. Er würde nicht so schnell aufgeben. Und er war immer noch zu nah an ihr dran.

»Einen Schritt zurück!«, sagte sie. Er rührte sich nicht. Hatte er sie nicht verstanden, oder wollte er nicht? Leska hielt die Pistole jetzt in beiden Händen und zielte mit gestreckten Armen auf ihn.

»Einen Schritt zurück«, wiederholte sie.

»Wo ist das Auto?«

»Niccolò!« Giannas Stimme. Sie stand oben an der Treppe. Er sagte nichts. Gianna zögerte. Offensichtlich war sie sich nicht sicher.

Er sagte etwas auf Italienisch. Kurz und abgehackt. Gianna antwortete. Dann ergoss sich ein Redeschwall über sie. Gianna antwortete und kam dabei tastend die Treppe herunter.

»Gianna!«, warnte Leska, ohne den Mann aus den Augen zu lassen. »Er ist gefährlich!«

»Er ist mein Schwiegersohn. Er hat Schulden, sagt er. Wettschulden. Und der Boss dieser Autodiebe erpresst ihn.«

»Gianna! Bleib stehen! Er wollte mich umbringen!«

»Er gehört zu meiner Familie, Leska. Der Mann meiner Tochter.«

»Was heißt das jetzt?«, fragte Leska.

»Blut ist dicker als Wasser!«, sagte der Mann vor ihr langsam, und Leska hörte einen Unterton heraus, der ihr nicht gefiel.

»Schwenkst du jetzt um?«, fragte sie die Treppe hinauf.

»Leska, das musst du verstehen. Lass uns darüber reden, eine Lösung finden.«

Inzwischen war Gianna nur noch wenige Treppenstufen über ihr.

»Nichts muss ich«, fauchte Leska. »Er hätte mit dir reden können, dazu muss er dich nicht überfallen!«

»Jetzt geht es um dich!«, sagte Niccolò. »Nur du kannst deinen Freund zurückrufen.«

Leska rannte los, die Waffe im Anschlag. »Weg!«, schrie sie Niccolò an und lief an ihm vorbei zur Hintertür. »Und du bleibst, wo du bist«, rief sie Gianna zu, dann stürzte sie hinaus. Verdammt, dachte sie. Ihr Rucksack stand oben an der Tür. Wieder einmal musste sie alles zurücklassen.

Brunos BMW stand dunkel im Hof. Davor ein anderes Auto. Quer. Es verstellte ihr den Weg. Sie lief hin. Abgeschlossen. Hinter dem BMW das Garagentor. Sie würde einige Male vor- und zurücksetzen müssen. Dafür blieb keine Zeit. Sie hörte die Haustür zufallen. Er war bereits hinter ihr her. Da fiel ihr der Roller ein. Er stand noch am Vordereingang der Bar. Sie lief hin, die Pistole in der Hand. Die steckte sie sich in den Hosenbund, während sie den Motor startete. Er sprang sofort an, und Leska sauste ohne Licht los, bog zwischen den Häusern wahllos links und rechts ab, bis sie eine dunkle Garageneinfahrt sah. Sie machte den Motor aus und rollte hinein. Hier war sie in der Dunkel-

heit unsichtbar. Er würde die kleine Landstraße entlangfahren.

Sie stellte den Roller ab und streckte sich. Ihre Seite
schmerzte. Noch mehr aber schmerzte der Verrat. Gianna
hatte sich auf die Gegenseite geschlagen. War so etwas möglich? Blut ist dicker als Wasser. Was für eine Familie! Sie dachte
an ihre eigene. Oder die von Valentin. Überall war es ver-
korkst. Gab es eigentlich nichts Normales?

Und jetzt stand sie hier in der Dunkelheit an einer frem-
den Garage. War das nicht ein Irrsinn? Sie überlegte, was
nun zu tun war. Um lange herumzustehen, war ihr die Nacht
zu kühl. Sie konnte vieles ertragen, aber Frieren war ihr ein
Graus. Sie fasste sich an die Seite. Schwiegersohn. Super! Ob
der immer so brutal war? Vielleicht sogar gegen seine eigene
Frau?

Blut ist dicker als Wasser. Der Satz wollte ihr nicht aus
dem Kopf, und plötzlich meldete sich ein Gedicht. »Familie«, rezitierte sie im Stillen, »kostbarstes Kleinod / Auf dieser Erde, / Rettender, schützender / Hafen auch. / Im Glück /
Wirst du in ihr / Geborgen sein, / Im Unglück / Bist du nicht
allein. / Familie zieht / Den schützenden Kreis. / Wohl dem, /
Der sich in ihr / Geborgen weiß.«

Sie hätte heulen können. Geborgenheit. So ein Scheiß-
wort. Wo war sie in ihrem Leben nur ein einziges Mal geborgen gewesen? Immer draußen, vor der Tür? Immer vor den
Fenstern, nie dahinter. Wie konnte dieser Mensch von Geborgenheit sprechen? Familie, das war Zerfleischung, Verrat,
Flucht.

Flucht. Dieser Gedanke brachte sie in die Realität zurück.
Sie musste an ihren Rucksack ran, sie brauchte ihr Handy.

Und ihre Papiere. Und sie brauchte den BMW. Ewig würde dieser Idiot dort nicht stehen bleiben. Aber Gianna? Was, wenn Brunos BMW nun auch die Kartoffellähmung hatte?

Egal. Der Plan war: zurück. Anschleichen und die Lage checken, dann handeln. Sie war Leska. Sie war 23 Jahre alt. Sie war stark. Und verliebt. Bei diesem Gedanken stockte sie erneut. War sie das? Verliebt? Valentins Gesicht tauchte vor ihr auf. Es entlockte ihr ein Lächeln. Er war nicht besonders stark. Da hatte sie andere Kaliber gekannt. Aber genau das sprach sie an. Seine warmherzige Art. Sein tiefer Blick, sein Humor, seine Worte. Er konnte über sich selbst lachen, das war selten. Er war liebenswert. Und genauso verletzlich wie sie selbst. Wusste er überhaupt, was Liebe war? Wusste sie es denn?

Vielleicht hatte das Schicksal sie zusammengeführt, um das herauszufinden?

Sie schlug mit der flachen Hand auf den Rollersitz. Es hallte erschreckend laut in der stillen Nacht.

Leska zuckte zusammen. Das hatte sie nicht bedacht. Sie lauschte. Aber sie hörte nur die Zikaden, die überall und nirgends waren. Gut, dachte sie, Leska, du musst handeln.

Jetzt.

Sie startete den Roller und fuhr zur Straße zurück. Hinter ihr ging im Haus ein Licht an. Sie sah es im Rückspiegel und lächelte. Gut, dachte sie. Das Leben hält auch für dich ein Licht bereit. Und vielleicht heißt es Valentin …

Sie fand die Straße zur Bar wieder und stellte den Roller hinter einer Hecke ab. Sie war weit genug entfernt, Gianna konnte sie nicht gehört haben.

Valentin, dachte sie. Ich schaffe das. Ich komme. Ich krieg das hin.

Sie war jetzt voller Tatendrang. Am liebsten hätte sie gesummt, aber das verkniff sie sich. Die Straße war dunkel und der Asphalt voller Aufwölbungen und Schlaglöcher. Sie konzentrierte sich auf das, was sie nun vorhatte. Über das Schuppendach zu klettern, ihren Rucksack zu holen und in einer Ecke abzuwarten, bis der Weg frei war. Sie hatte ein Ziel, und sie war immer am besten, wenn sie ein Ziel hatte.

Der Platz vor der Bar lag leer und friedlich da. Leska entschied sich für den Umweg, dicht an den Häusern entlang. Seltsam, dachte sie, während sie selbst zum Schatten unter Schatten wurde, weshalb hatte Niccolò sich nicht vorher mit Gianna verbündet? Weshalb erst diese Aktion?

Sie misstraute plötzlich seiner »Blut-Wasser-Theorie«. Vielleicht war ihm Giannas Leben ja so egal wie das ihre? Erhielt nur Gianna die idealistische Vorstellung von Familie aufrecht? Was, wenn er Gianna traktierte, nun, wo er mit ihr allein war?

Leska spürte eine Gänsehaut im Nacken. Wie einen kalten Griff. Sie lief schneller. Stand sein verdammtes Auto noch immer da? Sie musste erst um das Haus herum, um es zu sehen. Das war die kritische Minute, denn wer aufpasste, musste sie unweigerlich entdecken. Leska sah hinauf, in den Himmel. Einzelne Sterne, der Mond verhangen, alles bleigrau. Wie spät war es? Sie schätzte drei Uhr. Wann ging die Sonne auf? Im September? Sie dachte nach, aber ihre Gedanken überschlugen sich: Um sieben Uhr? Egal, noch schützte sie die Dunkelheit. Sie setzte ihre Schritte so leise wie möglich. Keine Geräusche. Jedenfalls nicht mehr als der ewige Klangteppich der Zikaden. Die Häuser, an denen sie vorbeischlich, waren grau und sahen unbewohnt aus. Die Fenster wirkten wie dunkle Löcher. Ein Geisterdorf, dachte Leska, und es schüttelte sie.

Jetzt war sie an der Ecke und sah in den Hof. Der Wagen war weg, der BMW war startbereit.

War das eine Falle?

Leska blieb regungslos stehen, sah sich nach allen Seiten um. Zähl bis hundert, befahl sie ihrem aufgeregten Verstand. Alles pochte in ihr, sie glaubte, ihr eigenes Blut rauschen zu hören, trotzdem wartete sie. Dicht an eine Hecke gedrückt, fühlte sie sich unsichtbar.

Wieder versuchte sie die Dunkelheit zu durchdringen. Aber je mehr sie sich anstrengte, umso mehr verschob sich ihre Wahrnehmung. Am Schluss sah sie nur noch Silhouetten oder Schatten, die sich plötzlich bewegten. Schließlich gab sie es auf.

Die Nacht ist die Königin der Schatten, dachte sie. Woher kam dieser Satz? Sie wusste es nicht. Aber es stimmte. Es war jetzt. Es war hier.

Leska ging weiter, nun hatte sie nur noch das Schuppendach im Kopf. Egal wo er stand, der Schwiegersohn, sie würde mit ihm fertigwerden. Sie zog die Waffe heraus und schlich sich an dem BMW vorbei zum Schuppen. Nichts. Sie hörte nichts, und sie sah nichts. Unterhalb des niedrigen Schuppendachs blieb sie stehen. Dann steckte sie die Pistole in ihren Hosenbund und streckte die Arme nach oben aus. Wellblech. Sie stieß sich dreimal federnd vom Boden ab, dann war sie oben. Es war wirklich keine Kunst. Aber das Fenster war zu. Sie selbst hatte es geschlossen. Und jetzt? Einschlagen? Sie presste ihr Gesicht an die Glasscheibe. Trogen sie ihre Sinne, oder bewegte sich da etwas? Sie sah kurz weg, um ihren Blick zu schärfen, dann starrte sie wieder hin. Am Boden. Auf dem Teppich. Groß. Unförmig. Ein Mensch. Gianna?

Erneut sah sie weg, über das Schuppendach in die Dunkelheit und gleich wieder zurück durch die Scheibe in das Zimmer. Verdammt. Sie war sich nicht sicher. Doch! Etwas bewegte sich!

Leska griff nach ihrer Pistole, brachte sich in Deckung und schlug mit dem Griff die Scheibe ein. Das Glas barst, Splitter flogen in alle Richtungen, Leska spürte etwas an ihrem Handrücken, aber sie beachtete es nicht. Der Weg war frei, sie fasste hinein, drehte den Griff und öffnete das Fenster.

»Leska.« Es war mehr ein Stöhnen als ein Wort.

»Gianna!«

Noch war sie sich nicht sicher, ob es nicht eine familiäre Blutsfalle war, aber sie schob die Glasscherben mit ihrer Waffe beiseite und schwang sich über den Fensterrahmen hinein.

»Leska …«

Gianna hauchte mehr, als dass sie sprach. Und Leska vergaß ihre Vorsicht. Sie stürzte hin zu diesem sackähnlichen Etwas, das da mitten im Zimmer lag.

»Leska, es ist meine Tochter!«

»Warte! Geht das Licht wieder?«

Die Tür war geschlossen, Leska tastete den Türrahmen ab. Daneben musste der Lichtschalter sein. Sie fand ihn. Ein alter Kronleuchter flammte auf und offenbarte Leska, was sie befürchtet hatte: Gianna, sich vor Schmerzen krümmend, lag blutend am Boden.

»So ist das mit dem Blut, das dicker ist als Wasser«, konnte sich Leska nicht verkneifen zu sagen.

Gianna hustete nur.

»Ist er noch da?«, fragte Leska dann.

Sie stand mitten im Raum, bereit, bei dem kleinsten Geräusch sofort zu agieren.

Gianna schüttelte schwach den Kopf.

Leska öffnete langsam die Tür, ihr Rucksack lehnte noch an der Wand, sie zog ihn zu sich herein.

»Verdammt, Gianna! Wie konnte das passieren!«

Gianna versuchte zu antworten, hustete aber nur wieder. Leska schloss die Tür ab und kniete sich neben sie. Giannas Gesicht war geschwollen. Die Lippe dick und aufgesprungen, gestocktes Blut klebte an der Wunde. Das eine Auge hatte sie geschlossen, es war angeschwollen und würde morgen violett sein. Aber mehr noch befürchtete Leska, dass Gianna am Unterleib verletzt war. So gekrümmt, wie sie da lag, musste er sie getreten haben.

»Wo tut es weh? Die Nieren? Der Rücken?«

»Egal! Du hättest ihn erschießen sollen. Es war mein Fehler.«

»Du brauchst einen Arzt!«

»Meine Tochter. Bei einem solchen Mann!«

»Deine Tochter, Gianna! Darüber können wir jetzt nicht philosophieren. Ich muss einen Arzt anrufen. Wo ist die Nummer?«

»Er wollte wissen, wo der Ferrari ist. Er wusste, dass ich auch in der Firma gewesen bin. Er kennt die Kartoffellähmung!«

»Was hast du ihm gesagt?«

»Dass ich es nicht weiß!«

Sie versuchte ihren Kopf zu heben, aber es fiel ihr zu schwer. Gianna hustete noch einmal.

Leska schob ihr ein Sofakissen unter den Kopf. Ihre Rippen pochten, und ihre ganze Seite schmerzte.

»So ein Arschloch!«, fluchte sie dabei. Gianna bestätigte das auf Italienisch. Ihre Hustenattacken machten Leska Angst. Was, wenn er ihr in den Brustkorb getreten hatte?

»Wie fühlt es sich an?«, fragte sie. »Sind die Rippen okay?«

»Sie bringen ihn um, wenn er das Geld für seine Wettschulden nicht beschafft.«

»Ah! Super! Und deshalb muss er dich umbringen!« Leska kniete neben ihr.

»Es ist seine letzte Chance, haben sie ihm gesagt. Er soll herausbringen, wohin der Ferrari verschwunden ist. Und Valentin.«

»Wie ist er denn hereingekommen, dein feiner Herr Schwiegersohn?«

»Er weiß, wo der Ersatzschlüssel liegt …«

Aha, dachte Leska. Deshalb hatte Gianna gleich einen Verdacht. War ja auch logisch.

»Und jetzt?«, wollte sie wissen.

»Ich habe ihm nichts gesagt. Valentin ist weggefahren. Wohin, weiß ich auch nicht. Das war alles!«

»Gianna, du bist die Beste. Aber jetzt brauchst du vor allem einen Arzt!«

»Bestimmt nicht. Ich bin mein eigener Arzt! Ich habe noch nie einen Arzt gebraucht!«

Giannas zerschlagenes Gesicht, die geschundene Gestalt in den schwarzen Kleidern, in denen sie sich vor Kurzem noch so graziös bewegt hatte und die nun wie riesige Trauerstoffe um sie hingen, trieben Leska die Tränen in die Augen. Immer wieder Gewalt, dachte sie. Hörte das nie auf? Es war wie ein roter Faden, der sich durch ihr Leben zog.

»Okay«, gab Leska nach und half Gianna aufs Sofa.

»Was ist mit Valentin?« Gianna suchte eine einigermaßen bequeme Position.

»Keine Ahnung«, sagte Leska. »Mein Handy hat seit Urzeiten keinen Saft mehr, ich weiß nicht, was mit ihm ist, ich weiß nicht, was mit seinen Eltern ist, ich weiß ja nicht mal, was hier eigentlich abgeht. Ich reagiere nur noch, ohne einen Zusammenhang zu sehen.« Sie betrachtete Gianna. »Gianna, du siehst aus … ich hole dir jetzt erst mal einen feuchten Waschlappen! Und hast du Medizin im Haus? Irgendwas gegen Schmerzen?«

»Ja!« Sie nickte. »Waschlappen im Badezimmer und Grappa in der Bar. Jede Menge.« Sie schöpfte Atem. »Er ist weg. Nimm aber trotzdem die Waffe mit. Wer weiß schon, wer noch alles kommt …«

Leska hatte ihr Ladekabel aus dem Rucksack genommen, und während sie ihr Handy auflud, verarztete sie Gianna, so gut sie es konnte. »Mein Schwiegersohn«, sagte Gianna ein ums andere Mal. »Meine Tochter hat mir nie was gesagt!«

»Vielleicht schämt sie sich.«

»Ich war gegen die Ehe!«

»Na, siehst du. Und warum?«

»Ein Aufschneider. Aber sie war verliebt und glaubte, allen anderen im Dorf den tollsten Kerl wegzuschnappen.«

»Zumindest den Hübschesten, wahrscheinlich.«

»Genau. Das war aber auch alles.«

»Tja!«

Gianna zögerte, dann griff sie nach Leskas Hand. »Verzeih. Wettschulden. So sinnlos! Ich dachte an meine Tochter ... Ich war nicht loyal. Ich war ...«, sie holte rasselnd Luft, »völlig konfus. Und ...«, sie sah Leska in die Augen, »völlig ...«, sie überlegte. Dann sagte sie: »Es war falsch!«

»Das war es!«, bestätigte Leska. »Trotzdem müssen wir jetzt weiterdenken.«

»Du bist eine starke Frau!« Gianna drückte ihre Hand.

»Du auch!« Leska erwiderte ihren Druck.

Sie sahen sich an.

»Dann müssen wir was tun!«

Aus Giannas verquollenem Mund klang das für Leska so bizarr, dass sie lachen musste. »Entschuldige, aber was stellst du dir vor?«

»Wir fahren nach Deutschland. Schließlich braucht Bruno seinen Wagen für die Rückfahrt.«

Leska sah sie kopfschüttelnd an. »Und du legst dich hinten auf die Rückbank? Sei mir nicht böse, aber in deinem Zustand?«

»Was heißt da: in meinem Zustand?« Gianna richtete sich auf. »Was glaubst du, wie viele Zustände ich in meinem Leben schon gehabt habe?«

Leska schloss kurz die Augen, gleich darauf nickte sie. »Andiamo heißt das dann wohl auf Italienisch.«

Leska schloss die Fensterläden vor dem kaputten Fenster, danach legte sie sich Giannas Arm über die Schulter und gemeinsam stiegen sie Schritt für Schritt die Treppe hinab. Leska fand ihre verloren gegangene Taschenlampe wieder, und Gianna stützte sich an der Arbeitsplatte ihrer Küche ab, während sie aus ihrem Kühlschrank einige prall gefüllte Frischhalteboxen herausholte. Leska bestückte damit einen halben Korb, und gemeinsam verließen sie das Haus.

»Es war nie das Leben einer Glücklichen«, sagte Gianna dabei, »aber stets das Leben einer Zufriedenen.«

Leska nickte. »Den Satz werde ich mir merken«, sagte sie.

»Aber jetzt ist es das Leben einer Fragenden«, fuhr Gianna fort.

Leska führte sie über den Hof und öffnete die Beifahrertür des BMW. Wenn dieser Schwiegersohn-Idiot eine Bombe installiert hat, ist alles zu spät, dachte sie, verwarf den Gedanken aber sofort wieder. Stattdessen fragte sie: »Das Leben einer Fragenden?«

»Ich stelle mein Leben infrage!«

Leska hielt Gianna fest, die sich langsam und stöhnend in den Sitz gleiten ließ. Erst als sie auf dem Fahrersitz saß, den Wagen gestartet hatte und nichts passiert war, fragte Leska: »Wie meinst du das?«

Es war kurz still.

»Darüber möchte ich jetzt nicht reden.«

Das Schweigen, das nach diesem Satz eintrat, war beredter als tausend Sätze.

Sie fuhren durch das Dorf und die schmale Landstraße hinunter.

»Denkst du, er lauert uns noch irgendwo auf?«, wollte sie von Gianna wissen.

»Wenn er das tut, dann erschießt du ihn«, war Giannas knappe Antwort.

Leska erwiderte nichts. Sie fragte sich selbst, wozu sie fähig wäre, und sie fand keine Antwort. Vielleicht lag es aber auch daran, dass sie einfach nur müde war. Und am ganzen Körper Schmerzen hatte. Kurz glitten ihre Gedanken zu ihrem Hotelzimmer, das um diese Uhrzeit sicherlich bequem zu beziehen wäre, aber mit Rücksicht auf Gianna beließ sie es dabei. Sie wollte sie nicht noch durch eine Hotelhalle zerren und der Gefahr einer Entdeckung aussetzen. Außerdem fand sie auch die Vorstellung eines gemeinsamen Doppelbettes nicht gerade prickelnd. Sie gähnte.

»Schaffst du das bis Deutschland?«, wollte Gianna sofort wissen.

»Wenn du mir den Weg zeigst«, antwortete Leska.

»Mach ich.« Gianna wies nach vorn. »Immer geradeaus.«

»Das hört sich schon mal gut an!«

Nach einer Weile begann Leska die Mittelkonsole mit dem Drehknopf und den verschiedenen Schaltern genauer zu untersuchen. Sie fand das Navi und gab München ein. Mehr brauchte sie im Moment nicht. Und an der Grenze würde sie dann schon weitersehen, das konnte sie jetzt nicht ändern. Wenn sie sie kontrollierten: Ab in den Knast. Valentin würde ihr nicht helfen können, wie auch, er hatte ja keine Ahnung, mit wem er da unterwegs war. Und ihr würde keiner glauben. Warum auch. Sie würde ihre Unschuld nicht beweisen können, und es gab niemanden, der für sie bürgen würde. Was würde Valentin in ihr sehen? Eine herumstreunende Gammlerin ohne Herkunft, ohne Perspektive. Und gelogen hatte sie auch noch. Eine Lügnerin.

Sie sah zu Gianna, weil sie einen seltsamen Ton hörte. Aber es war kein Schmerzenslaut, sondern ein leises Schnarchen. Gianna hatte ihren Kopf zwischen Nackenstütze und Fenster gelegt und schlief.

Gut, dachte Leska. Schlafen hilft. Hoffentlich hat sie gute Träume. Sie sah in den Rückspiegel. Seit einiger Zeit fuhr ein Wagen hinter ihr her, aber es war eine ganz normale Bundesstraße, und sicher hatte es nichts zu sagen, wenn zwei Autos eine Weile das gleiche Ziel hatten. Trotzdem ermahnte sie sich, auf der Hut zu sein. Nicht nachlassen, Leska, flüsterte sie. Die Nacht ist noch lang, der Weg weit, die Möglichkeiten zahlreich. Du musst mit allem rechnen. Das ist so. Im Leben wird dir nichts geschenkt. Und wenn doch, dann an anderer Stelle genommen. Nichts ist auf ewig. Die Liebe nicht und das Leben nicht. Aber das Leid auch nicht, dachte sie und fragte sich im selben Moment, wie es wohl Giannas Tochter ging. Wusste sie, was geschehen war? Hatte Niccolò auch ihr gegenüber Gewalt gebraucht?

Aber das war nicht ihr Problem. Jeder war für sich selbst verantwortlich. Jeder konnte sein Leben zu jeder Zeit selbst in die Hand nehmen. Es gab immer eine Alternative. Man durfte nur nicht stehen bleiben, das war tödlich. Leska nickte. Sie würde da vorn nach rechts in Richtung Deutschland abbiegen. Das war ihre Alternative. Die andere Richtung nach links hieß Süditalien. Aber sie hatte sich entschieden!

Über Bologna, an Verona vorbei, Trient, Bozen, Innsbruck, München. Sechs Stunden hatte das Navi ausgerechnet. Irgendwo auf der Strecke würde sie hoffentlich den Autotransporter einholen, schließlich war sie trotz der verlorenen Zeit schnell unterwegs. Der Gedanke machte sie munter. Und an der nächsten Autobahnraststätte könnte sie sich mit Getränken eindecken, dann würde sie gut durchhalten. Es durfte sie nur niemand anhalten. Also musste sie sich vor Radarfallen und Polizei in Acht nehmen. Sie suchte das

Lenkrad nach dem Tempomat ab. Und nachdem sie ihn gefunden hatte, klopfte sie sich innerlich auf die Schulter. Dafür, dass sie keinen Führerschein hatte, ging alles erstaunlich leicht.

Sie schaffte es bis zur Brennerautobahn, aber kurz vor dem Pass spürte sie, wie ihre Augenlider schwerer wurden. Links offen halten, rechts offen halten, das konnte nicht mehr lange gut gehen. Sie musste die nächste Raststätte anfahren. Kurz überlegte sie, Gianna zu wecken, aber sie schlief so fest neben ihr, dass sie diesen Gedanken wieder verwarf. Zehn Minuten Tiefschlaf, dachte sie, anschließend würde es wieder besser gehen. Sie wusste nicht mal, ob sie den Abschleppwagen überholt hatte oder nicht. Aber sie war sich auch nicht mehr sicher, wie er genau aussah. Und es war noch immer stockfinster. Das Kennzeichen hatte sie sich auch nicht gemerkt. Wie leichtsinnig war sie gewesen? Das Einzige, was sie hatte, war die Adresse von Valentins Elternhaus in München. Toll, dachte sie, während sie auf den nächsten Parkplatz fuhr, wenn Valentins Eltern dort in Schach gehalten werden, ist das der geeignete Platz für ein großes Familientreffen mit Ferrari.

Sie parkte neben dem nächsten großen Lkw und fiel sofort in Tiefschlaf.

Kaffeeduft weckte sie. Leska hielt die Augen geschlossen und hing noch ihren letzten Traumbildern nach. Aber sie waren so verworren, dass sie nicht mehr schlau daraus wurde. Sie reckte sich, doch nach der gekrümmten Schlafhaltung tat ihr alles weh. Dann öffnete sie die Augen. Gianna lächelte ihr zu, in der Hand einen Kaffeebecher und ein eingewickeltes

Croissant. »Guten Morgen«, sagte sie, und im fahlen Morgenlicht sah sie mit ihren Verletzungen so grotesk aus, dass Leska unwillkürlich lächeln musste. »Du siehst aus wie ein Alien …«, sagte sie.

Gianna nickte. »Ich fühle mich auch so. Irgendwie …«, sie suchte nach dem richtigen Wort, »breiter als sonst.« Sie reichte Leska ihr Frühstück und strich mit ihren Fingerspitzen vorsichtig über ihr geschwollenes Gesicht.

»Wird schon wieder!« Leska nickte ihr zu und richtete sich auf. »Eis wäre nicht schlecht gewesen, das hilft. Aber die Natur kriegt das auch so in den Griff. Bald bist du wieder genau so hübsch wie vorher.«

Gianna öffnete ihre Wagentür. »Kühle, frische Luft hilft vielleicht auch.«

Leska spähte hinaus, während sie von ihrem Croissant abbiss. »Gute Idee«, sagte sie dazu.

»Gute Raststätte«, entgegnete Gianna und zeigte zu dem Tankstellenbistro, das nicht weit entfernt war. »Ich hätte dir auch Spiegeleier mit Speck servieren können, konnte nur nicht alles tragen.«

»Und du?«

»Ich habe bereits gefrühstückt, mach dir keine Gedanken. Ich dachte eher, wir müssen bald weiter.«

»Stimmt. Es wird schon hell. Hab ich so lang geschlafen?«

»Kann ich nicht sagen, ich habe ja auch geschlafen.«

»Okay«, sagte Leska, steckte den Kaffeebecher in den Getränkehalter, legte sich das angebissene Croissant in den Schoß und startete den Motor. »München, wir kommen!«

Vor München blieben sie im Stau stecken, aber der Stadtteil Grünwald hatte den Vorteil, dass sie von Süden nicht durch ganz München hindurchmussten. Inzwischen war es Mittag geworden, und der Tag schenkte einen strahlend blauen Himmel und angenehme Temperaturen. »Ein richtig schöner Spätsommertag«, stellte Gianna fest. »Warm wie bei uns zu Hause!«

Leska nickte. »Ich sah des Sommers letzte Rose stehn, / Sie war, als ob sie bluten könne, rot; / Da sprach ich schauernd im Vorübergehn: / So weit im Leben, ist zu nah am Tod.«

Gianna warf ihr einen Blick zu. »Hast du nichts Fröhliches? Da wird es einem ja ganz anders.«

Leska grinste. »Doch, die Frage, ob du schon mal in einem bayerischen Biergarten warst.«

Gianna schüttelte den Kopf.

»Wenn wir das hier hinter uns haben, müssen wir das dringend nachholen!«

»Wie weit ist es denn noch?« Gianna sah hinaus. »Das sieht hier alles ziemlich teuer aus. Villen, schicke Autos, München scheint eine reiche Stadt zu sein!«

»Das hier ist so ein Reichenviertel«, entgegnete Leska. »Es gibt auch andere Gegenden. Laut Navi sind es noch etwa achthundert Meter.«

Leska fuhr an den Randstein. »Ein BMW mit italienischem Kennzeichen, das fällt in der Straße vielleicht auf? Aber wir müssen den Autotransporter finden. Blöd, dass die beiden kein Handy haben.«

Gianna zuckte mit den Schultern. »Früher ging's auch ohne!«

Leska nickte. »Aber einfacher ist es mit. Wir fahren langsam die Straße runter und schauen uns das Grundstück mal an. Nummer 74, hat Valentin gesagt.«

Sie rollten langsam durch die Straße. Leska spürte, wie sie feuchte Hände bekam. Sie malte sich tausend schreckliche Möglichkeiten aus. Aber sie hoffte nur auf eines, dass sie den Lkw fanden. Alles andere würde sich schon ergeben.

»Die Häuser stehen hinter hohen Mauern«, sagte Gianna. »Und tragen keine Hausnummern. Ich sehe zumindest keine.«

Das stimmte. Überall hohe Hecken oder Mauern, und überall an den Einfahrten waren Kameras angebracht.

»Tja«, bestätigte Leska, »das scheint der Preis des Reichtums zu sein.«

»Was meinst du?«

»Angst.«

Ihr Navi behauptete, noch zweihundertfünfzig Meter bis zum Ziel. »Das muss es sein«, sagte Leska. Sie rollten an einer hohen Ligusterhecke entlang, und tatsächlich, hier war an der Einfahrt eine Hausnummer angebracht.

»Bingo!« Gianna schnippte mit den Fingern. »74!«

»Sehr gut!« Leska fuhr langsam weiter. Durch die Gittertore der Einfahrt erhaschte sie einen kurzen Blick auf eine große Villa, aber sie bremste nicht. Sie fragte sich, wo sie den Wagen unauffällig abstellen konnte. Die Deckung zwischen parkenden Autos am Straßenrand fiel flach, weil es hier keine parkenden Autos gab. Nur eine schnurgerade Straße mit von Bäumen gesäumten Gehwegen. Alles wirkte so aufgeräumt und reinlich, als wäre die Straße eben gefegt worden.

»Verflixt!«, ärgerte sich Leska. Sie fuhr weiter, bis eine breitere Straße kreuzte. Und während sie schaute, ob rechts frei war, entdeckte sie den Lastwagen. Er stand vor einer Bushaltestelle.

»Gianna!«, rief Leska und schlug freudig aufs Lenkrad. »Das ist grandios! Es hat geklappt!« Es wurde ihr augenblicklich leichter ums Herz, denn so ganz hatte sie dem Frieden nicht getraut.

Sie parkten vor dem Autotransporter ein. Wo waren jetzt Bruno und Valentin? Leska stieg aus und betrachtete den Laster. War der Ferrari noch drin? Von außen konnte sie das nicht erkennen.

Gianna stieg ebenfalls aus. Ratlos gingen sie um den Lkw herum. »Wenn die noch länger vor einer Bushaltestelle stehen, werden sie am Ende glatt abgeschleppt«, sagte Leska. »Zumal mit italienischem Kennzeichen.«

Sie waren in keiner reinen Wohngegend mehr, rechts und links der Straße gab es einige Geschäfte.

»Weißt du, was ich denke?« Leska drehte sich zu Gianna um.

»Ja, du denkst, dass sie zu Valentins Eltern gegangen sind.«

Leska zwirbelte ihre langen Haare zu einem Knoten. »Zumindest zum Haus. Valentin hat ja sicher einen Hausschlüssel.« Sie ging erneut um den Laster herum. »Und die Bushaltestelle ist ohne Fahrplan. Und hat keine Bank. Scheint nicht in Betrieb zu sein.«

Gianna nickte. »Ja, stimmt. Das weiß Valentin natürlich. Also gehen wir auch zum Haus?«

Leska überlegte. War das sinnvoll? Sie würden vor dem Tor stehen und klingeln müssen. Oder sich über eines der

Nachbargrundstücke anschleichen. Am helllichten Tag. Von Kameras umgeben. Das war keine gute Idee.

»Wir warten besser«, entschied sie.

»Lass uns bis zur Straßenecke gehen«, widersprach Gianna. »Von dort aus sieht man wenigstens, ob sich in der Straße was tut.«

Sie würden in dieser menschenleeren Straße trotzdem auffallen, das war Leska klar, aber schließlich war es nicht verboten, irgendwo herumzustehen und sich zu unterhalten. Leska nahm ihren Rucksack aus dem Wagen, noch einmal wollte sie kein Risiko eingehen, und ging mit Gianna die Straße zurück. Valentin und Bruno kamen ihnen entgegen.

»Valentin!« Leska lief los und fiel ihm in die Arme.

»Muss Liebe schön sein«, sagte Bruno und mit Blick auf Gianna: »Wie siehst denn du aus?«

Valentin umschloss Leska und bedeckte ihr Gesicht mit kleinen Küssen. »Ich bin ja so froh, dich zu sehen«, flüsterte er, »so glücklich, dass du da bist, du kannst es dir überhaupt nicht vorstellen!«

»Und ich erst«, sagte Leska und holte tief Luft. »Zwischendurch habe ich wirklich gezweifelt ...«

»Wenn ich mir Gianna so ansehe ...« Valentin trat einen Schritt zurück. »Was ist denn passiert?«

»Nachher«, winkte Gianna ab.

»Und was ist mit deinen Eltern?«, wollte Leska von Valentin wissen.

»Kuriose Geschichte«, sagte Valentin, und Bruno verzog das Gesicht.

»Gut oder schlecht?«, wollte Leska wissen.

Valentin runzelte die Stirn. »Sie sind schier umgefallen, als ich plötzlich vor ihnen stand.«

Leska löste sich von ihm. »Das kann ich mir vorstellen. Sind sie wirklich von einer Entführung ausgegangen?«

»Das wollen sie mir gleich erzählen. Auf jeden Fall geht es ihnen gut. Wir fahren jetzt erst mal den Ferrari zum Haus. Und ihr könnt uns hinterherfahren.«

Als Gianna und Leska wieder im Wagen saßen, sahen sie einander an.

»Was denkst du?«, fragte Leska.

Gianna legte ihre kräftige Hand auf Leskas Unterarm. Das hatte sie noch nie getan.

»Ist es jetzt endlich vorbei?«, fragte Gianna sie.

Erst, wenn Bruno und du euren Lohn habt und ich nicht in den Knast komme, dachte Leska. »Ich weiß es nicht«, sagte sie und startete den Motor.

Bruno fuhr die Straße hinunter, und sie folgte ihm.

»Vor uns fahren zehn Millionen Euro spazieren«, meinte Leska. »Das muss man sich mal überlegen!«

»Wenn der Wagen noch drin ist«, sagte Gianna.

Leska musste lachen. »Das wäre ein Ding!«

Und es wäre ihr sogar egal gewesen, stellte sie fest. Das Einzige, was sie in diesem Zusammenhang interessierte, war Valentin. Sie fuhren zur Hausnummer 74 zurück. Bruno bremste, und vor ihnen öffnete sich das schmiedeeiserne Tor. Der Lkw fuhr hinein, auf ein Haus zu, das die opulente Kulisse für einen Südstaatenfilm hätte abgeben können.

»Protziger geht es wohl nicht«, sagte Leska und schüttelte den Kopf. All die Erker und Säulen, Terrassen und Sprossenfenster. Man war fast geblendet, so grell brach sich das Licht im strahlenden Weiß der Fassade.

»Madonna!« Gianna starrte hinaus. »Was ist denn das? Sieht aus wie ein riesiges Sanatorium.«

Zwei Menschen standen etwas verloren im Eingang. Leska erkannte Valentins Eltern. Sein Vater hatte den Arm um die Schultern seiner Frau gelegt.

Nachdem das Tor wieder hinter ihnen zugeglitten war, löste sich Valentins Mutter von ihrem Mann und lief auf die Beifahrertür des Lasters zu.

Leska beobachtete, wie Valentin aus der Beifahrertür sprang. Immerhin, dachte sie, jetzt erlebt Valentin doch mal echte Emotionen. Seine Mutter lag in seinen Armen und weinte offensichtlich. Sein Vater kam langsam näher und legte ihm eine Hand auf die Schulter. So standen sie eine Weile, bis Valentin sich frei machte und nach Leska umsah. Er winkte ihr zu, und auch Bruno stieg jetzt aus.

»Komm«, sagte Leska zu Gianna, die sich tief in ihren Sitz drückte.

»Ich weiß nicht …«

»Doch, komm, wir gehören alle zusammen.«

Valentins Vater schaute Leska an. »Na, da hast du ja ganz schön viel Wirbel in Valentins Leben gebracht.«

»Ich wollte eigentlich nur mit meiner Freundin in Zell am See Urlaub machen«, gab sie zurück.

»Das ist dir prima gelungen!« Er reichte Leska die Hand. »Ich heiße Werner. Ich denke, wir können uns duzen. Meine Frau ist die Susanne!«

Sie stellten sich einander vor, dann wollte Werner nach dem Wagen sehen. »Ist er überhaupt noch da?«, fragte er, während sie nach hinten an die Laderampe gingen. Gianna warf Leska einen Blick zu, und Leska konnte sich ein Grinsen nicht verkneifen. Vielleicht hatte es Bruno ja geschafft, Valentin ein weiteres Mal in Tiefschlaf zu versetzen, und hat ... Aber nein, das war Unsinn. Bruno öffnete die Rampe, und ihr Blick fiel auf das rote Heck des Ferrari.

»Prima!« Werner nickte Bruno zu. »Und jetzt sollten wir mal versuchen, unsere Puzzleteile zu einem Bild zusammenzufügen.« Er sah sich nach Valentin um. »Und zwar am besten im Haus.«

Er ging ihnen durch eine hohe marmorne Eingangshalle voraus in einen Raum, der wie ein überdimensionales Büro mit Besprechungstisch wirkte. »Setzt euch schon mal«, sagte er. »Was möchtet ihr trinken?« Und während sich Susanne um die Getränke kümmerte, legte er ein DIN-A4-großes Foto auf den runden Tisch und sah gespannt in ihre Gesichter. Valentin zog es zu sich hin und betrachtete es genauer.

»Aber das bin ja ich«, sagte er und runzelte die Stirn. Dann schob er es zu Leska weiter. »Wie kommt das denn zu euch?«

»Per Mail. Mit der Aufforderung, zehn Millionen bereitzuhalten. Und keine Polizei. Sollte ich nicht spuren, käme zuerst ein kleiner Finger von dir, dann ein Ohr, dann der zweite kleine Finger, dann das andere Ohr, dann ...«

»Hör auf!«, sagte Valentin. »Das ist ja widerlich.«

Es zeigte Valentin im Container, zusammengesunken in dem ledernen Ohrensessel. Er sah aus, als wäre er schon fast tot, verstärkt noch durch das Blitzlicht und die staubige Umgebung.

Valentin gab es weiter, Bruno sah es sich an, schob es Gianna zu, sagte aber nichts.

»Mamma mia!« Gianna schüttelte den Kopf.

»Ohne Gianna wäre ich da nicht mehr herausgekommen«, erklärte Valentin. »Sie hatte die Eingebung, wo ich und der Ferrari versteckt sein könnten. Sie und Leska haben mich da herausgeholt.«

»Und dabei sind Sie auch zwischen die Fronten geraten?«, wollte Werner wissen und deutete auf Giannas Gesicht.

»Zumindest hat sie sich bei den Typen nicht beliebt gemacht«, sagte Leska. »Ihre Hilfsbereitschaft ist für sie nun lebensgefährlich.«

Werner betrachtete sie schweigend, Susanne stellte ein Tablett mit Gläsern und Flaschen ab.

»Dann sind Sie also der Schlüssel zur Rettung meines Sohnes?«, fragte sie und setzte sich neben Gianna.

»Und Bruno hat den Ferrari gerettet«, sagte Valentin.

Bruno fuhr sich über seine Haare. »Und vorher?«, wollte er wissen. »Vor diesem Foto?«

»Ja«, fiel Valentin ein, »wie ist es denn losgegangen?«

Susanne beugte sich etwas vor. Sie sah ungeschminkt und in ihrem lockeren Hausanzug deutlich besser aus als in ihrem engen schwarzen Kleid, fand Leska.

»Deinem Vater ging es wirklich schlecht. Und zwar von Stunde zu Stunde schlechter. Ich habe ihn so schnell wie möglich nach Hause gefahren. Da lag er mehr tot als lebendig im Bett. Wollte aber keinen Arzt.« Sie sah Valentin an. »Du kennst ja deinen Vater.«

Valentin nickte.

»Und am nächsten Morgen klingelte es«, fuhr Werner fort, »ich lag im Bett, deine Mutter drückte das Tor auf, und plötzlich stand dieser Typ mit einer Pistole hier im Haus, zeigte Fotos von Valentin und dem Ferrari und erklärte, beide seien in seiner Gewalt.«

»Unglaublich!«, sagte Valentin. »Als wir angerufen haben, saßen Leska und ich völlig unbehelligt im Auto.«

»Allerdings nach einem Überfall in der Parkgarage«, korrigierte Leska ihn. »Und dich hatten sie mit deinen Bellinis schachmatt gesetzt.«

»Wie sah der Kerl aus?«, fragte Bruno.

»Ein Italiener, ein Bulle. Mitte dreißig. Eiskalt, völlig emotionslos. Er kam mir vor, als führte er nur einen Auftrag aus.«

»Hm.« Bruno überlegte.

»Und die Fotos zeigten den Wagen ohne Insassen vor einer grauen Betonwand«, beschrieb Werner, und Leska nickte. »Okay, das war die Garage in Venedig. Ohne den Rolls-Royce daneben sah das sicherlich so aus«, überlegte sie. »Und Valentin?«

»Hinter einer Tür mit einem vergitterten Fenster in Kopfhöhe.«

Valentin schüttelte den Kopf. »Das muss eine Fotomontage gewesen sein!«

Leska trommelte mit ihren Fingerkuppen auf den Tisch. »Ja, Valentin, irgendwie … Ich weiß, dass da was war! Nur wo?«

Sie sahen sich an.

»In der Kirche«, schoss es ihr in den Kopf. »Die Ausstellung über Leonardo da Vinci. Dieser Typ, der uns unbedingt fotografieren wollte. Das Foto zwölf Euro, hat er gesagt. Erinnerst du dich?«

»Stimmt, daran hätte ich nicht mehr gedacht«, meinte Valentin.

»Da war euch also jemand von Anfang an auf der Spur.«
Brunos wache Augen hefteten sich auf Werner. »Ohne Tipp
geht das nicht. Aber wer war das?«

Werner zuckte die Achseln. »Keine Ahnung. Erzählt erst
mal ihr von Anfang an.«

»Habt ihr Hunger?«, fragte Susanne dazwischen. »Dann
bestelle ich den Pizzadienst.«

»Oder ich mach uns eine Lasagne«, bot sich Gianna an.

»Endlich unsere Lasagne«, sagte Leska und blinzelte ihr zu.

Leska und Valentin erzählten abwechselnd bis zu dem seltsamen Telefonat mit seinen Eltern.

»Was sollten wir denn auch denken?«, sagte Werner und
sah von einem zum anderen. »Die Fotos einer Entführung,
ein Kerl mit einer Knarre vor uns und dann eine Stimme,
die ähnlich wie deine klingt. Und irgendwie dachte ich,
falls du es wirklich bist, sollst du wissen, dass wir bedroht
werden.«

Leska beobachtete ihn. Alles Aufgeblasene war von ihm
abgefallen. Von dem Mann, der einen Grappa für den Gipfel
des Universums hielt, war er meilenweit entfernt. Fast fand
sie ihn sympathisch. Aber sie war noch auf der Hut. »Und
dann warst du auf deinem Handy ja nicht mehr zu erreichen«, erklärte Werner. »Was sollten wir denken? Und später
dann auch noch diese Mail mit dem Foto in diesem … Ver-
lies. Und die Drohung, dir etwas anzutun.« Er hob den Kopf.
»Was war denn da los bei euch?«

Leska und Valentin erzählten weiter, und bis auf die Be-
gegnung mit Bruno im Keller versuchten sie, alles kurz, aber
wahrheitsgetreu wiederzugeben.

»In der Zwischenzeit saß der Typ hier bei uns im Haus,

und während er Susanne bedrohte, habe ich versucht, die zehn Millionen für Valentins Freilassung aufzutreiben.«

Er sah Valentin an. »Bei so einer Summe weiß man nicht gleich, wie es gehen soll.«

»Aber bei zwei Millionen schon?«, fragte Bruno.

»Zwei?« Werner griff nach seinem Glas. »Zwei? Wieso zwei?«

»Zehn Millionen das Auto, zehn Millionen der Sohn. Zehn Prozent Finderlohn«, sagte Bruno. »Ich nehme an, das ist nicht nur in Ihrem Sinne, ich weiß, dass es auch im Sinne Ihres Sohnes ist.«

Werner wechselte einen Blick mit seiner Frau.

Der will sich drücken, dachte Leska.

Dass Bruno Ähnliches dachte, erkannte sie an seiner Haltung. Sein Körper straffte sich, seine Kiefermuskeln zeichneten sich ab.

»Wir sind dankbar, dass Sie uns unseren Sohn und den Wagen zurückgebracht haben«, erklärte Susanne schnell. »Wir sollten darauf trinken. Und nicht nur Mineralwasser.« Sie lächelte.

Mit zwanzig ist der Mensch ein Pfau, mit dreißig ein Löwe, mit vierzig ein Kamel, mit fünfzig eine Schlange, dachte Leska. Wie alt sie wohl war? War sie schon eine Schlange? Brunos Worte fielen ihr wieder ein. Er hatte nach Werners möglichen Motiven zu einem Versicherungsbetrug gefragt. Sie blickte zu Bruno. Er wandte den Kopf, und seine dunklen Augen sagten vor allem eines, nämlich dass er sich dieselbe Frage stellte wie sie.

Sie griff nach Valentins Hand.

»Valentin!«

Hatte es diesen dubiosen Italiener mit den Fotos wirklich gegeben? Klar, beantwortete sie sich die Frage selbst. Die Fotos hatten sie nicht erfinden können.

Werner stand auf. Alle Blicke lagen auf ihm. Er stützte seine Hände auf die Tischplatte. Sein bleiches Gesicht war verquollen, und seine einstmals welligen, weißen Haare hingen ihm schlaff ins Gesicht.

»Ich weiß, wenn mir einer an den Kragen will«, sagte er. »Diese Muscheln waren nicht einfach nur verdorben. Das fühlt sich anders an. Außerdem schmecke ich, wenn Jakobsmuscheln nicht mehr frisch sind. Sie zerfallen einem auf der Zunge. Das hier, das war anders. Das war …«, er suchte nach dem passenden Wort, »tödlich!«

Seine Frau reckte erschrocken den Kopf. »Du meinst, das ist vorsätzlich passiert?«

»Und wer könnte da infrage kommen?« Werner schien sich die Frage selbst zu stellen. »Wer hat Beziehungen nach Italien?« Er richtete sich auf, presste aber gleichzeitig beide Hände auf seinen Bauch. Er schien noch immer Schmerzen zu haben. »Ich mag es mir ja nicht eingestehen, aber –« Er sah seine Frau an, »aber …« Wieder brach er den Satz ab.

Susanne saß schreckensstarr da. »Was meinst du?«, fragte sie.

Werner blickte auf seine Hände. »Mein Bruder war kürzlich im Kasino. Warum auch immer, er hat alles auf eine Karte gesetzt. Er hat sich hinter meinem Rücken ein Firmendarlehen über eine Million verschafft. Offensichtlich hat er auf eine Glückssträhne vertraut. Eine halbe Million hat er verspielt.«

»Eine halbe Million verspielt? Einfach so?« Leska drückte

Valentins Hand, er gab den Druck zurück und sah zu seinem Vater auf. »Du denkst jetzt aber nicht, dass … Kurt?«

»Wenn ich nicht mehr da bin, ist er der Alleinherrscher über die Firma. Und die steht gut da.«

»Werner!« Susanne riss die Augen auf. »Er ist dein Bruder!«

»Ja, genau. Ebendrum!«

Leska überlegte. »Zumindest hat er Valentin den Floh mit Venedig ins Ohr gesetzt. Mit präziser Beschreibung der Parkmöglichkeit«, sie hob eine Augenbraue. »Vielleicht sollten wir ihn einfach selbst fragen?«

Bruno stand nun ebenfalls auf. »Vielleicht ist es euch noch nicht klar geworden. Aber das eine hat offensichtlich mit dem anderen nichts zu tun. In Italien gab es eine Initialzündung. Da stand ein Ferrari für zehn Millionen in einem Parkhaus, und das Netzwerk kam in Gang. Es gibt da einen Rechtsanwalt, einen feinen Herrn in dunklem Tuch, der in diesem Teil von Italien seine Fäden zieht. Da passiert nichts ohne seine Anweisung. Und wenn einer ein eigenes Spiel spielen will, wie zum Beispiel Paolo, gibt es andere, die für die klare Linie sorgen. Er hat seine Leute, die Wünsche mit Nachdruck umsetzen. Ich habe mich da immer rausgehalten, weil ich an meinem Leben hänge. Ich habe das Gelände vermietet – und damit gut!« Er warf Werner einen finsteren Blick zu. »Eigentlich ist mir egal, wer was mit wem oder gegen wen inszeniert hat. Aber wenn ich meinen Finderlohn nicht bekomme, überlege ich mir das anders und nehme den Ferrari wieder mit!«

»Hier kommen Sie nicht raus.« Werner schüttelte überlegen den Kopf. »Das wird schwierig!«

»Papa!« Valentin sprang auf.

»So schwierig ist das nicht.« Brunos Gesichtsausdruck war hart geworden.

Werner verschränkte die Arme. »Der Wagen ist versichert! Wenn er weg ist, muss die Versicherung bezahlen. Zwei Millionen Finderlohn muss ich allerdings selbst aufbringen. Warum sollte ich das tun?«

»Weil es vielleicht um mein Leben gegangen ist und weil sich alle hier für mich und den Wagen eingesetzt haben? Vor allem Leska und Gianna – schau dir Giannas Verletzungen an!«

»Wenn Ihr Bruder Sie umbringen wollte, dann geht es Sie ja vielleicht doch was an«, sagte Leska und stand ebenfalls auf. »Denn wenn es diesmal nicht geklappt hat, wer weiß …«

»Ich könnte nachhelfen«, sagte Bruno leise.

»Langsam!« Nun stand auch Gianna auf. »Die bestellte Pizza ist noch nicht da. Wir haben also noch Zeit. Warum fahren wir nicht zu diesem Bruder hin? So, wie Leska gesagt hat?«

Susanne hob beide Hände. »Die Pizza kommt gleich. Vielleicht sollten wir erst etwas essen. Das beruhigt die Gemüter.«

Der Lkw blockierte die Garage, also stiegen sie in den BMW. Bruno fuhr, neben ihm Werner, auf der Rückbank Gianna, Valentin und Leska. Susanne blieb zu Hause. »Als Wachposten und Schaltzentrale«, hatte Werner gesagt. Wenn alles schiefginge, liefen die Fäden bei ihr zusammen.

»Was soll schiefgehen?«, hatte Susanne gefragt.

»Alles, was nicht rundläuft«, hatte Werner nur geantwortet. Und nun waren sie auf dem Weg zu Kurt.

»Kommen wir da rein, wenn er nicht aufmacht?«, wollte Bruno wissen.

»Mein Bruder wohnt in einer Kathedrale aus Eisen, Glas und Beton. Aber ich kenne den Code seiner Torsicherung.« Werner schnalzte verächtlich mit der Zunge. »Es ist sein Geburtsdatum. Was anderes kann er sich nicht merken.«

»Da spricht nicht gerade die große Bruderliebe.« Gianna, die hinten in der Mitte saß, sprach zwischen den beiden Nackenstützen nach vorn.

»Geschwister können einander nicht aussuchen.«

»Deshalb bin ich Einzelkind.« Valentin legte seinem Vater die Hand auf die Schulter. »Stimmt's?«

»Du warst ein Unfall«, kommentierte Werner knapp. »Deine Mutter fand Schwangerschaften wenig prickelnd. Sie wollte keinen dicken Bauch.«

Valentin verstummte und ließ sich in seinen Sitz zurücksinken. Gianna legte ihm ihre Hand aufs Knie. »Meine Schwangerschaft war auch ungewollt, und trotzdem liebe ich meinen Sohn. Mutterliebe ist die tiefste Liebe!«

»Meine Frau hat sich danach sterilisieren lassen«, erklärte Werner ungerührt.

»Ich wünsche mir ganz viele Kinder«, sagte Valentin und blickte an Gianna vorbei zu Leska. »Eine große, glückliche Familie!«

Bruno warf ihm im Rückspiegel einen Blick zu. »Ganz viele Kinder. Wie bei meinen Eltern.«

»Wie bei deinem Vater«, korrigierte Gianna.

»Verdammt!«, sagte Leska. »Könnt ihr nicht mal von was anderem reden? Valentin ist eine arme Sau, ich bin eine arme Sau, Bruno sowieso und Gianna ebenfalls. Und dein Vater, sorry, Valentin, ist ein gefühlskalter Kotzbrocken. Und da reden wir hier über heile Welt?«

»Gefühlskalter Kotzbrocken? Jetzt aber bitte!«, sagte Werner verärgert.

»Was heißt denn: Jetzt aber bitte? Valentin hat doch überhaupt keine Eltern. Er hat Lehrer und Erzieher und Professoren, alles toll und teuer in England und möglichst weit weg von zu Hause. Grandios, muss ich sagen!«

»Und du? Wenn du dich schon so aufspielst?«, bellte Werner nach hinten.

»Ich bin ein Straßenkind. Meine Eltern sind alkoholsüchtige Schläger, unfähig, sich selbst am Leben zu erhalten, geschweige denn ihr Kind. Aber wenigstens spielen sie sich und anderen keine heile Welt vor!«

Leska hätte ihm für seine selbstgefällige Art am liebsten eine gescheuert. Gianna legte wortlos den Arm um sie.

»Und die Einzige, die hier überhaupt Herz zeigt«, ereiferte sich Leska weiter, »ist Gianna. Und dabei hat sie es von uns allen am schwersten!«

Es war still. Leska spürte Valentins Blick. Aber das war ihr jetzt auch egal. Aus Leska von Lauwitz war Leska Bodenlos geworden. Es spielte keine Rolle mehr, was jetzt geschah.

»Leska«, hörte sie Valentin sagen und sah zu ihm hinüber. Sein Blick war tief, und um seine vollen Lippen lag ein warmer Zug. »Das ist also dein Geheimnis. Ein Straßenkind. Blitzschnell im Überlebenskampf und trotzdem sehr gebildet.« Er streckte seine Hand nach ihr aus. Über Giannas Oberschenkeln fanden und verschränkten sich ihre Finger.

»Leska, du Straßenmädchen, ich liebe dich!«, sagte er laut.

»Ach je«, kommentierte Werner trocken.

»Noch ein Wort«, drohte Bruno und hielt Werner seine Faust unter das Kinn, »und du vergisst deine Bauchschmerzen.«

»Warum?«, fragte Werner.

»Weil dir dann der Kopf wehtut!«

Eine halbe Stunde später erreichten sie Kurts Villa.

»Er wird nicht öffnen.« Leska zeigte zu den Überwachungskameras über dem mit Eisenspitzen versehenen Tor. »Wenn er da wirklich mit drinsteckt, ahnt er, warum wir hier sind.«

Werner tippte bereits eine Zahl in den Türöffner. »Bis er begreift, was los ist, sind wir schon drin.« Er öffnete das Tor. »Wir brauchen nur außen rum zu gehen«, erklärte er. »Ebenerdig das verglaste Schwimmbad und die Eingangshalle, darüber liegen Schlafzimmer, Küche und Wohnzimmer. Alles offen. Ein einziger riesiger Raum.«

»Hört sich gigantisch an«, sagte Leska.

»Eher größenwahnsinnig«, entgegnete Werner.

Leska sagte nichts mehr. Er war einfach, wie er war. Es machte keinen Sinn, sich über ihn aufzuregen.

Sie liefen an der Front des Hauses entlang. Werner hob die Hand, er wollte erst um die Ecke schauen. Die anderen warteten. Aber plötzlich erstarrte Werner zur Salzsäule.

Nach einer gefühlten Ewigkeit drehte er sich nach den anderen um. »Auweia«, sagte er bloß.

Valentin und Leska tauschten einen Blick, Bruno trat neben Werner. »Das sieht nicht gut aus«, sagte er.

»Und jetzt?«, wollte Werner wissen.

»Jetzt kannst du ihn entweder selbst loswerden, oder wir greifen ein.«

»Was ist denn?«, fragte Valentin und schob sich nach vorn. »Du meine Güte!«

Auch Leska wollte jetzt nachschauen, aber Werner hob den Arm. »Also gut. Jetzt geht es offensichtlich ihm an den Kragen!«

»Was ist denn?«, wollte Leska wissen.

»Er sitzt auf einem Stuhl, an die Rückenlehne gefesselt, den ausgestreckten rechten Arm an der Armlehne festgezurrt, die Hand auf einen Beistelltisch, die Finger gespreizt, ein Messer steckt zwischen zwei Fingern im Holz.«

»Kleiner Finger, Ohr, kleiner Finger …«, erinnerte sich Leska.

»Ist er allein?«, fragte Gianna.

»Der italienische Glatzkopf ist da. Sitzt ihm gegenüber«, erklärte Werner.

»Und eine Frau kauert in der Ecke.« Bruno runzelte die Stirn.

»Beate, seine Frau«, erklärte Valentin.

»Ist das der Typ, der auch bei euch war?«, fragte Leska.

Werner nickte.

»Worum geht es da?«, fragte Gianna und formulierte den Satz, der allen im Kopf herumging.

»Ich tippe mal: um Geld«, schnaubte Werner. »Aber mein Bruder? Sein Oldie steht in der Garage, bereit zum Mitnehmen, aber ein teures Kind hat er nicht.« Er drehte sich um. »Kommt, gehen wir. Überlassen wir ihn seinem Schicksal.«

»Aber ganz bestimmt nicht!« Valentin starrte seinen Vater an. »Das kannst du doch nicht machen. Kurt ist dein Bruder!«

»Er sitzt genau am Beckenrand. Wenn der Kerl dem Stuhl einen Tritt gibt, ertrinkt er«, gab Bruno zu bedenken.

»Wir kommen da nicht ungesehen rein«, erklärte Werner. »Sobald wir an der Glasscheibe stehen und der Typ sich umdreht, sieht er uns. Das war jetzt reines Glück, dass er zufällig in die andere Richtung geschaut hat.«

»Und wenn wir durch die Scheibe schießen?«, wollte Leska wissen. Sie dachte an Brunos Pistole in ihrem Rucksack.

»Panzerglas. Mein Bruder ist ein vorsichtiger Typ.«

»Nicht vorsichtig genug«, befand Bruno.

»Wir sollten die Polizei verständigen«, schlug Gianna vor, aber niemand ging darauf ein.

»War das gerade ein Schrei?« Valentin fuhr zusammen.

»Panzerglas. Da hört man nichts.« Trotzdem drückte sich Werner eng an die Wand und spähte um die Ecke.

»Er spielt mit dem Messer zwischen seinen Fingern. Mein Bruder ist ein etwas nervöser Typ.«

»Genug jetzt«, sagte Leska. »Gibt es auch einen Code für seine Haustür?«

»Den kenne ich nicht«, sagte Werner.

»Wie ist das Geburtsdatum deiner Tante?«, wollte Leska von Valentin wissen.

Er nickte. »Ich geh mit«, sagte er.

Leska presste sich an die Wand, schob sich an Werner vorbei zur Hausecke und ging auf die Knie, bevor sie durch die Glasscheibe sah. Kurt saß höchstens vier Meter von ihr entfernt. Sein Widersacher war ebenfalls zum Greifen nah. Er drehte Leska den Rücken zu und ließ das spitze Messer in schneller Folge zwischen Kurts Fingern in das Holz des Beistelltisches fahren. Kurt hatte die Augen geschlossen, auf seiner Hose breitete sich ein großer, nasser Fleck aus. Beate lag wie ein Kind gekrümmt in der Ecke. Die Arme um ihre Knie geschlossen, kauerte sie auf den Fliesen des Schwimmbades.

Links von Leska ging der Pool in die Eingangshalle über. Eine geschwungene Bar mit Sitzmöbeln teilte die beiden Bereiche voneinander ab.

Bis dorthin würde sie kommen, dachte Leska. Aber dann? Er würde sie sehen, bevor sie hinter der Bar Deckung finden könnte. Und er hatte Kurt als Geisel.

Sie zog sich zurück und richtete sich auf.

»Wir brauchen eine List«, sagte sie.

»Eine List?« Werner bedachte sie mit einem durchdringenden Blick. »Wie soll die aussehen? Ich bin der Meinung, wir gehen jetzt besser wieder!«

»Weißt du, wo deine Tante die Putzsachen aufbewahrt? Schrubber, Eimer, Lappen? Und von dir, Gianna, dein Schultertuch, bitte. Als Kopftuch«, sagte Leska bestimmt.

»Du willst … das tust du nicht!« Bruno schüttelte entschieden den Kopf. »Der Typ ist ein Profi. Wenn es sein muss, legt er um, was ihm in den Weg tritt. Auch dich! Warum willst du dein Leben riskieren?«

»Ich riskiere es nicht«, entgegnete Leska. »Ich habe die Pistole im Putzeimer. Ich verschaffe mir nur einen kleinen Adrenalinstoß …«

»Quatsch!« Bruno zog die Augenbrauen zusammen. »Niemand würde das ohne Grund tun!«

»Na, gut, dann halt für die Wahrheit. Ich will wissen, was hinter dem Ganzen steckt.«

Bruno schielte noch einmal um die Ecke. »Ich glaube, der

kleine Finger ist schon ab. Aber wartet … ja, der Finger ist ab. Kurt scheint zu schreien, aber der Typ packt zusammen. Er geht. Vielleicht soll es nur eine Warnung sein.«

»Nur eine Warnung!« Valentin war blass geworden.

»Rührt euch nicht, wir lassen ihn gehen«, sagte Bruno. »Und überlegt, wo das nächste Münchner Krankenhaus für abgetrennte Gliedmaßen ist.«

»Mir wird übel«, sagte Werner.

Bruno warf einen weiteren Blick um die Ecke. »Er ist weg.« Er schüttelte den Kopf. »Nur seltsam, seine Frau rührt sich gar nicht. Dabei schreit er doch sicher wie am Spieß!«

»Lebt sie noch?« Leska trat neben Bruno.

»Wieso bewegt sich Beate nicht?« Auch Valentin trat jetzt an die Glasscheibe.

In diesem Augenblick hob Beate den Kopf und sah in ihre Richtung. Aber sie gab kein Zeichen des Erkennens, sondern verbarg ihren Kopf wieder zwischen ihren Knien.

»Ist sie vielleicht betäubt?«, fragte Gianna.

»Wir müssen da jetzt rein!«, drängte Leska.

»Mach langsam!« Bruno legte seine Hand auf Leskas Unterarm. »Wir müssen sicher sein, dass der Typ weg ist!«

»Wer sagt uns, dass er das Haus überhaupt verlassen will?«, wollte Leska wissen.

»Keiner.« Bruno nickte. »Das ist das Problem! Wir müssen warten.«

Sie warteten eine Weile hinter der Hausecke und spähten auf den Eingang und das Grundstückstor. »Wenn wir noch lange warten«, sagte sie, »kann man Kurts Finger nicht mehr annähen!«

»Sollen wir klingeln?«, fragte Valentin.

»Ja, warum nicht?«, meinte Leska. »Das könnte was in Bewegung bringen.«

»Fragt sich nur, was es in Bewegung bringt …«, murmelte Bruno.

Da ging plötzlich das Tor auf. Leska machte ein Zeichen nach hinten. Bruno robbte sofort auf allen vieren bis zur Hausecke, Valentin trat neben Leska. Susanne kam durchs Tor. Leska wollte schon aufatmen, als die Haustür aufging. Der Italiener kam heraus. Susanne blieb wie angewurzelt stehen. Der Italiener ging ein paar Schritte auf sie zu, da schrie sie ihn an. »War das bei uns nicht genug? Was wollen Sie jetzt auch noch hier?«

»Das, was er uns schuldet!« Seine Stimme war tief und völlig gelassen. Er schob sie einfach zur Seite und ging zum Tor hinaus. Susanne rannte zur Haustür, gab einen Code ein und lief ins Haus, während er ohne Eile durch das offene Eingangstor trat und es langsam hinter sich zuzog.

»Los!«, sagte Leska und lief voraus. Die Haustür war noch nicht ins Schloss gefallen, und Leska hielt sie offen. Sie warf einen Blick zurück zum hohen Eingangstor, aber der Italiener war verschwunden. Gut, dachte sie, Leska, gut gemacht. Valentin war an ihrer Seite, als sie die Tür aufschob.

»Wo ist sie jetzt hin?«, fragte sie, während sie die Eingangshalle auf sich wirken ließ. Nach oben offen bis zur Dachkonstruktion, rechts eine Treppe mit verglastem Geländer in den ersten Stock, geradeaus schloss sich die Schwimmhalle an. Von Susanne war nichts zu sehen. Leska drehte sich nach Valentin um. »Und, hast du das ernst gemeint?«

»Dass ich dich liebe?«, fragte er. »Ja, das war sogar sehr ernst gemeint.«

Leska fühlte eine warme Woge durch ihren Körper gehen, und ein Lächeln zeigte sich auf ihren Lippen, das nicht zur Situation passte.

Werner drängte von hinten nach. »Susanne?« Er hatte sie schneller als Leska entdeckt. Sie war bereits in der Schwimmhalle und versuchte, die Fesseln um Kurts Körper zu lösen.

»In welches Krankenhaus? Wo sollen wir ihn hinbringen?«, rief Leska Werner zu, bevor sie alle losliefen, an der Bar vorbei in die Schwimmhalle.

Susanne sah auf. »Hättet ihr das nicht verhindern können?«, schrie sie ihnen entgegen. »Immerhin wart ihr doch zu fünft!«

»Ja, aber wir standen draußen!«, gab Leska in gleicher Lautstärke zurück. »Uns fehlte der verflixte Code für die Haustür!«

Von seinen Fesseln befreit, klappte Kurt in sich zusammen. Bruno packte ihn unter den Achseln, und Susanne nahm mit spitzen Fingern den kleinen Finger auf.

»Los!«, sagte sie. »Draußen steht mein Wagen! Wir fahren in die Uniklinik rechts der Isar! Ruft dort schon mal an! In dreißig Minuten sind wir da!«

»Soll jemand von uns mit?« Gianna lief neben Bruno her. Noch wirkte bei Kurt der Schock, und der Fingerstumpf war blutleer.

Bruno nickte. »Komm mit!«

Leska und Valentin kümmerten sich um Beate, die noch immer ihre Knie umschlossen und ihr Gesicht verborgen hielt.

»Beate?« Valentin kniete sich zu ihr hinunter. »Beate? Hörst du mich?« Er sah zu Leska auf. »Vielleicht sollten wir sie auch in eine Klinik fahren?«

Beate schüttelte den Kopf. »Ich brauche keine Klinik, ich brauche ein neues Leben«, sagte sie leise.

»Ein neues Leben?« Das kam Leska bekannt vor. »Warum?«

»Versteht ihr das nicht?« Sie hob ihren Kopf, und Leska hätte sie kaum wiedererkannt. Dabei hatte sie mit ihr vor Kurzem noch am Großglockner gefrühstückt. Aber hier kam ein gealterter Kinderkopf zum Vorschein. Ihre Wimperntusche war verlaufen, die Augen lagen tief in den Höhlen, der Mund wirkte kindlich verletzt in ihrem schmalen Gesicht, keine Maske nirgendwo, einfach ein Mensch in seiner reinen Not.

»Was ist passiert?«, fragte Valentin leise und legte seine Hand sacht auf Beates Schulter. Auch Leska ging in die Hocke.

»Da gibt es zwei, die anders spielen«, sagte Beate tonlos.

»Zwei, die anders spielen?« Werner stand jetzt auch neben ihnen und sah auf Beate hinunter. »Wie meinst du das?«

»Du solltest eigentlich tot sein!« Beate sah zu ihm auf, senkte aber sofort wieder den Kopf.

»Was sollte ich?«

»So war es geplant!«

Leska sah es Werner an, dass er Beate am liebsten direkt aus ihrer kauernden Position hochgerissen hätte.

Sie hob hilflos beide Hände und holte tief Luft. »Das habe ich auch heute erst alles erfahren. Hier in dieser Schwimmhalle!« Sie schüttelte den Kopf. »Werner. Du hast keine Frau und ich keinen Mann, die beiden haben ein Verhältnis. Und wollten an dein Geld. Verstehst du?«

Jetzt kniete sich Werner doch hin. Er strich seine weißen Haare hinter sein Ohr. »Wie bitte?«

»Diese Jakobsmuscheln waren nicht verdorben. Du hättest in der Nacht krepieren sollen, das hätte Susanne und Kurt den Weg in eine gemeinsame, wohlhabende Zukunft geöffnet.«

»Habe ich es nicht geahnt? Aber Susanne?!«

»Sie sind ein Liebespaar. Habe ich heute erfahren. Wir beide standen ihnen im Weg. Ich bin ihnen egal. Aber Kurt hat große Schulden. Ich weiß nicht, was er all die Jahre getrieben hat, aber er war oft in Italien. Irgendetwas muss dort unten bei einem seiner Geschäfte schiefgelaufen sein. Es geht um drei Millionen, und sie wollten ihr Geld zurück. Deine Vergiftung hat nicht funktioniert, also hat er sich etwas anderes ausgedacht. Er hat ihnen den Ferrari angeboten. Am einfachsten wäre das in der Höhle des Löwen gewesen, direkt in Italien, im Parkhaus. Zehn Millionen, das wäre eine satte Summe gewesen, so habe ich das vorhin mitgekriegt. Damit hätte er schon mal locker seine eigenen Schulden bezahlen können. Aber Kurts Plan hat die dort unten nur auf eigene Gedanken gebracht. Warum sollten sie für Kurt etwas klauen? Der Ferrari und der Millionärssohn, das war das Paket, das das Interesse eines ganz anderen Spielers weckte. Und dieser Herr setzte gleich mal seine Hebel in Bewegung.«

»Aber wie konnte Kurt mit dem Parkhaus so sicher sein?«

»Er hat Valentin am Großglockner den Floh von Venedig und Wein am Meer und so was ins Ohr gesetzt. Er kennt seinen Neffen, der ist abenteuerlustig genug. Und wenn er nicht angebissen hätte, hätten Kurts … was weiß ich … Freunde, Geschäftskollegen, Gläubiger? den Wagen später geklaut – so hatte er sich das ausgemalt. Wäre nur umständlicher gewesen.«

»Und dieser Typ, dieser Italiener, der bei uns aufkreuzte?«, fragte Werner zornig.

»Dieser Typ sollte nur holen, was ihm aus Mailand befohlen wurde: Lösegeld für Valentin. Und außerdem bei Kurt die Schulden eintreiben.«

»Ist beides gut gelungen!«, erklärte Werner trocken.

Beate schluckte. »Dein Tod hätte alles geklärt. Susanne das private Erbe, Kurt die Firma, und ich – unerheblich.«

»Also bin ich schuld, weil ich die Giftattacke meiner Frau überlebt habe!« Werners große Gestalt sank neben Beate in sich zusammen. »Es ist nicht zu fassen! Meine eigene Frau!«

»So sieht es aus. Wärst du planmäßig gestorben, hätte es auch keinen Überfall in Venedig und keine Entführung gegeben.«

»Kurt die Firma«, er schnaubte verächtlich. »Die hätte er genauso verscheuert, wie er alles verscheuert hat. Am Schluss wäre nichts übrig geblieben.«

Beate nickte. »Wir auch nicht.«

»Und nachdem die Entführung geplatzt ist, sie von mir die zehn Millionen nicht bekommen und der Ferrari verschwunden ist, haben sie sich jetzt den ursprünglichen Auftraggeber gegriffen.« Werner schüttelte den Kopf. »Ein echter Bumerang. Wenn es nicht so ernst wäre, könnte man fast drüber lachen!«

»Ja, der Finger war die erste Drohung. Er soll sich ganz schnell was einfallen lassen, hat dieser Typ gesagt.«

»Ja, das finde ich auch!« Werner raffte sich zusammen und stand auf. »Beide müssen sich was einfallen lassen!«

Leska griff nach Valentins Hand. »Wie fühlst du dich?«

»Ich glaube, ich muss mal ein paar Schritte gehen.« Valentin zog Leska zu sich hoch. »Meine eigene Mutter …« Er schüttelte den Kopf. »Ich weiß gar nicht, was ich sagen soll. Es schnürt mir nur den Hals zu.« Er sah zu seiner Tante hinunter. »Beate?«

»Lasst mich hier noch ein paar Minuten sitzen, ich muss das alles erst begreifen.«

»Gut!« Valentin nahm Leska an die Hand, und gemeinsam gingen sie aus der Haustür hinaus in den Garten.

»Kannst du bei mir bleiben?«, fragte Valentin sie.

»Ist das deine einzige Frage?« Leska lehnte ihren Kopf an ihn.

»Ja!«, sagte er. »Meine wichtigste jedenfalls.«

»Nicht die nach deiner Mutter, die deinen Vater umbringen wollte, oder die nach deinem Onkel, der durch dich seine Schulden loswerden wollte?«

»Sie sind alle weit weg. Sie waren nie wirklich bei mir. Du bist nah bei mir!«

Leska blieb stehen und schlang ihre Arme um seinen Hals.

»Was hat meine Mutter nur an Kurt gefunden?«

»Nun, hast du es nicht selbst gesagt? Er ist ein lebenslustiger Mensch. Vielleicht das? Darüber hinaus – ich weiß nicht, Zärtlichkeit? Gleichklang? Liebe? Dein Vater ist ein ziemlich … eckiger Typ. Ich nehme mal an, er kennt nur sich.«

»Und was ist jetzt mit Beate?«

»Einer bleibt immer auf der Strecke, hat sich Kurt sicher gedacht.«

»Ich werde mich um sie kümmern«, sagte Valentin. »Früher hat sie sich um mich gekümmert, jetzt kann ich ihr etwas zurückgeben.«

Sie hielten sich eng umschlungen. Valentin suchte ihre Lippen. Ihr Kuss war lang und zärtlich.

»Willst du jetzt mein Leben leben? Oder soll ich deines führen?«, fragte er schließlich.

»Ich möchte lernen, lernen, lernen«, sagte Leska.

»Das können wir gemeinsam tun.«

»Dein Leben ist zu teuer für mich. Und ich kann dir nicht auf der Tasche liegen. Dein Vater hat andere Pläne mit dir.«

»Ich brauche meinen Vater nicht.«

»Aber ohne deinen Vater bist du mittellos. Du weißt nicht, wie das ist. Du wirst nicht damit umgehen können.«

Er sah sie an. »Mein Großvater hat auch mich in seinem Testament bedacht. Mit einer monatlichen Summe, die erst mal für uns beide reicht. Und wenn es so weit ist, können wir auf eigenen Füßen stehen.«

»Und außerdem …« Leska sah ihm in die Augen. »Ich werde in Deutschland gesucht.« Wie konnte sie dieses Problem nur aus der Welt schaffen?

»Leska von Lauwitz, das glaube ich nicht.«

»So heiße ich doch gar nicht.«

»Aber das wäre doch eine Möglichkeit.«

»Ich verstehe dich nicht. Was für eine Möglichkeit?«

»Das lass mal meine Sorge sein. Ich möchte auch mal was für dich tun!«

»Ich brauch keinen Adel!«

»Es geht auch Leska Lauwitz. Oder sonst was.«

»Sonstwas finde ich gut! Leska Sonstwas.«

Leska suchte Valentins Lippen, und sie küssten sich, bis

Leska sich löste. »Denk an einen toten Fisch«, sagte sie und kniff ihn leicht in die Seite.

»Ich denke an meine Mutter und Kurt, das reicht mir schon«, sagte er.

»Davon sehe ich aber nichts.« Leska lächelte. »Und was ist nun eigentlich mit Bruno und Gianna?«

»Mein Vater hätte tot sein können, wir auch, der Wagen weg. Ich bin mir sicher, dass mein Vater anständig bezahlen wird. Gefühlsmäßig ist er ein Idiot, aber geschäftlich ist er ein fairer Idiot.«

»Ein fairer Idiot.« Sie lächelte.

»Leska, du bist der seltsamste Mensch, den ich kenne.«

»Dazu fällt mir ein Gedicht ein.«

»Und mir der Gedanke, dass wir endlich beide erfahren könnten, was wir bisher nicht kannten.«

»Was meinst du?«

»Die Liebe.«

»Du willst mir zeigen, was Liebe ist?« Leska schenkte ihm einen zärtlichen Blick.

»Und du mir! Gemeinsam werden wir das schaffen.«

Leska nickte. »Davon bin ich überzeugt.«

Hilfe, mein Mann hat zuviel Zeit für mich!

Gaby Hauptmann

Liebling, kommst du?

Roman

Piper Taschenbuch, 288 Seiten
€ 9,99 [D], € 10,30 [A]*
ISBN 978-3-492-30539-6

Sie hat den Mann fürs Leben – was sucht sie dann noch? Früher war er nie da. Schrecklich. Jetzt ist Björn immer da – und das ist noch schrecklicher, findet Nele. Denn seit er mit einer satten Abfindung zu Hause sitzt, bringt er nicht nur ihre schöne häusliche Routine durcheinander, sondern auch ihr gesamtes Leben. Dabei hat Nele ihre eigenen Pläne. Zu denen auch Enrique gehört, der attraktive Student in ihrem Sprachkurs …

Ein herzerfrischender Roman über neues Glück und alte Lieben.

Für immer, aber nicht für ewig

Gaby Hauptmann

Ich liebe dich, aber nicht heute

Roman

Piper Taschenbuch, 320 Seiten
€ 9,99 [D], € 10,30 [A]*
ISBN 978-3-492-30313-2

Liane braucht eine Auszeit. Sie liebt Marius, aber das Prickeln ist weg – und sie möchte es wiederfinden! So verordnet sie sich und Marius eine Trennung auf Zeit. Jeder soll ohne den anderen wieder Schmetterlinge im Bauch spüren. Einzige Bedingung: sie erstatten einander haargenau Bericht. Marius fliegt direkt nach Ibiza. Liane sucht nicht, aber findet mehr, als sie ahnen kann – nicht nur den Sex, von dem sie immer geträumt hat, sondern auch ein Abenteuer, auf das sie gern verzichtet hätte ...

PIPER

Leseproben, E-Books und mehr unter www.piper.de

Von wegen der tut nichts!

Gaby Hauptmann

Liebesnöter

Roman

Piper Taschenbuch, 320 Seiten
€ 9,99 [D], € 10,30 [A]*
ISBN 978-3-492-27447-0

Diese Augen auf dem Porträt sind seine Augen. Ella ist wie vom Blitz getroffen: Moritz' Augen! Auf die war ihre Zwillingsschwester Inka hereingefallen – und hatte es mit ihrem Leben bezahlt. Seitdem ist Moritz wie vom Erdboden verschluckt. Doch da er einer schwedischen Malerin Modell gesessen hat, weiß Ella, was zu tun ist und steigt spontan in einen Flieger nach Stockholm. Sie wird ihn finden und zur Rede stellen. Im Hotel angekommen, erliegt sie aber erst einmal dem Charme des Franzosen Roger.

Frau mit zwei Töchtern sucht Mann ohne Frau.

Gaby Hauptmann

Ran an den Mann

Roman

Piper Taschenbuch, 320 Seiten
€ 9,99 [D], € 10,30 [A]*
ISBN 978-3-492-27470-8

Eingebildeter Schönling! Mehr fällt Eva wirklich nicht zu dem Typ ein, der sie in der Bar unverwandt anlächelt. Aber doch, irgendwas hat er. Zugegeben: Manchmal wäre es doch ganz schön, einen Mann an ihrer Seite zu haben. Oder wenigstens einen, der sie auf das Frühlingsturnier ihres Golfclubs begleitet. Und wie sagen ihre frühreifen Töchter immer? »Ran an den Mann!«

»Urkomisch.« *Laura*

GABY
HAUPTMANN
*Ein Liebhaber zuviel ist
noch zuwenig*

Roman

PIPER

Gaby Hauptmann

**Ein Liebhaber zuviel
ist noch zuwenig**

Roman

Piper Taschenbuch, 320 Seiten
€ 9,99 [D], € 10,30 [A]*
ISBN 978-3-492-27375-6

Anna liebt Lars, immer montags im Nobelhotel »Ramses«.
Verheiratet ist sie mit Rainer, dem scheinbar so braven Rechts-
anwalt. Aber natürlich weiß Anna auch nichts von Gudrun,
Rainers bezahltem Dauerverhältnis. Eigentlich könnte al-
les so bleiben – würde ihr nicht der Tote im »Ramses« ei-
nen Strich durch die Rechnung machen. Unversehens wird
Anna in einen Fall hineingezogen, in dem bereits ganz andere
Mächte am Werk sind …

PIPER

Leseproben, E-Books und mehr unter **www.piper.de**